4.–

Janko Marklein

FLORIAN BERG IST STERBLICH

Blumenbar

[redacted] [redacted]

Janko Marklein

FLORIAN BERG IST STERBLICH

Roman

Blumenbar

EINS

Im Philosophischen Institut roch es nach Klebstoff. Florian kratzte sich am Kopf. Um ihn herum standen zahlreiche blasse Studenten. Manche lehnten an den Wänden des Ganges, die Hände in den Hosentaschen, den Kopf gesenkt. Andere saßen im Schneidersitz auf dem geblümten Teppichboden und tippten auf ihre iPads. Direkt vor Florian massierte sich ein Student mit beiden Händen den Bauch und gab leise Rülpsgeräusche von sich, so als müsse er sich gleich übergeben. Seine Freundin lehnte ihren Kopf an seine Schulter und redete beruhigend auf ihn ein. An der Decke flackerte das Licht einer Neonlampe. Irgendwo surrte ein Drucker.

Florian überflog die Aushänge, die neben ihm an einer Stellwand hafteten. Zwischen Wohnungsgesuchen und Nachhilfeangeboten hingen dort die Ankündigung einer studentischen Filmreihe zum Thema Lohnarbeit, der in Comicschrift verfasste Aufruf eines Geigers, welcher eine Elektroklassik Band gründen wollte und hierfür MitstreiterInnen suchte, außerdem, ganz unten, die Einladung zu einem Erstsemesterkegelabend der Biologiefachschaft.

Wo hier das Ende der Schlange sei, fragte eine Stimme hinter Florian. Er drehte sich um und sah eine Studentin mit geröteten

Augen. Am Kinn hatte sie einen faustgroßen Leberfleck. Florian zuckte mit den Schultern. Sie heiße Line, sagte die Studentin. Florian sagte: »Okay.«

Genau wie Line und alle anderen Studenten war Florian gekommen, um sich zu beschweren. Vor einem Monat war er nach Leipzig gezogen und hatte sich an der Universität für den Studiengang *Bachelor of Arts Sozialwissenschaften und Philosophie mit Kernfach Philosophie* eingeschrieben. Heute Vormittag hatte er versucht, sich für ein Seminar zum aristotelischen Seelenbegriff anzumelden, doch die Dame von der Studienfachberatung hatte ihm erklärt, es bestehe ein vorübergehender Lehrkräftemängel und die wenigen Philosophieseminare seien deshalb nur noch für höhere Semester verfügbar. Als Entschädigung hatte sie ihm einen Platz im Sprachkurs *Französisch II* angeboten. Florian hatte sich an die Stirn getippt und war grußlos gegangen.

Während er nun darauf wartete, in das Fachschaftsbüro eingelassen zu werden, erzählte ihm Line, dass sie ebenfalls Philosophie studiere, jedoch bereits im dritten Semester, und dass sie sich außerdem im StudentInnenrat engagiere. Nach dem heißen Sommer überlege sie sogar, für das Amt der StudentInnenratsprecherin zu kandidieren. »Also, heiß im politischen Sinne«, fügte sie nach einer kurzen Pause hinzu und wischte sich mit dem Handrücken über die Nase. »Klar«, sagte Florian und nickte. Neben ihnen schlug ein dicker Student mit der Faust gegen die Wand.

Als Florian nach einer Dreiviertelstunde in das Büro gerufen wurde, spürte er, wie sich sein Herzschlag beschleunigte. Der Fachschaftssprecher war ein dünner Mann mit Halbglatze. Florian setzte sich und erläuterte sein Anliegen. Er sei Philosophiestudent und wolle entsprechend ein philosophisches Seminar und keinen Sprachkurs belegen, zumal ihm die Vorkenntnisse aus *Französisch I* fehlten. Der Fachschaftssprecher unterbrach ihn mit einem lauten »Ha!«. Er deutete mit dem Finger auf Florian und rief: »Du kannst noch dankbar sein!«

Er solle an Descartes denken, sagte der Fachschaftssprecher, an Sartre. Diese beiden großen Geister werde er am Ende des Semesters im Original lesen können. Sei das etwa nichts? Er klopfte auf seinen Schreibtisch und blickte Florian mit hochgezogenen Augenbrauen ins Gesicht. Wobei, fügte er nach einer kurzen Pause hinzu, Descartes habe den Großteil seiner Texte auf Latein verfasst. Doch es bleibe ja immer noch Sartre.

»Andere gehen mit *Japanisch V* nach Hause.« Der Fachschaftssprecher lachte, noch etwas lauter als zuvor, und bat Florian, beim Hinausgehen dem Nächsten Bescheid zu geben.

Zwei Stunden später traf Florian Line erneut, in der Unicafeteria. Sie setzte sich zu ihm und sagte: »Heute Abend ist StuRa-Vollversammlung. Hast du Lust?« Sie klang leicht verschnupft. Eine Weile betrachtete Florian die Bläschen auf seinem Milchkaffee, dann hob er den Kopf, und für einen kurzen Moment blieb sein Blick an ihrem Leberfleck hängen.

Line sagte »Ich darf doch?« und nahm Florian die Tasse aus der Hand, wobei sich ihre Finger kurz berührten. Sie trank einen Schluck, stellte die Tasse zwischen ihnen auf den Tisch und begann, die einzelnen Tagesordnungspunkte der StuRa-Vollversammlung zu erläutern. Sie werde ihre Kandidatur als StuRa-

Sprecherin bekanntgeben, es werde über die Möglichkeit einer Hörsaalbesetzung diskutiert, und das StuRa-Büro brauche einen neuen Putzplan.

Line lehnte sich zurück, verschränkte die Arme und sagte: »Auf den ersten Blick klingt das alles nicht besonders spannend, zugegeben. Aber es ist wichtige politische Arbeit.« Sie hatte langes, lockiges Haar, im Nacken zu einem losen Zopf zusammengebunden, und buschige Augenbrauen.

Eine Weile sprach Line über eine französische Sozialistin namens Marie Marie, die während der Achtundsechzigerproteste als Geliebte von Daniel Cohn-Bendit bekannt geworden sei und die letzte Woche an der Uni Leipzig einen sehr persönlichen Gastvortrag über ihre Freundschaft mit der ehemaligen chilenischen Präsidentin Michelle Bachelet gehalten habe. Gegen Ende des Vortrags, sagte Line, sei Marie Marie in Tränen ausgebrochen und habe das Schicksal des chilenischen und des südamerikanischen Volkes im Allgemeinen beklagt, und die westliche Ignoranz.

Line nahm noch einen Schluck Kaffee, dann fragte sie, wie es denn eigentlich mit Andy gelaufen sei und ob Florian ein Seminar bekommen habe. »Welcher Andy?«, fragte Florian. Andy vom Fachschaftsrat, sagte Line, der Typ mit der Halbglatze, den kenne sie zum Glück bereits persönlich, aus diversen Uni-Gremien, außerdem sei der letzten Winter einmal schlimm ausgerutscht, bei den Fahrradständern vor der Campusbibliothek, und habe sich das Knie aufgeschlagen, und da habe sie ihm ein Pflaster geliehen.

Im Winter, fuhr Line nach einer kurzen Pause fort, habe sie fast immer Pflaster dabei, denn ihre Haut sei leider sehr trocken und gelegentlich platze sie auf, vor allem an den Händen, trotz Creme und Fausthandschuhen.

Line wickelte sich eine Haarsträhne um den Finger. Florian griff nach seiner Kaffeetasse. Bevor er sie an die Lippen setzte, drehte er sie so, dass er nicht von der gleichen Seite wie Line trinken musste. Jedenfalls, sagte Line und ließ die Strähne wieder los, sie selbst habe von Andy ein philosophisches Seminar zum Wandel des Gerechtigkeitsbegriffs im Europa der Nachkriegszeit zugeteilt bekommen.

Florian setzte erneut seine Tasse an den Mund, doch sie war bereits leer. Line sagte: »Mach dir keine Sorgen, ich rede mit ihm. Welches Seminar willst du denn?«

Als Florian am Abend den Raum betrat, in dessen Mitte die StuRa-Vollversammlung in einem Stuhlkreis saß, befand sich Line gerade in einer hitzigen Diskussion mit einem ganz in Schwarz gekleideten Studenten, der sie überlegen anlächelte und sich vor jeder seiner Erwiderungen die blonden Haare aus dem Gesicht strich. Line war rot angelaufen, sowohl auf den Wangen als auch an den Händen und Unterarmen.

Einen Moment lang blieb Florian im Türrahmen stehen und blickte sich um. An den Wänden hingen mehrere Rauchen-verboten-Schilder, außerdem zahlreiche Plakate, die alle dasselbe Motiv zeigten, einen dicken Mann in Deutschlandtrikot, der den Mund leicht geöffnet hatte und seinen rechten Arm zum Hitlergruß ausstreckte. Neben dem Kopf des Mannes befand sich das Logo der Fußball-WM, darunter stand: »Die Welt zu Gast bei Freunden.«

Die StuRa-Vollversammlung bestand aus etwa zehn Studenten. Florian setzte sich auf den letzten freien Stuhl, in die Nähe des Fensters. Line und der blonde Student sprachen über Gefahren und Chancen einer Hörsaalbesetzung, doch Florian hörte nicht zu, weil er abgelenkt wurde durch ein junges Pärchen, das im Campusinnenhof neben einer Schillerstatue stand und sich leidenschaftlich küsste. Die Frau war deutlich kleiner als der Mann, sie hatte ihre Arme um seinen Hals geschlungen und zog seinen Kopf zu sich hinab, so dass der Mann leicht in die Hocke gehen musste.

Als Florian sich wieder dem Stuhlkreis zuwandte, sah er, dass einige Studenten ihre Arme hochhielten, auf Brusthöhe, und mit den Händen wackelten. Der blonde Student sagte: »Aber manchmal ist es so, und manchmal ist es eben auch anders.« Line rief: »Von wegen!« Florian blickte wieder aus dem Fenster. Das Pärchen war verschwunden.

Nachdem der offizielle Teil der Vollversammlung beendet war, ging die Gruppe in den Clara-Zetkin-Park, um noch gemeinsam ein Feierabendbier zu trinken. Auf dem Weg hakte sich Line bei Florian unter. Er fragte, ob sie bereits ein Seminar für ihn habe. Andy gehe leider nicht an sein Handy, sagte Line. Florian schlug vor, ihn noch einmal anzurufen, am besten gleich jetzt. Line löste sich von ihm, blieb stehen und stützte die Hände in die Hüften. Florian sah sie an. Sie lächelte. Wenige Meter vor ihnen verschwanden die anderen Mitglieder der StuRa-Vollversammlung in einer Seitenstraße. Der Hall ihrer Schritte war noch zu hören.

Line trat einen Schritt auf Florian zu, schloss die Augen und lehnte ihren Kopf an seine Schulter. Ein Großraumtaxi mit eingeschaltetem Fernlicht fuhr an ihnen vorbei. Florian trat einen Schritt von Line weg, ihr Kopf rutschte ab, beinahe verlor sie das Gleichgewicht. Er ließ sie stehen und folgte den anderen in die Seitenstraße. Line zögerte einen Moment, dann kam sie hinterher.

Auf einer verwilderten Rasenfläche, in der Nähe des Flusses, breiteten die Mitglieder der StuRa-Vollversammlung ein paar Decken aus. Florian setzte sich zu ihnen, während Line sich allein in eine dunkle Ecke hockte, mit dem Rücken an einen Baumstamm gelehnt, die Arme verschränkt. Florian und die anderen tranken Bier und aßen veganen Marmorkuchen. Der Blonde verteilte rote IG-Metall-Trillerpfeifen und Buttons. Er erklärte, die seien noch von der Demo am Freitag übrig und würden sonst weggeworfen. Zwei andere Studenten spielten Diktatorenquartett.

Nach der dritten Flasche Krušovice dachte Florian wieder an sein Seminar. Er setzte sich zu Line, und sofort lehnte sie ihren Kopf wieder an seine Schulter. Sie vertieften sich in ein Gespräch über Harry Potter. Sie habe alle sieben Bände mehrmals gelesen, sagte Line, auf Englisch, Deutsch, Französisch und Polnisch, und beim Tode Dumbledores habe sie jedes Mal geweint. Florian erzählte, er habe die Bücher auf Englisch, Deutsch und Spanisch gelesen, und beim Tode Dumbledores habe er ebenfalls geweint, außerdem an der Stelle, an der Harry Potters große Liebe Ginny Weasley mit ihm Schluss macht. »Ja«, sagte Line, »das war auch sehr traurig.«

Florian und Line diskutierten so lange über eine mögliche Beziehung zwischen Neville Longbottom und Luna Lovegood, bis alle anderen Mitglieder der StuRa-Vollversammlung gegangen waren. Es wurde kälter. Line zog eine weitere Wolldecke aus ihrem Rucksack und legte sie über ihre und Florians Beine. Einen Moment lang ließ sie ihre Hand auf seinem Knie ruhen, dann zuckte Florian ein paar Mal mit den Oberschenkeln, und Lines Hand rutschte ab. Florian stand auf und ging zu einem nahe gelegenen Busch, um zu pinkeln. Nach seiner Rückkehr ging auch Line zu dem Busch und pinkelte ebenfalls. Florian hörte das Prasseln auf dem Laub.

Als Line zurückkam, stand Florian auf und sagte, jetzt sei es aber wirklich schon spät und er müsse leider los. »Schade«, sagte Line und fügte, während sie ihn umarmte, hinzu, gleich morgen werde sie noch einmal bei Andy anrufen. Florian wollte sich von Line lösen und sich mit einem Handschlag für ihr Bemühen bedanken, doch bevor ihm das gelang, drückte sie ihm einen langen Kuss auf den Mund. Florians Magen verkrampfte, und er spürte den Drang, Line von sich zu stoßen. Doch dann dachte er an sein Philosophieseminar und hielt still, öffnete sogar ein wenig seine Lippen. Schließlich löste sich Line von ihm, strich kurz mit den Fingerspitzen über seine Brust und lief, die Wolldecke über den Schultern, in Richtung Innenstadt.

Am nächsten Montag konnte Florian auf der Website der Fakultät für Sozialwissenschaften und Philosophie nachlesen, dass ihm das philosophische Seminar *Logik und Wissenschaftstheorie* bei der Tutorin Anna Kuszlak zugeteilt worden war.

Zwei Tage später bekam Florian von Line eine Antwort auf eine Wohnungsanzeige, die er an das schwarze Brett neben der Campusmensa gepinnt hatte. Nachdem er die ersten vier Wochen vorübergehend in einem Studentenwohnheim gelebt hatte, wollte er nun, zu Beginn des Semesters, eine eigene Wohngemeinschaft gründen und suchte Mitbewohner.

Line schrieb ihm eine E-Mail mit insgesamt sieben augenzwinkernden Smileys. Für sie beide sei es vermutlich noch zu früh, um zusammenzuziehen, Smiley, Smiley, doch ihr Exfreund Stefan befinde sich auch gerade auf Wohnungssuche. »Sei umarmt, Kuss, Line.« Zwei weitere Tage später trafen sich Florian und Lines Exfreund Stefan in der Studentenkneipe *Besser Leben*, um sich kennenzulernen und eine mögliche WG-Gründung zu besprechen.

Florian kam eine Viertelstunde zu früh. An einer Leinwand neben der Theke wurde der heutige *Tatort* gezeigt. Florian sah zwei blasse Seniorenleichen, die einander in den Armen lagen, in einem Himmelbett mit hellblauem Bezug. In der nächsten Szene hielt der pausbäckige Kommissar eine leere Tablettenpackung in der Hand. Florian bestellte sich ein großes Weizenbier und setzte sich an einen Tisch in der Nähe des Eingangs. Außer ihm waren nur noch drei ältere Männer anwesend, die Rotwein tranken und die Leinwand nicht beachteten.

Stefan kam auf die Minute pünktlich. Er war klein, hager, trug ein graues T-Shirt und hatte eine glänzende Vollglatze. Zur Begrüßung klopfte er zweimal auf die Tischplatte und lächelte kurz in Florians Richtung, ohne ihn dabei direkt anzusehen. Nachdem er sich an der Theke ebenfalls ein großes Weizenbier geholt hatte, setzte er sich an Florians Tisch und sagte: »Entschuldige, wenn ich nicht so schnell trinke wie du. Ich habe einen empfindlichen Magen.« Florian sagte: »Kein Problem.« Sie stießen an.

Eine Weile sprach Stefan über Quantenmechanik, dann über die Bibel, das dritte Buch Mose, von dem er glaubte, dass es das beste aller Mose-Bücher sei. Florian sagte, er habe da keine feste Meinung. Stefan versuchte, eine Zigarette zu drehen, doch es gelang ihm nicht. Immer wieder rutschte ihm der Filter aus dem gerollten Blättchen heraus. Stefan lächelte entschuldigend und sagte, er rauche eher selten. Florian wollte ihm helfen und nahm ihm das Blättchen aus der Hand. Doch jedes Mal, wenn er versuchte, es anzufeuchten, blieb es an seiner Zunge kleben. Als Florian schließlich sowohl der Filter als auch der Tabak aus dem Blättchen fielen, gaben sie auf. Florian fragte Stefan, ob er auch etwas studiere. Linguistik und Mathematik, eigentlich, sagte Stefan, doch im Moment spiele er relativ viel Supernintendo.

Später kam Line dazu. Sie holte drei neue Weizenbier und setzte sich zu ihnen. »Ihr zwei beiden«, sagte sie lachend. Noch immer klang sie leicht verschnupft. Sie erzählte, Stefan sei Mitglied in einem Hochbegabtenförderwerk, der Studienstiftung des Deutschen Volkes, und habe bereits zahlreiche akademische Preise gewonnen. Stefan sagte: »Sag das nicht immer.« Er räusperte sich und fuhr mit den Fingern durch die Kerben auf der Tischplatte. Line drehte für jeden eine Zigarette. Sie rauchten schweigend.

Zwei weitere Wochen später bezogen Stefan und Florian eine verwinkelte Altbauwohnung im Stadtteil Plagwitz, westlich der Leipziger Innenstadt. Einen ganzen Nachmittag verbrachten sie damit, die Bücher aus Stefans Umzugskisten in sein Regal einzusortieren. Line half ihnen. Florian stellte erfreut fest, dass sich unter Stefans Büchern sowohl philosophische Klassiker, wie beispielsweise die Platonischen Dialoge, als auch alle sieben Harry-Potter-Bände befanden. Dass es sich um Harry-Potter-Bände handelte, erkannte Florian allerdings nur am Cover, denn es waren japanische Übersetzungen.

Darüber hinaus besaß Stefan eine Brotbackmaschine, eine Friteuse, einen Plattenspieler, mehrere alte Spielekonsolen, die jedoch bis auf das Supernintendo nicht mehr funktionierten, eine Sammlung edler schottischer Whiskys, einen elektrischen Rasierapparat, eine Geige sowie einen Holzstock, von dem er behauptete, er habe ihm einst das Leben gerettet. Vor allem beeindruckten Florian zwei Einkaufstüten mit Werbestickern aus den Siebziger- und Achtzigerjahren. Er entdeckte einen Sticker mit der Zeichnung eines knallroten Apfels, aus dem ein lachender Wurm kroch. Der Sticker war eine Wahlwerbung der Christdemokratischen Partei. Neben dem Apfel stand: »Lassen Sie sich nicht wurmen!«

Hin und wieder, nachdem Line eine besonders schwere Kiste in die Wohnung getragen hatte, umarmte sie Florian und rief: »Geschafft!« Je mehr schwere Kisten sie die Treppe hinauftrug, desto stärker schwitzte sie, und je stärker sie schwitzte, desto intensiver wurde ihr Geruch, so dass Florian bald dazu überging, sich von ihren nahenden Umarmungen wegzudrehen. Dann legte sie lediglich, in gespielter Erschöpfung, ihren Kopf an seinen Rücken und sagte Dinge wie »Uff« oder »Puh« oder »Nur noch drei Kisten«.

Am Abend saßen sie noch eine Weile zu dritt am Küchentisch.

Zur Feier des Tages öffnete Stefan seinen besten Whisky und goss jedem einen Fingerbreit ein. Obwohl Florian immer sofort mit Leitungswasser nachspülte, hing der rauchige Geschmack nach jedem Schluck minutenlang an seinem Gaumen.

Sie unterhielten sich über ihre Eltern. Line erzählte, ihr Vater sei Klempner, ihre Mutter sei Hausfrau und leider auch Alkoholikerin. Sie kratzte sich am Ellbogen. Oh, sagte Florian, das tue ihm leid. Stefan streichelte Line mit dem Handrücken über die Wange und sagte: »Mein armes, tapferes Mädchen.« Sie drehte sich weg.

Stefan nahm einen Schluck Whisky und sagte, seine Eltern seien getrennt, doch es gehe ihnen gut damit. Seine Mutter sei Anwältin, sein Vater ein weltberühmter Bratschist, der gegenwärtig an der Universität von Tokio eine Meisterklasse leite und auch sonst eigentlich nie in Deutschland lebe, sondern immer auf Welttournee sei. Er heiße Siegfried Müller-Dietze. Florian gestand, den Namen noch nie gehört zu haben, beteuerte jedoch, dass er auch sonst keinen einzigen berühmten Bratschisten kenne.

Auf Lines Drängen hin erzählte Florian schließlich von seinen Eltern. Sie waren beide evangelische Gemeindepastoren und lebten seit Florians Geburt in einem Dorf namens Wulsbüttel, das sich zwischen Bremen und Bremerhaven befand. Stefan sagte, er habe vor langer Zeit einmal überlegt, in Bremerhaven Nautik zu studieren und dann Kapitän zu werden, aber das sei eigentlich nur eine Quatschidee gewesen.

Als Line ins Bad ging, um sich zu duschen, beugte sich Stefan über den Tisch, blickte Florian in die Augen und sagte mit ernster Stimme: »Dir ist sicher aufgefallen, dass zwischen Line und mir die Chemie noch stimmt. Es knistert noch, wenn du verstehst, was ich meine.« Florian sagte: »Hm.« Dann fragte er, wie Stefan eigentlich an die ganzen Werbesticker gekommen sei, die seien ja ziemlich lustig. »eBay«, sagte Stefan und ließ sich wieder auf seinen Stuhl sinken.

Als Line zurück aus dem Bad kam, spielten sie spontan noch eine Runde Scrabble, die Stefan gewann. Dann ging Florian schlafen.

Am nächsten Morgen war Stefan verschwunden. Überall standen geöffnete Umzugskisten, an den Wänden lehnten Regalbretter. Der Herd und die Waschmaschine standen noch im Flur. Florian nahm sich vor, Stefan bei seiner Rückkehr mit einer aufgeräumten Wohnung zu überraschen, und begann damit, die Regale aufzubauen.

Sobald alle Regale standen, versuchte er, den Herd und die Waschmaschine allein in die Küche zu hieven, gab jedoch schnell wieder auf. Er aß ein paar Schokoflakes, las dabei in der Sekundärliteratur für das Tutorium bei Anna Kuszlak, einen Text mit dem Titel *Falsifikation und die Methodologie wissenschaftlicher Forschungsprogramme*.

Am Nachmittag machte er einen Spaziergang durch das Viertel. Die Straßen waren kaum befahren, auf dem Bürgersteig kamen ihm junge Väter und Mütter mit Kinderwagen entgegen, fast immer angeführt von einem älteren Geschwisterchen, das in Schlangenlinien auf seinem eigenen Dreirad oder Roller fuhr. Florian entdeckte einen Kanal, an dessen sandigem Uferrand eine Wasserratte saß und den Kopf in einen Joghurtbecher steckte. Auf einer Bank in einem dünnen Parkstreifen saßen zwei Schulkinder und verglichen die Muster ihrer 4YOU-Rucksäcke.

Als Florian wieder zu Hause war, fiel ihm ein, dass er Stefans Handynummer hatte, er rief ihn an, doch Stefan drückte ihn weg. Später am Abend versuchte er es noch einmal und ließ es so lange klingeln, bis die Mailbox antwortete. Florian legte auf, aß noch ein paar Schokoflakes, dann ging er schlafen.

Am nächsten Morgen war Stefan noch immer verschwunden. Als Florian die Küche betrat, sah er in einer von Stefans Umzugskisten einen digitalen Radiowecker. Er stellte ihn auf den Küchentisch und schaltete ihn ein. Es lief gerade *Nur zu Besuch* von den Toten Hosen, Campino sang: »Und wenn es regnet, weiß ich, dass du manchmal weinst.« Auf seinem Handy entdeckte Florian eine Kurznachricht von Line, in der sie ihn um ein Treffen in der Uni-Cafeteria bat. Er aß noch ein paar Schokoflakes, einen Zwieback mit Butter und Honig, putzte sich die Zähne, duschte und verließ die Wohnung.

Line saß auf einem Sessel mit blassrotem Spannbezug, in der hintersten Ecke der Cafeteria. Vor ihr, auf einem zerfurchten Holztisch, stand ein Teller mit einem angebissenen Schokoladencroissant. Florian streckte Line eine Hand entgegen. Sie reagierte nicht. Er zog seine Hand zurück. Das seien der Solidaritätssessel und der Solidaritätstisch, sagte Line, ohne aufzublicken. »Solidarität mit wem?«, fragte Florian und setzte sich auf einen Plastikstuhl, Line gegenüber.

So ganz genau wisse sie das leider auch nicht, sagte Line, jedenfalls seien der Tisch und der Sessel Geschenke von Greenpeace, an das Studentenwerk Leipzig, und das alles habe irgendwie mit gentechnikfreier Landwirtschaft zu tun. Line lehnte sich zurück, verschränkte die Arme. Florian schob die Hände unter die Oberschenkel, zog sie wieder hervor. Line sagte: »Stefan wohnt vorübergehend in der Campusbibliothek.«

Sie blickte zum Fenster, legte den Kopf schief. Eine Haarsträhne rutschte ihr ins Gesicht. Sie schob die Unterlippe vor und versuchte, die Strähne wegzupusten, doch immer wieder rutschte sie zurück, so dass Line schließlich ihre verschränkten Arme noch einmal löste und sich die Strähne hinter das Ohr schob. Neuerdings, erklärte Line, sei die Campusbibliothek durchgehend geöffnet, vierundzwanzig Stunden am Tag, sieben Tage die Woche, sogar Weihnachten und Neujahr. Stefan habe sich auf ein Lesesofa in der Biochemie zurückgezogen.

»Muss er gerade besonders viel arbeiten?«, fragte Florian. »Damit«, sagte Line, und ihre Stimme war plötzlich schrill, »hat das überhaupt nichts zu tun.« Sie nahm einen großen Bissen vom Schokocroissant, kaute eine Weile, wobei sie den Bissen mehrmals von der linken in die rechte Wange und zurückschob, dann schluckte sie alles auf einmal hinunter.

Line griff nach Florians Hand und zog sie zu sich heran. Sie fragte: »Warum hast du ihm nichts von uns erzählt?« Eine Angestellte der Uni-Cafeteria ging an ihnen vorbei, sie trug ein mit Tassen und Untertassen überfülltes Tablett, unter ihrem Arm klemmte ein Wischmopp. Mit ihrem Zeige- und Mittelfinger streichelte Line Florians Handinnenfläche, es kitzelte. Florian zog seine Hand zurück. Line sagte: »Stefan wusste gar nicht, dass du und ich jetzt diese Sache haben.«

Florian fragte: »Was für eine Sache?« Line sagte: »Er braucht Zeit, um alles zu akzeptieren.« Florian blickte der Angestellten hinterher, ihr Wischmopp tropfte und hinterließ zwischen den Stühlen und Tischen eine dünne Wasserspur.

Am Nachmittag ging Florian in die Biochemieabteilung der Campusbibliothek. Auf einem der Sofas entdeckte er ein Kopfkissen mit einem blau-weiß-gestreiften Bezug, den er auch schon beim Umzug gesehen hatte. Daneben stand ein Stapel Bücher, dessen Geruch von altem Papier, Staub und Klebstoff ihn sofort an den Nachmittag erinnerte, an dem er und Stefan das Regal eingeräumt hatten. Als er sich auf das Sofa setzte, entdeckte er in einer der Ritzen Stefans Zahnbürste und Rasierer, außerdem eine Packung Koffeintabletten.

Wahllos griff Florian nach einem von Stefans Büchern. Es war Astrid Lindgrens *Brüder Löwenherz*. Er legte seine Beine über die Sofalehne, schob sich das Kopfkissen in den Nacken und begann zu lesen. Er kannte die Geschichte aus seiner Kindheit, seine Mutter hatte sie ihm häufig zum Einschlafen vorgelesen. Der kleine Karl, der von allen nur Krümel genannt wurde, hatte starken Husten und lag im Sterben. Dann jedoch, bei einem Häuserbrand, starb auf einmal sein großer Bruder, der schöne Jonathan. Kurz darauf starb Krümel ebenfalls. Ihre Mutter war todtraurig. Doch die Brüder trafen sich wieder, in Nangijala, einem paradiesischen Jenseitsland.

Als Florian an der Stelle ankam, an der Jonathan und Krümel gemeinsam an einem plätschernden Gebirgsbach in Nangijala sitzen und angeln, wurde ihm von Stefan das Buch aus der Hand geschlagen. Was er hier zu suchen habe, schrie Stefan ihn an. Florian stand auf und flüsterte, Stefan solle sich beruhigen. Stefan stieß ihm mit beiden Händen gegen die Brust. Florian fiel zurück auf das Sofa. Stefan hob die Arme und ballte die Hände zu Fäusten. Er tänzelte um das Sofa herum, den Blick auf Florian gerichtet, und rief: »Komm schon! Komm schon!« Mehrere Studenten sahen über ihre Laptopmonitore hinweg zu ihnen herüber, einer machte: »Sch!«

Nachdem Stefan das Sofa dreimal umrundet hatte, ließ er die Fäuste wieder sinken, setzte sich zu Florian und begann zu weinen. Er vergrub den Kopf zwischen seinen Armen, sein Oberkörper erzitterte unter lauten Schluchzern. Um sie herum war genervtes Stöhnen und Zungenschnalzen zu hören. Florian hob *Die Brüder Löwenherz* vom Fußboden auf und legte das Buch zurück auf Stefans Stapel. Ein Sicherheitsmann trat zu ihnen, räusperte sich und bat Stefan, die Bibliothek umgehend zu verlassen.

Auf dem Campusinnenhof, neben der Sparkassenfiliale, sprachen sie sich aus. Florian beeilte sich, sein absolutes Desinteresse an Line zu betonen. Stefan lehnte sich an einen Fahrradständer. Mit der linken Hand wischte er sich mehrmals über die Glatze. Er nahm seine Brille ab und setzte sie wieder auf. Er nahm sie erneut ab und setzte sie wieder auf. Florian wiederholte seine Worte, doch diesmal unterbrach ihn Stefan, indem er ihn mit weit aufgerissenen Augen durch seine Brille anguckte und ungläubig fragte: »Wirklich? Ehrenwort? Wirklich?« Florian nickte.

Die Tür zum Großen Hörsaalgebäude öffnete sich, und fünf Studenten, die allesamt enge Hosen und Jutebeutel trugen, kamen heraus. Sie stellten sich vor die Schiller-Statue und begannen,

Zigaretten zu drehen. Einer von ihnen sagte zu seinen Freunden: »Er ist schon gut, irgendwie, aber er haut mich nicht um.« Florian blickte zum Schaufenster der Sparkassenfiliale, in dem Bildungskredite und Konten mit Sondertarifen für Studenten und junge Unternehmensgründer beworben wurden. Auf einem der Werbeplakate war ein junger Mann zu sehen, der neben einem glänzenden Rennrad stand und sich gerade seinen Helm auf den Kopf schnallte.

Stefan räusperte sich und sagte: »Nächste Woche ist StuRa, inoffizielles Meeting. Hast du Lust?« Als Florian zögerte, beteuerte Stefan, er würde sich wirklich freuen, und vorher könnten sie zusammen in der WG eine Runde Schach spielen, oder Go, oder Scrabble, eine Revanche, oder von ihm aus auch Mensch ärgere dich nicht, oder worauf auch immer Florian Lust habe.

Florian sagte lächelnd »Ich bin dabei« und wollte Stefan kumpelhaft mit der Faust gegen die Schulter schlagen. Doch noch bevor er seine Hand heben konnte, hatte Stefan ihn bereits fest in die Arme geschlossen.

– – – – – –

Die Logiktutorin Anna Kuszlak hatte schulterlanges rötliches Haar, ein rundes Gesicht mit hellblauen Augen und eine kleine Nase, zu der Florian sofort das Wort »stupsig« in den Sinn kam. Sie trug einen Fleecepullover und eine Stoffhose mit Knietaschen. In der ersten Seminarsitzung sprach sie von Wahrheitswerten, gültigen und ungültigen logischen Schlussfolgerungen, Prädikaten und Aussagen und immer wieder von Aristoteles.

Florian saß in der ersten Reihe. Sein Tisch grenzte unmittelbar an das Schreibpult von Anna Kuszlak, auf dem eine *taz* und ein zerbrochenes Stück Kreide lagen, außerdem ein hellblauer Papphefter mit der Aufschrift »Uni und Krams 2010«. Während Anna Kuszlak redete, lief sie mit großen Schritten vor ihrem Pult hin und her, manchmal schrieb sie ein logisches Zeichen an die Tafel, zum Beispiel das Negationszeichen »¬« oder das Oder-Zeichen, die sogenannte Disjunktion, »V«.

Einmal machte Anna Kuszlak einen Witz, der mit einem Logikprinzip zu tun hatte. Sie sagte: »Wenn Schweine fliegen können, bin ich die schönste Frau der Welt.« Für einen kurzen Moment verspürte Florian den Drang, sich zu melden und zu sagen, dass sie auch so, ganz gleich, ob Schweine fliegen könnten, die schönste Frau der Welt sei. Dann erschien es ihm jedoch zu aufdringlich. Zudem war Anna Kuszlak, wie sich Florian schließlich doch eingestand, sicher nicht die schönste Frau der Welt. Dafür hatte sie zu kurze Beine.

Kurz vor dem Ende der Sitzung fragte Anna Kuszlak Florian nach seinem Namen, um mit ihm eine weitere logische Schlussfolgerung zu illustrieren: Aus den beiden Sätzen »Alle Menschen sind sterblich« und »Florian Berg ist ein Mensch« folge logisch »Florian Berg ist sterblich«.

Nach dem Seminar lud Florian Anna Kuszlak spontan auf einen Kaffee ein. Sie lehnte ab. Sie nehme grundsätzlich keine Einladungen von Tutanden an, erst recht nicht zum Kaffee, denn Koffein mache dumm. »Tatsächlich?«, fragte Florian. Ja, sagte Anna Kuszlak, sie habe das einmal in der Wissenschaftszeitschrift

Spektrum gelesen, es hänge irgendwie mit den Neurotransmittern zusammen. »Mit was?«, fragte Florian. »Egal«, sagte Anna Kuszlak, steckte den Papphefter und die *taz* in ihren Rucksack und verließ den Seminarraum.

Florian folgte ihr. Sie liefen gemeinsam den Gang hinab, vorbei an den Büros der Philosophiedoktoranten, am Studi-Eltern-Wickelraum, an einem weißen Stofftransparent mit der blutroten Aufschrift: »Kürzer geht's nicht. FSR Anglistik.« Florian fragte Anna Kuszlak, wie es denn mit einem Fruchtsaft stehe, dazu vielleicht ein Stück Marmor- oder Apfelkuchen? Anna Kuszlak lachte und sagte: »Nein, danke.« Sie verließen das Geisteswissenschaftliche Zentrum durch den Haupteingang.

Draußen stand Anna Kuszlak noch eine Weile auf dem Parkplatz vor der Bibliothek und rauchte. Florian stand daneben. Ob noch etwas sei, fragte Anna Kuszlak und blickte auf ihre Armbanduhr. Florian sagte, er sei neu in Leipzig. Anna Kuszlak seufzte und sagte, sie habe schon genug Freunde, er solle es anderswo versuchen. »Ganz schön hart«, sagte Florian. »Tja«, sagte Anna Kuszlak und nahm einen tiefen Zug von ihrer Zigarette. Florian lud sie noch auf ein Bitterschokoladencroissant ein, dann auf ein Bier, doch sie sagte weiterhin alles ab.

Ein paar Minuten standen sie schweigend nebeneinander, und Florian wollte schon aufgeben und nach Hause gehen. Da lächelte Anna Kuszlak plötzlich und sagte, andererseits, es gebe schon etwas, das sie gemeinsam unternehmen könnten. Wenn er sich traue. Sie schnippte ihren Zigarettenstummel auf den Asphalt und ging zu einem mattgrauen Opel, an dessen Vorderfenstern zwei Plastikstangen mit Deutschlandfahnen befestigt waren.

In letzter Zeit, sagte Anna Kuszlak, und insbesondere seit Beginn der Fußballweltmeisterschaft vergangene Woche, werde Leipzig täglich hässlicher, und da müsse mensch doch etwas tun. Sie griff nach einer der Plastikstangen und brach sie ab, ein lautes Knacken war zu hören. Vielleicht, sagte Anna Kuszlak und winkte Florian mit der abgebrochenen Fahne, habe er Lust, sie auf einen Spaziergang in den Leipziger Osten zu begleiten?

Florian blickte sich um. Auf der gegenüberliegenden Straßenseite, vor dem Institut für Germanistik, stand ein junger Student mit hochgeklappter Sonnenbrille und Polohemd. Er hatte die Augenbrauen zusammengezogen und schaute in ihre Richtung. »Wir gehen besser«, sagte Florian und deutete mit dem Kopf zu dem Studenten. Anna Kuszlak nickte und sagte: »Nimm du die zweite.«

Florian zögerte. Der Student zog ein Smartphone aus der Hosentasche und richtete es auf Anna Kuszlak, die gerade so tat, als müsse sie niesen und als sei die Deutschlandfahne ihr Taschentuch. Der Student schoss mehrere Fotos, dann überquerte er die Straße und lief auf sie zu. »Wartet mal!«, rief er.

Florian ging zu dem Opel, brach die zweite Fahne ab und rannte, so schnell er konnte, die Straße hinab. Erst an der übernächsten Kreuzung hielt er an und drehte sich um. Anna Kuszlak kam um eine Straßenecke gebogen, lächelnd, im Schlenderschritt, die Hände in den Hosentaschen. Die Deutschlandfahne ragte aus ihrem halboffenen Rucksack.

Auf dem Weg in den Leipziger Osten sammelte Anna weitere Deutschlandfahnen. Nach einer Weile hörte sie auf, die Fahnen mitsamt Plastikmast abzubrechen, und begnügte sich damit, den goldenen Streifen abzureißen, so dass eine schwarz-rote anarchistisch-sozialistische Fahne am Auto hängenblieb. Für den Wettbewerb sei der gelbe Streifen ausreichend, sagte Anna und erzählte, das anarchistische Zentrum *Lighthouse* habe ein WM-Special ins Leben gerufen. Wer bis zum Endspiel die meisten Fahnen beziehungsweise gelben Streifen sammle, bekomme einen Überraschungspreis.

Je weiter sie in den Leipziger Osten kamen, desto mehr alte und junge Menschen saßen regungslos hinter ihren Fensterscheiben und starrten sie an, desto häufiger stolperte Florian über zerbrochene Fußwegplatten, und desto mehr Deutschlandfahnen hingen an Autos und Häuserfassaden. Am Anfang ließ Florian Anna die Arbeit allein machen, während er selbst an den Straßenecken Schmiere stand. Doch nach und nach wurde er mutiger, und hin und wieder, in einer der engen Seitengassen, brach er selbst eine Fahne ab und versteckte sie rasch unter seinem Kapuzenpullover.

Sie kamen an mehreren verfallenen Fabrikhallen vorbei, stiegen über ein verrostetes Bahngleis, durchquerten einen Park mit überdurchschnittlich vielen Tischtennisplatten, und einmal kletterte Anna an einer Regenrinne auf einen Balkon im ersten Stock, an dem rote, schwarze und gelbe Luftballons befestigt waren, und zerstach sie alle nacheinander mit einem Schweizer Taschenmesser. Florian zuckte bei jedem zerplatzenden Luftballon leicht zusammen, doch nirgendwo öffnete sich ein Fenster oder eine Haustür.

Nachdem sie wieder vom Balkon heruntergeklettert war, sprach Anna eine Weile über ihr Logikmasterstudium, in dem sie sich gegenwärtig sehr intensiv mit nichtklassischen Logiken auseinandersetze, vornehmlich mit der sogenannten Fuzzylogik, der zufolge das in den klassischen Logiken vorherrschende binäre Wertesystem, also die Unterscheidung zwischen wahr einerseits und falsch andererseits, obsolet sei. In der Fuzzylogik, erklärte Anna, sei die Unterscheidung zwischen wahr und falsch nicht kategorisch, sondern graduell, es gebe also Aussagen, die weniger falsch seien als andere, ohne deswegen zugleich vollkommen wahr zu sein.

Vor einem Laternenpfahl blieb Anna stehen, um einige NPD-Aufkleber abzukratzen. Sie waren alle mit demselben Slogan bedruckt: »Geld für Oma / statt für Sinti und Roma.« Neben den NPD-Aufklebern entdeckte Florian einen Aufkleber, auf dem die Karikatur eines Igels mit wütendem Gesichtsausdruck zu sehen war. Florian kannte diesen Igel, er war das Logo der Grünen Jugend, der Jugendorganisation von Bündnis 90 / Die Grünen, in der er sich bis zu seinem Umzug nach Leipzig noch selbst engagiert hatte. Er überlegte, ob er Anna davon erzählen sollte, entschied sich jedoch dagegen. Anna pulte sich die Reste der NPD-Aufkleber von den Fingern und sagte, noch zehn Fahnen, dann habe sie ihr Tagessoll erfüllt.

Sie kamen an einem Orthopädiefachgeschäft vorbei, an einer Tankstelle, an einem Matratzenfachhändler. Florian fragte Anna, ob sie die Fuzzylogik auch noch im Tutorium besprechen werde. Wahrscheinlich nicht, sagte Anna, das sei für Bachelorstudierende zu schwer. Kurz darauf entdeckten sie einen Rewe-Parkplatz, und innerhalb weniger Minuten war Anna bei ihrem Tagessoll angekommen.

Florian begleitete seine Tutorin noch bis zu ihrer Wohnung, die sich an der Grenze zwischen dem Leipziger Osten und dem Leipziger Zentrum befand. Als sie vor ihrer Tür angekommen waren, umarmte Anna ihn und sagte, sie würde sich freuen, wenn er sie in der kommenden Woche erneut unterstütze, die Konkurrenz schlafe nicht. »Warte«, sagte Florian und überquerte die Straße, um von einem lilafarbenen Golf mit verdunkelten Fenstern eine letzte Deutschlandfahne abzureißen.

Doch bevor er das Auto erreicht hatte, hörte er hinter sich Anna mit leiser, aber fester Stimme sagen: »Die nicht.« Florian drehte sich um. Anna hatte den Kopf gesenkt, richtete den Blick auf ein Schlagloch in der Straße, direkt vor ihren Füßen. »Die nicht«, wiederholte sie, diesmal etwas lauter und mit nicht mehr ganz so fester Stimme. »Für heute haben wir genug gesammelt.«

Ach was, sagte Florian, je mehr, desto besser. Er ging zu dem lilafarbenen Golf und griff nach der Fahnenstange, doch plötzlich stand Anna neben ihm und umklammerte seinen Unterarm. Sie drückte erstaunlich fest zu, Florian spürte jeden einzelnen ihrer Finger auf seiner Haut, kalt und zugleich leicht verschwitzt. Er ließ seinen Arm wieder sinken, Anna sagte »danke«, ihre Stimme war matt.

Einen kurzen Moment lang standen sie sich schweigend gegenüber. Florian sah Anna in die Augen, und sie erwiderte seinen Blick, so lange, bis er es nicht mehr aushielt und statt ihrer Augen einen Krümel getrocknete Schlafflüssigkeit fixierte, der an ihrem Nasenbein klebte. Anna ließ seinen Arm los, für ein paar Sekunden spürte Florian ein leichtes Kribbeln in seinem Handgelenk, dann war es wieder verschwunden.

In diesem Augenblick öffnete sich die Tür von Annas Haus, und ein junger Mann trat heraus, kam zu ihnen und küsste Anna Kuszlak auf den Mund.

Der junge Mann hatte kurze Haare, trug eine dunkelblaue Jeans und einen schwarzen Rollkragenpullover. Er gab Florian die Hand, lächelte und sagte, sehr erfreut, er sei Tobi. Dann fragte er Anna, warum sie hier gemeinsam vor seinem Auto stünden, ob sie etwa seinen neuen Auspuff bewunderten. Er lachte, kurz und trocken, und Florian war sich nicht ganz sicher, ob Tobis Kommentar scherzhaft oder ernst gemeint war. Anna umarmte Tobi, der sie um mehr als zwei Köpfe überragte, und küsste ihn auf den Rollkragen, unter dem sich sein Adamsapfel deutlich abzeichnete.

Florian fiel auf, dass die von Anna erbeuteten Deutschlandfahnen nicht mehr aus ihrem Rucksack ragten, sondern nun blickgeschützt verstaut waren. Er griff sich mit der Hand unter den Pullover und tastete nach seinen eigenen Fahnen. Sie klemmten fest im Bund seiner Hose.

ZWEI

Eine Woche nach seinem dreizehnten Geburtstag gründete Florian zusammen mit seinem damals besten Freund Ole einen Verein. An einem sonnigen Mittwochnachmittag trafen sie sich in der Strohscheune von Oles Eltern, um die offizielle Gründungszeremonie durchzuführen. Während Florian im Stehen die einzelnen Paragraphen ihrer selbst verfassten Vereinssatzung verlas, saß Ole ihm gegenüber, auf einem frisch geschnürten Strohballen, in der Hand eine Dose Vitamalz. Florian las: »Erstens: Ole Rispe ist Vorsitzender, und Florian Berg ist Schatzmeister.« Ole nickte.

Florian und Ole hatten sich ihre Sitzecke im hintersten Abschnitt der Scheune eingerichtet, um sie herum stapelten sich die Strohballen bis unter die Decke. »Die oberste Aufgabe des Vereins«, las Florian weiter, »ist die Bewachung und Instandhaltung des Gebiets.« Wieder nickte Ole. Er zog einen Halm aus dem Strohballen, steckte ihn in die Vitamalz-Dose und versuchte zu trinken. Er verschluckte sich, das Vitamalz spritzte aus seinem Mund und aus seiner Nase, lief über den Scheunenboden.

Als Ole sich wieder beruhigt hatte, las Florian, das Gebiet bestehe aus den drei Forellenteichen bei der Autobahn und dem sie umgebenden Fichtenwald, einschließlich Plumpsklo. Es folgte ein Paragraph, in dem der Heuboden als offizielles Hauptquartier bestimmt wurde, ein weiterer, der die Aufnahmeprüfungen für potenzielle Neumitglieder regelte, abschließend Paragraph fünf: »Erwachsene und Mädchen sind als Mitglieder nicht zugelassen.«

Während sie die Satzung unterschrieben, kam Oles Vater in die Scheune und rief, wo Ole denn bleibe, verdammt noch mal, er sei heute als Melkhelfer eingetragen. Hastig versteckten sie das Papier in der Ritze eines Dachbalkens.

Ole trank den letzten Schluck Vitamalz, direkt aus der Dose, dann folgte er seinem Vater zur Melkanlage. Florian ging nach Hause.

Bereits am nächsten Vormittag, in der großen Pause vor der Mathematikdoppelstunde, baten zwei von Florians Klassenkameraden darum, in den Verein aufgenommen zu werden. Der Erste, der die Aufnahmeprüfung ablegte, war Florians damals zweitbester Freund Paul. Er musste im Schulgarten Schnecken sammeln und sie danach gegen die Fensterscheibe des Lehrerzimmers werfen. Er bestand ohne Probleme. Der zweite Prüfling, Anton, fand im Schulgarten keine Schnecken mehr, nur noch einen vertrockneten Regenwurm. Ole befahl ihm, den Regenwurm zu zerkauen und hinunterzuschlucken. Er gehorchte, und obwohl er sich kurz darauf übergeben musste, bewerteten Florian und Ole die Prüfung als bestanden.

In den nächsten Wochen stellten nach und nach alle anderen Jungen aus Florians Klasse Aufnahmeanträge. Ole und Florian ließen sie allesamt Insekten essen, Spinnen, Fliegen, hin und wieder Schmetterlinge.

Jeden Mittwochabend traf sich der Verein zur Mitgliederversammlung in der Scheune. Dort teilten Florian und Ole die Mitglieder in drei- oder vierköpfige Staffeltruppen ein. Je eine Staffeltruppe war für die Bewachung und Instandhaltung eines Forellenteichs zuständig. Die konkreten Aufgaben der Vereinsmitglieder umfassten das Entfernen von Ästen und Sträuchern, die zu weit über dem Wasser hingen, das Säubern der Trampelpfade, tägliche Patrouillengänge.

Anfang des Sommers, zwei Monate nach seiner Gründung, hatte der Verein einundzwanzig Mitglieder, und als die ersten Jungen aus den jüngeren Jahrgängen Aufnahmeanträge stellten, wurde es bereits eng auf dem Heuboden. Florian und Ole verschärften die Prüfungskonditionen. Die neuen Prüflinge mussten in einem der Teiche im Gebiet eine Forelle angeln, dann mussten sie masturbieren und sich die Forelle auf ihre erigierten Penisse stecken. Wenn die Forelle innerhalb von einer Minute nicht zu Boden fiel, wurden sie aufgenommen.

Die meisten Jungen scheiterten bereits beim Angeln, und bei den wenigen, die tatsächlich eine Forelle an Land holten, hielt die Erektion fast immer nur dreißig bis vierzig Sekunden. Lediglich zwei Jungen bestanden die Prüfung: Juria, aus Florians Parallelklasse, und Malte, der zwar die Klasse unter Florian besuchte, jedoch bereits zweimal sitzengeblieben war.

In Wulsbüttel war der Sommer in diesem Jahr besonders heiß, und beinahe jede Woche starb irgendeine ältere Frau an Herzversagen. Beim Abendessen klagte Florians Mutter regelmäßig über die hohe Arbeitslast, mit der sie aufgrund all der plötzlichen Todesfälle zu kämpfen habe, die Predigten für die Beerdigungen, die zahlreichen Kondolenzgespräche mit den Angehörigen. Florians Vater, der in der Gemeinde vor allem für Hochzeiten und Taufen zuständig war, sagte dann Dinge wie, dass es schon wieder werde oder dass auch wieder bessere Zeiten kämen.

Anfang August starben innerhalb von zehn Tagen Frau Bockhorn, Frau Stolzenburg, Frau Müller, Frau Dreefs und Frau Kießling, und eines Abends warf Florians Mutter ihr Milchglas gegen die Küchenwand und begann zu weinen.

Florians Vater nahm sie in den Arm und schlug ihr vor, ein paar Tage blau zu machen. Florians Mutter schluchzte und fragte, wie er sich das vorstelle, ob er etwa wolle, dass die alten Frauen noch vor ihrer Beerdigung vergammelten? Florians Vater wischte ihr die Tränen aus den Augen und sagte, da brauche sie sich keine Sorgen zu machen, auch hier in Wulsbüttel gebe es eine Leichenhalle mit funktionstüchtigem Kühlsystem. »Ach, du«, sagte Florians Mutter, schniefte, lachte und küsste Florians Vater auf die Wange.

Florian räumte seinen Teller und sein Besteck in die Geschirrspülmaschine und ging in sein Zimmer. Dort setzte er sich an seinen Schreibtisch und verfasste einen Eintrag in das Tagebuch, welches ihm sein Onkel Reinhard letztes Jahr zu Weihnachten geschenkt hatte. Er schrieb, dass er heute in der Schule in Mathe mündlich eine Eins minus bekommen habe, außerdem, dass er ein leichtes Stechen in seinem rechten Backenzahn verspüre und nun fürchte, Karies zu bekommen.

Als er fertig war, hob er den Kopf und blickte aus dem Fenster. Die Sonne stand tief am Himmel und tauchte den Garten in ein dunkelgelbes Licht, den vertrockneten Rasen, das Gemüsebeet, die alte Eiche mit dem Baumhaus, die Holzmöbel auf der Terrasse. Florian entschied sich, noch einen abendlichen Patrouillengang durch das Gebiet zu machen. Er packte den sechsten Harry-Potter-Band und eine Taschenlampe in seinen Rucksack und verließ das Haus.

Er nahm den Weg entlang der Hauptstraße, vorbei am Edeka und an der Waffelfabrik. Hinter der Volksbank bog er rechts ab, ging ein Stück querfeldein und nahm eine Abkürzung über zwei frisch abgeerntete Getreidefelder, so dass er schließlich an der Ostseite vom großen Forellenteich ankam.

Er schlenderte eine Weile am Ufer entlang. In der Nähe der verwitterten Holzbank lag der Stamm einer entwurzelten Fichte, quer auf dem Trampelpfad. Es kam häufiger vor, dass während eines heftigen Sommer- oder Herbstgewitters einzelne Bäume umstürzten, und meistens rissen sie dann im Sturz sogar noch weitere Bäume mit. Diesmal hatte es zum Glück nur diese eine Fichte erwischt. Florian versuchte, sie zur Seite zu schieben, doch sie war zu schwer, und so beschloss er, in den nächsten Tagen eine Staffeltruppe damit zu beauftragen.

Nachdem er den Teich einmal umrundet hatte, setzte er sich ins Ufergras und holte die Taschenlampe und das Buch aus seinem Rucksack. Der sechste Harry-Potter-Band war erst vor wenigen Wochen erschienen, und Florian hatte ihn bisher erst zweimal gelesen. Noch immer konnte er kaum glauben, dass der große Albus Dumbledore nicht mehr lebte, und vor einigen Tagen hatte er sogar geträumt, er selbst sei Harry Potter und müsse, gebannt durch einen Schockzauber, den Mord an Dumbledore persönlich mit ansehen. Mit Tränen in den Augen war er aufgewacht.

Heute Abend fiel es Florian schwer, sich auf das Lesen zu konzentrieren. Um seinen Kopf schwirrten Mücken, es roch nach Algen, und wegen des Westwindes war das Rauschen der Autobahn besonders laut zu hören. Nach ein paar Minuten stand er wieder auf und wollte gerade zurück nach Hause gehen, als er im Gehölz hinter sich ein Klicken hörte.

Er drehte sich um. In der Dämmerung konnte er nicht viel erkennen. Er leuchtete mit der Taschenlampe in die Richtung, aus der das Geräusch gekommen war. Im Lichtkegel sah er dichten Wald, braune Fichtenstämme, umgeben von Dornen und Brennnesseln. Noch einmal war das Klicken zu hören. Florian trat einen Schritt näher und sah, direkt vor sich, eingekeilt zwischen zwei Baumstämmen, eine mit Fichtenzweigen und Kunstrasen beklebte Holzkabine.

Er überlegte, ob er umkehren und eine Staffeltruppe alarmieren sollte. Obwohl er in den letzten Wochen viele Stunden an genau dieser Stelle im Ufergras gelegen und gelesen hatte, war ihm diese Kabine nie zuvor aufgefallen. Sie schien kaum einen Meter breit zu sein, kaum zwei Meter hoch. An ihrer Vorderseite befand sich eine runde Öffnung, aus der ein Kameraobjektiv ragte.

An der linken Seite der Kabinenwand öffnete sich eine Tür, und ein junger Mann trat heraus. Florian wich zurück und richtete den Lichtkegel seiner Taschenlampe auf das Gesicht des Mannes. Mit zusammengezogenen Augenbrauen betrachtete er Florian einen Moment, dann sagte er: »Mein Herr, Sie sind mir durch's Bild gelaufen.« Der Mann war blass und hager, hatte ein jungenhaftes Gesicht, noch keinen Bartwuchs, aber bereits leichte Geheimratsecken.

Mit beschwingtem Schritt ging er auf Florian zu, schüttelte ihm die Hand und sagte: »Mein Name ist Udo Siegmund, Profession Vogelfotograf.« Als Florian hierauf nichts entgegnete, fragte der Mann: »Mit wem habe ich die Ehre?« Florian räusperte sich und sagte, er heiße Florian Berg und sei Schüler der Klasse 7c an der Gemeinschaftsschule Wulsbüttel-Uthlede-Harrendorf, außerdem Schatzmeister eines Vereins.

Er sei leider noch nicht bekannt mit den hiesigen Vereinen, sagte Udo Siegmund, er sei erst vor Kurzem nach Wulsbüttel gezogen, zusammen mit seinem Vater, dem Gastronom und ehemaligen Müllermeister Peter Siegmund. »Wie ist denn der Name Ihres Vereins?« Während er sprach, wedelte Udo Siegmund mit seinen schlaksigen Armen in der Luft herum, um die Mücken zu verscheuchen. Florian sagte, sein Verein heiße einfach nur Verein, er sei gegründet worden zur Instandhaltung und Bewachung des Gebiets.

»Naturfreunde also«, sagte Udo Siegmund und lächelte. Dann erzählte er, seit einigen Tagen arbeite er an einer Fotoserie über den Eisvogel, zu dem Zweck habe er sich auch diesen Unterstand erbaut. Er drehte sich um und zeigte auf die Kabine. Letzte Woche sei es ihm bereits zweimal gelungen, den Eisvogel im Sitzen zu fotografieren, auf jenem Ast, der dort drüben über den Teich rage, und am heutigen Abend habe er es beinahe geschafft, den Eisvogel im Flug zu fotografieren, er sei da vorne eine Weile um die Fichtenwipfel geschwirrt, doch dann habe Florian ihn mit seinem Herumgestapfe leider verscheucht. Das tue ihm leid, sagte Florian. Nicht schlimm, versicherte Udo und schlug Florian auf die Schulter, es sei ohnehin schon ein wenig zu dunkel gewesen.

Bevor Florian sich verabschiedete, bot Udo Siegmund ihm noch das Du an. »Sie sind ja noch minderjährig, deshalb zögere ich auch nicht lange mit einer solchen Vertraulichkeit. Also, ich bin der Udo!« Noch einmal schüttelten sie sich die Hände, dann ging Florian nach Hause und Udo zurück in seine Kabine.

In den nächsten Wochen sahen sich Udo und Florian beinahe täglich. Jedes Mal, wenn Florian im Gebiet war, kam Udo aus seiner Kabine und begleitete ihn auf einem seiner Patrouillengänge. Die meiste Zeit sprach Udo vom Eisvogel. Er zeigte Florian sein bestes Foto. Darauf war ein Vogel mit blau schimmernden Federn zu sehen, der auf einem Ast saß und seinen gelben Schnabel stolz in die Höhe reckte. Die Wulsbüttler Forellenteiche, erzählte Udo, seien in ganz Niedersachsen der einzige Ort, an dem nachweislich ein Eisvogel sesshaft geworden sei, einer von fünf in Deutschland erfassten Exemplaren. Sein großer Traum sei es, den Eisvogel im Flug zu fotografieren.

Einmal begleitete Florian Udo nach Hause, zum gemeinsamen Abendessen. Udo und sein Vater wohnten ein wenig außerhalb, in einem Backsteinhaus mit unverputzten Wänden. Der Fußboden bestand in den meisten Zimmern aus Sand oder Pappe, nur in der Küche und im Bad lagen ein paar lose Steinplatten. In Udos Zimmer stand ein Schreibtisch, darauf ein paar zerknüllte Stofftaschentücher, ein Gameboy Color, ein dickes Kameraobjektiv und einige Filmdosen. Es gab ein Bücherregal und einen Schrank, der mit schwarzen und grauen Klamotten gefüllt war. In der Ecke stand ein metallenes Bettgestell, auf dem eine Luftmatratze und eine Wolldecke lagen. An den Wänden hingen mehrere Fotos von Windmühlen, einige in Schwarz-Weiß, außerdem ein Foto des Eisvogels, leicht verschwommen.

Udo fragte Florian, welches Foto ihm am besten gefalle. Florian zuckte mit den Schultern. Udo deutete auf eines der Windmühlenfotos und sagte, dort habe er seine Kindheit verbracht, in der Großen Deinstermühle bei Fredenbeck. Er sei, sagte Udo, der jüngste Spross einer altehrwürdigen Müllersfamilie. Allerdings werde die Deinstermühle bereits seit über zwanzig Jahren nur noch als historisches Mühlmuseum genutzt, sein Vater habe dort ein Landcafé betrieben, das jedoch vergangenes Jahr geschlossen worden sei, wegen irgendeiner übertriebenen Hygienevorschrift.

Florian setzte sich auf die Luftmatratze auf Udos Bett und baumelte mit den Beinen. Die Flügel der Deinstermühle, sagte Udo, seien bei einem Sturm vor einigen Jahren schwer beschädigt worden, ein Flügel sei sogar vollkommen abgerissen. Aus der Küche rief Udos Vater, das Abendessen sei angerichtet, es gebe Hühnersuppe.

Während des Essens erzählte Udos Vater, Udo habe als Kind manchmal ins Bett gemacht, deshalb habe man seine Schaumstoffmatratze mit einer Luftmatratze ausgetauscht, die lasse sich besser reinigen. Jetzt mache Udo natürlich nicht mehr ins Bett, doch er habe sich so sehr an die Luftmatratze gewöhnt, dass er sie der alten Schaumstoffmatratze vorziehe. Udo sagte: »Papa!« Udos Vater sagte: »Das muss dir nicht peinlich sein.« Er blickte auf seinen Teller, dann zu Udo, dann zu Florian. Seine Augen waren wässrig und klein.

Als Udos Vater erfuhr, dass Florian Sohn der Wulsbüttler Gemeindepastoren war, holte er aus seinem Schlafzimmer eine Bibel und las ihm einige seiner Lieblingsstellen aus dem alten Testament vor. Die meisten handelten von der Freundschaft, »aus gegebenem Anlass«, wie Udos Vater betonte. Er las: »Gott spricht, ein treuer Freund ist ein starker Schutz; wer den findet, der findet einen großen Schatz.« Er sei überglücklich, sagte Udos Vater, dass der Udo einen solchen Schatz jetzt gefunden habe. Er schöpfte noch eine Kelle Suppe in Florians Teller.

Dann sprach er eine Weile von seiner Zeit im christlichen Posaunenchor Fredenbeck, und er erzählte, auch Udo habe manchmal mitposaunt. »Aber er hat keine Puste!« Udos Vater lachte.

Bevor Florian nach Hause ging, überreichte Udos Vater ihm noch eine Blechdose mit selbst gebackenen Keksen, für ihn und seine Eltern.

Im Oktober kam zum ersten Mal der Bücherbus nach Wulsbüttel. Im Regionalteil der *Nordseezeitung* las Florian, der Bücherbus sei eine Art fahrende Bibliothek, ein Wohnmobil, vollgestellt mit Bücherregalen, das seit Jahren durch Norddeutschland fahre und jeden Tag an einem anderen Ort Halt mache. Wulsbüttel habe der Bücherbus bislang auf seiner Tour immer ausgelassen, weil es kleiner sei als die umliegenden Dörfer Uthlede und Sandstedt. Doch Wulsbüttel wachse, seit einem Jahr habe es offiziell mehr als eintausend Einwohner und sei damit an Uthlede vorbeigezogen, und jetzt, nach einer Beschwerde des Bürgermeisters, habe der Bücherbus Wulsbüttel zu einer festen Station seiner Rundreise gemacht. Fortan werde der Bücherbus zweimal im Monat einen Nachmittag lang in Wulsbüttel stehen, auf der Wiese vor der Volksbank.

Florian hatte in den letzten drei Jahren nichts anderes als Harry-Potter-Romane gelesen, und er war sich sicher, dass sie ihm auch noch ein paar weitere Jahre genügen würden. Trotzdem beschloss er, zum Bücherbus zu gehen, denn er hoffte, dort den Harry-Potter-Sonderband *Quidditch im Wandel der Zeiten* zu finden.

Als er am späten Nachmittag die fahrende Bibliothek betrat, war sie leer. Nur die Bibliothekarin, eine junge Frau in einem blassrotem Kleid, saß am hinteren Ende des Busses, auf einem Klappstuhl hinter einem Klapptisch, und ordnete Karteikarten. Als sie Florian sah, lächelte sie, stand auf und kam hinter dem Klapptisch hervor. Auf ihrer Brust pinnte ein runder Button, darauf stand in gedruckter Schreibschrift, neben dem Logo des niedersächsischen Bibliotheksverbands: »Ich bin Sally Kersting. Und wer bist du?«

Der Text war sehr eng gedruckt, und Florian brauchte ein paar Sekunden, um ihn zu entziffern. Sally Kersting lachte und sagte: »Gut, dass fast nur noch Kinder in den Bücherbus kommen.« Florian sagte, er sei dreizehn und also offiziell kein Kind mehr, sondern Teenager. Sally Kersting strich ihm mit der Hand durch die Haare und sagte: »Trotzdem noch so unschuldig, dass du mir stundenlang auf die Brust gucken kannst, ohne rot zu werden.« Florian spürte ihre Finger auf seiner Kopfhaut, sie waren kalt und trocken. Sally Kersting zog ihre Hand zurück und fragte: »Womit kann ich dir helfen, kleiner Mann?«

Der Harry-Potter-Sonderband war ausgeliehen. Florian schlenderte noch eine Weile durch den Bus und schaute sich um. Der mit Teppich ausgelegte Boden knarzte bei jedem seiner Schritte. Die Bücherregale waren in verschiedenen Farben gestrichen, Blau für »Romane«, Gelb für »Sachbuch«, Rot für »Neuerscheinungen«, Regenbogenfarben für »Kunterbunt«, außerdem gab es ein grünes Lyrikregal, in dem allerdings nur zwei Bücher von Hermann Hesse lagen. An den meisten Regalen war die Farbe teilweise abgeblättert. Neben der Eingangstür befand sich ein Lesesofa mit fleckigem Spannbezug.

Sally Kersting setzte sich wieder hinter ihren Klapptisch. Während sie die Karteikarten ordnete, summte sie leise vor sich hin und wippte dazu mit dem rechten Fuß im Takt. Erst als Florian den Bücherbus wieder verließ, blickte sie noch einmal kurz auf.

Zur nächsten Mitgliederversammlung brachte Ole eine Hängematte mit. Die Sitzecke hatte sich seit der Vereinsgründung stetig vergrößert, die Mitglieder hatten einige Strohballentürme umgestoßen und die herabgefallenen Strohballen zu einem Kreis angeordnet. Mit Hilfe einer Schiebeleiter befestigte Ole seine Hängematte an zwei Querbalken, einige Meter über der Sitzecke.

Oles erste drei Versuche, von einem der Strohballentürme in die Hängematte zu springen, misslangen. Er bekam die Hängematte zwar mit den Händen zu fassen, rutschte dann jedoch jedes Mal wieder ab und fiel drei Meter tief auf das Stroh in der Sitzecke. Beim vierten Versuch schaffte er es, einen Fuß in die Hängematte zu hieven, dann noch einen, dann lag er drin.

Während unter ihm die Versammlung tagte, schaukelte Ole

in seiner Hängematte hin und her. Paul berichtete, er habe im Gebiet ein Mädchen gesehen. Sie habe allein am Steg des mittleren Forellenteichs gestanden und auf das Wasser gestarrt. Er sei zu ihr gegangen und habe sie gefragt, was sie im Gebiet mache. Sie habe ein Notizheft aus ihrem Rucksack gezogen und es Paul gereicht. Das Notizheft sei voller minutiöser Bleistiftzeichnungen der südlichen Ufersträucher gewesen, außerdem habe es einige Gedichte enthalten, die sich ebenfalls vor allem mit den südlichen Ufersträuchern befasst hätten, mit deren unbeschreiblicher Schönheit.

Ole streckte den Kopf aus seiner Hängematte und rief, wenn Paul oder irgendjemand sonst das Mädchen noch einmal im Gebiet antreffe, solle er es zusammenschlagen. Mit ruhiger Stimme entgegnete Paul, das werde er nicht tun, im Gegenteil, er werde dem Mädchen vorschlagen, Mitglied im Verein zu werden. Er zog aus seiner Hosentasche einen zerknitterten Zettel, auf dem in großen, schattierten Druckbuchstaben »Grüne Garde Wulsbüttel« stand. Im Hintergrund befand sich die Zeichnung einiger Tannenbaumwipfel, welche Florian sofort als die Fichten neben dem Plumpsklo am kleinsten Forellenteich erkannte.

Isa habe die Zeichnung speziell für den Verein angefertigt, sagte Paul, und er schlage vor, sie als neues Logo zu nutzen. Er stand auf und befestigte den Zettel an einem Strohballenturm, auf Augenhöhe, indem er ihn unter eine der Plastikschnüre klemmte, welche die Ballen zusammenhielten.

Ole sprang aus seiner Hängematte in die Mitte des Sitzkreises. Er ging zu Paul und nahm ihn in den Schwitzkasten. Paul wurde rot und keuchte. Ole rubbelte ihm eine Weile mit der Faust über den Kopf, dann ließ er ihn los. Paul stolperte und fiel zu Boden. Er stand wieder auf, strich sich die Klamotten glatt und setzte sich zurück in den Kreis. Die anderen Vereinsmitglieder schwiegen und ließen ihre Blicke quer durch die Scheune schweifen. Juria zog einen langen Halm aus seinem Strohballen und popelte sich damit in der Nase.

Ole verbeugte sich und rief mit theatralischer Stimme: »Danke, meine Freunde, danke!« Einige Vereinsmitglieder klatschten ein paarmal in die Hände, Malte steckte sich zwei Finger in den Mund und pfiff, so laut, dass es Florian in den Ohren schmerzte.

In den nächsten Tagen sprachen sie nicht mehr über den Vorfall. Doch die Zeichnung blieb vorerst an dem Strohballen hängen.

Als Florian Mitte November am späten Nachmittag die Küche des Pfarrhauses betrat, stand seine Mutter am Herd und weinte. Florian fragte sie, was es zum Abendessen gebe. Florians Mutter schnäuzte sich und sagte, sie habe die Bratkartoffeln vom Vortag aufgewärmt.

Während des Essens, das sie ohne den Vater einnahmen, versuchte Florian, seine Mutter mit Geschichten über Udo aufzumuntern. »Manchmal«, sagte Florian, »verhaspelt er sich mitten im Satz, oder seine Stimme quietscht ganz komisch.« Und ständig trage er abgewetzte Hemden, und Jacketts mit Flicken an den Ellbogen, dazu von Dornen zerlöcherte Stoffhosen. »Lustig, oder?«, fragte Florian und steckte sich eine Bratkartoffel in den Mund.

Finde sie eigentlich nicht, sagte Florians Mutter, in ihren Augen sei das eher traurig, offenkundig habe Familie Siegmund Geldsorgen. Sie steckte sich ebenfalls eine Bratkartoffel in den Mund, kaute und schluckte, dann erzählte sie, Udos Vater sei freiwilliger Gemeindehelfer, jeden Sonntag sammle er im Gottesdienst die Kollekte ein, und hin und wieder unterstütze er den Kirchenvorstand sogar beim Verteilen der Gemeindebriefe. Oft schon habe sie ihm für seine Arbeit ein kleines Gehalt angeboten, doch davon habe er nie etwas wissen wollen.

Noch einmal schnäuzte sich Florians Mutter, wischte sich mit dem Taschentuch die letzten Tränen aus den Augen, dann sagte sie: »Dein Vater und ich hatten einen Streit.« Florian tat sich noch ein paar Bratkartoffeln auf und sagte, er habe gestern in der Schule eine Physikarbeit und eine Biologiearbeit zurückbekommen, beides Eins minusse.

Seine Mutter nahm ihn in den Arm, presste ihn an sich und sagte: »Dein Vater und ich sind sehr, sehr stolz auf dich, und wir haben dich sehr, sehr lieb.« Florian löste sich von ihr, aß seine Bratkartoffeln auf und ging in sein Zimmer.

Um Udo eine Freude zu machen, entschloss sich Florian, ihm in der fahrenden Bibliothek ein Werk über europäische Wildvögel auszuleihen. Als er den Bücherbus betrat, saß die Bibliothekarin Sally Kersting wieder hinter ihrem Klapptisch und ordnete Karteikarten. Florian fragte sie, ob sie ein Buch über den Eisvogel habe. Sie ging zum Sachbuchregal, zog ein zerfleddertes *Was-ist-Was*-Taschenbuch heraus und reichte es Florian. Es hieß *Vögel und Flugdinosaurier*, und tatsächlich entdeckte Florian im Inhaltsverzeichnis ein Kapitel über den Eisvogel. Ob er sich für

Biologie interessiere, fragte Sally Kersting und fuhr Florian, wie schon beim letzten Mal, mit der Hand durch die Haare. Florian verneinte und sagte, das Buch sei für einen Freund, der als Fotograf arbeite.

»Fotograf«, sagte Sally. Noch immer lag ihre Hand in Florians Haar, wieder spürte er ihre Finger auf seiner Kopfhaut. Sie kitzelten. Er bekam eine Gänsehaut. In dieser Gegend, sagte Sally, seien Künstler sehr selten. Sie beugte sich zu Florian hinab und zupfte am Kragen seines Pullovers. Ihr Namensschild und ihre Brüste befanden sich jetzt direkt vor Florians Kopf. Der Duft ihres Parfüms stieg ihm in die Nase, es roch nach Jasmin und Rosen.

Was er denn so fotografiere, dieser Fotograf, fragte Sally Kersting, und ob es irgendwo eine Ausstellung gebe? Sie ließ seinen Kragen los und richtete sich wieder auf. Von einer Ausstellung wisse er nichts, sagte Florian, und Udo fotografiere immer nur den sitzenden Eisvogel. »Schade.« Sally kniff ihm in die Wange. »Na, du kannst mir ja mal ein Foto mitbringen!«

Auf dem Nachhauseweg ging Florian einen kleinen Umweg, vorbei am Kaugummiautomaten vor dem Edeka, wo er sich für vier Zwanzigcentmünzen drei Kaugummis und einen Flummi zog.

Am selben Abend, als Florian bereits vor sich hin schlummerte, kam sein Vater noch einmal ins Zimmer und setzte sich zu ihm auf die Bettkante. Er räusperte sich mehrmals, bevor er zu sprechen begann. »Du hast sicher schon bemerkt«, sagte der Vater, »dass dein Penis manchmal wie von alleine größer und dicker wird.« Florian richtete sich auf und schob sich ein Kissen in den Nacken. Der Vater hatte das Licht nicht eingeschaltet, so dass Florian nur eine dunkle Silhouette sah, deren Oberkörper leicht nach vorne gebeugt war. »Vielleicht«, sagte der Vater, »hast du deinen Penis auch schon einmal angefasst und daran gerieben und es ist dann eine weiße Flüssigkeit herausgekommen.« Als Florian hierauf nichts antwortete, sagte der Vater mit plötzlich leiser Stimme: »Na ja, ist ja auch egal.« Dann stand er auf und ging wieder hinaus.

Ein paar Tage später traf Florian Udo im Gebiet, bei den Jungfichten am Steg des mittleren Forellenteichs, und übergab ihm das *Was-ist-Was*-Taschenbuch. Nicht die beste Wahl, sagte Udo, er habe *Vögel und Flugdinosaurier* schon einmal gelesen, in Florians Alter, und schon damals seien ihm in dem Kapitel über den Eisvogel mehrere inhaltliche Schnitzer aufgefallen. So behaupte *Vögel und Flugdinosaurier* beispielsweise, das Eis des Eisvogels gehe auf die Kälte in seiner ursprünglichen Heimat, Norwegen, zurück. In Wirklichkeit habe das Eis des Eisvogels seinen etymologischen Ursprung jedoch nicht im Eis, sondern im Eisen, und sei zurückzuführen auf den metallenen Glanz seines blauen Gefieders.

Udo begleitete Florian auf seinem Patrouillengang. An der verwitterten Holzbank machten sie eine Pause. Bevor Udo sich niederließ, zog er eine Plastiktüte aus seiner Hosentasche, faltete sie auseinander und breitete sie über der Sitzfläche aus. Florian setzte sich neben ihn, direkt auf das morsche und regennasse Holz. Nach ein paar Sekunden spürte er, wie die Feuchtigkeit durch seinen Hosenboden und seine Unterhose bis an seine Pobacken drang.

Udo erzählte, er werde im nächsten Sommer ein Studium der Fotografie beginnen, an der Hochschule für bildende Kunst in Hamburg. Letztes Jahr habe er in Stade sein Abitur gemacht, mit einem Notendurchschnitt von 2,4, und eigentlich habe er schon damals studieren wollen, aber er habe die künstlerische Eignungsprüfung nicht bestanden, doch dieses Jahr werde er sich mit einer Kollektion von Eisvogelfotos bewerben. »Eine nochmalige Ablehnung halte ich damit für absolut unwahrscheinlich.«

Udo griff nach seiner Kamera, die ihm an einem Lederband um den Hals hing, schaute durch den Sucher, richtete sie auf die Sträucher am gegenüberliegenden Uferrand, drehte am Objektiv und sagte: »Wo ist denn der kleine Racker?« Florian erinnerte sich an Sallys Bitte, Udo nach einem Foto des Eisvogels zu fragen. Er erzählte Udo von seinem letzten Besuch im Bücherbus. Als er Sallys Wunsch erwähnte, ließ Udo die Kamera sinken, lächelte und sagte, mit dem allergrößten Vergnügen, gleich nächste Woche werde er der Dame sein schönstes Foto überreichen, mit einer persönlichen Widmung versehen.

»Und du«, fragte Udo nach einer Weile und knuffte Florian mit dem Ellbogen in die Seite, »was willst du machen, wenn du groß bist?« Florian sagte: »Mal sehen.« Udo begann zu pfeifen, eine heitere Melodie mit vielen hohen Trillern. Florian sagte: »Sei besser ruhig, sonst verscheuchst du den Eisvogel.« Udo hörte wieder auf zu pfeifen. Als Florian sich kurz darauf von der Bank erhob, blieb seine feuchte Unterhose an seinem Hintern kleben.

Auf dem Weg zurück ins Dorf, über die Wege entlang der Kuhweiden, kam Florian an den Windrädern vorbei. Dort sah er Isa. Er wusste sofort, dass sie es war. Sie saß auf dem Kiesweg, mit dem Rücken an den Stromkasten gelehnt. In der Hand hielt sie ein Notizbuch. An den unteren Rändern ihrer Jeanshose waren mehrere eingetrocknete Schlammflecken. Sie hatte blondes, strähniges Haar, das ihr bis zu den Schultern reichte. Ihre Augäpfel traten ein wenig aus den Höhlen hervor und erinnerten Florian an den Blick einer Forelle.

Er blieb stehen und fragte Isa, ob sie aus dem Gebiet komme. Isa lächelte und fragte, ob er ein Freund von Paul sei. Florian trat einen Schritt auf sie zu und sagte, wenn sie sich noch einmal im Gebiet blicken lasse, sei er gezwungen, sie zu bestrafen, im Namen des Vereins. Mit einem abgekauten Bleistift schrieb Isa etwas in ihr Notizbuch, dann hob sie den Kopf, blickte Florian mit ihren hervortretenden Augen direkt ins Gesicht und sagte: »Du hast da was, an der Nase.«

Florian kratzte sich mit dem Zeigefinger an der Nase. »Immer noch«, sagte Isa. Florian kratzte sich noch einmal an der Nase, diesmal etwas fester. Isa nickte und sagte: »Jetzt ist es weg.« Florian wiederholte seine Drohung und hob seine geballte Faust. »Das ist kein Spaß«, sagte er. Dann ging er nach Hause.

In der darauffolgenden Woche bekam Florian eine Erkältung. Den ganzen Tag und die ganze Nacht lag er mit Kopfschmerzen und verstopfter Nase im Bett, trank Fenchel-Anis-Kümmel-Tee und lauschte den Harry-Potter-Hörbüchern, zunächst auf Deutsch, später auf Englisch. Manchmal, wenn Florian beim

Hörbuchhören einschlief, träumte er, selbst ein Schüler von Hogwarts zu sein, meistens war er Mitglied im Hause Hufflepuff, manchmal Slytherin.

Eines Abends betraten Florians Eltern sein Zimmer und sagten, er brauche nicht traurig sein, sie würden sich niemals scheiden lassen. Florian sagte, er sei nicht traurig, aber könnten sie bitte das nächste Mal den Kassettenrecorder auf Pause stellen, bevor sie zu reden anfingen?

Am Wochenende kam Ole zu Besuch. Er setzte sich auf Florians Schreibtischstuhl und erzählte, eine Staffeltruppe habe Paul und Isa im Gebiet beobachtet. Angeblich hätten sie gemeinsam am Steg vor dem größten Forellenteich gestanden und sich an den Händen gehalten. »Wenn du dich zu schlapp fühlst«, sagte Ole und betrachtete den mit zerknüllten Taschentüchern überfüllten Mülleimer, »kann ich mich auch alleine drum kümmern.«

Florian trank seine Tasse Fenchel-Anis-Kümmel-Tee in einem Zug aus und stand auf. Ole klopfte ihm auf die Schulter und sagte, nichts anderes habe er von seinem Schatzmeister erwartet.

Mit ihren Mountainbikes fuhren sie zum Bauernhof von Pauls Eltern, und von dort, als sie Paul nicht antrafen, weiter zu den Forellenteichen. Es regnete, und je näher sie dem Gebiet kamen, desto häufiger blieben ihre Reifen im Schlamm stecken, so dass sie schließlich abstiegen, ihre Mountainbikes hinter einem Busch versteckten und das letzte Stück Weg zu Fuß gingen. Florian versuchte, den Pfützen auszuweichen, trotzdem spürte er schon nach wenigen Schritten, wie das Wasser durch seine Halbschuhe und seine Socken drang.

Schon von Weitem erkannte Florian Pauls hellgrüne Regenjacke, kurz darauf sah er Isa, die noch immer ihre verdreckte Jeanshose trug, dazu einen grauen Pullover und eine rote Pudelmütze. Sie standen unter einer Fichte und blickten auf den mittleren Forellenteich, auf dessen Oberfläche die Regentropfen kleine Kreise hinterließen. Paul hatte einen Arm um Isas Schulter gelegt.

Florian und Ole versteckten sich hinter einem Brombeerstrauch, wenige Meter von Isa und Paul entfernt. Vereinzelt trug der Wind Gesprächsfetzen zu ihnen herüber. Paul schlug Isa vor, einen Spaziergang um den mittleren Forellenteich zu machen, Isa beschwerte sich über den Matsch, Paul lachte und sagte, er könne sie Huckepack nehmen. Florian und Ole blickten sich an, Ole streckte die Zunge heraus und tat so, als wolle er sich einen Finger in den Mund stecken.

Als kurz darauf der Regen schwächer wurde, nahm Paul Isa tatsächlich Huckepack und stapfte los. Isa kicherte und rief »Hü, hü, Pferdchen! Hü, hü!«. Hin und wieder riss sie einzelne Blätter oder kleine Zweige von den Ufersträuchern und warf sie in den Teich. Ole zog einen zerknitterten Zettel aus seiner Hosentasche. Als er ihn entfaltete, erkannte Florian die Vereinssatzung. Mit einem Bleistift markierte Ole die Paragraphen, gegen die Paul verstoßen hatte: Schutz des Gebiets vor schädlichen Eindringlingen. Schutz der Vegetation.

Während Paul mit Isa um den Teich galoppierte, besprachen Florian und Ole die Bestrafung. Zwischendurch bekam Florian einen Hustenanfall. Ole zog sich seine Mütze vom Kopf und reichte sie Florian. Sie roch nach Stroh und Kuhmist, aber da Florians Ohren schon vor Kälte schmerzten, setzte er sie trotzdem auf. Von der anderen Seite des Teiches war Isas Gekicher zu hören. Plötzlich glaubte Florian, am Himmel ein blaues Funkeln zu erkennen, die Flügel des Eisvogels, doch nachdem er ein paarmal geblinzelt hatte, sah er nur noch die grauen Wolkenstreifen.

Als Paul und Isa zurückkamen, drehte Florian Paul einen Arm auf den Rücken und Ole schubste Isa in den mittleren Forellenteich. Sie zappelte mit den Armen und versuchte, sich an den Seerosen festzuhalten. Die Seerosen gingen sofort unter, und einen Moment lang fürchtete Florian, Isa könne womöglich gar nicht schwimmen, doch dann machte sie zwei kräftige Kraulzüge und war am Uferrand. Als sie versuchte, sich an den Sträuchern festzuhalten und hochzuziehen, trat Ole ihr mit seinem Gummistiefel auf die Finger. Sie schrie auf und ließ sich zurück ins Wasser fallen.

Auch Paul begann jetzt zu zappeln. Er trat Florian mit der Hacke gegen das Schienbein. Ole schlug ihm mehrmals in die Magenkuhle, Paul brach zusammen. Erneut bekam Florian einen Hustenanfall, und er dachte, dass er dringend wieder ins Bett gehen sollte, wenn er nicht den ganzen Winter lang eine Lungenentzündung auskurieren wollte. Als er Ole seine Sorgen mitteilte, nickte dieser und versprach, sich bei der Urteilsverkündung kurz zu fassen.

Paul lag wimmernd im Matsch. Ole räusperte sich und sagte, in seiner Funktion als Ehrenvorsitzender erkläre er Pauls Mitgliedschaft im Verein für beendet. Während er die Paragraphen vorlas, gegen die Paul verstoßen hatte, versuchte Isa erneut, sich ans Ufer zu ziehen, doch Florian musste gar nicht erst einschreiten, denn als sie versehentlich in einen Brombeerstrauch griff, ließ sie sich von allein wieder zurück ins Wasser sinken. Als Ole zu Ende gelesen hatte, warfen sie Paul ebenfalls in den mittleren Forellenteich, dann gingen sie nach Hause.

Florian bekam keine Lungenentzündung, aber leichtes Fieber, so dass er auch in den nächsten Tagen sein Bett nicht verlassen konnte. Jeden Morgen betrat jetzt seine Mutter mit einem Frühstückstablett und einem Fieberthermometer das Zimmer. Sie öffnete die Fenster, von draußen drang ein Schwall kalter Herbstluft herein, dazu das Geläute der Kirchturmglocken. Wenn sie seine Bettdecke ausschüttelte, bekam Florian, der nur in T-Shirt und Unterhose schlief, jedes Mal kurz eine Gänsehaut an den Oberschenkeln, die jedoch, sobald seine Mutter die Decke wieder über ihn legte und mit den Händen die Falten glattstrich, schnell wieder verschwand.

Florians Mutter bestand darauf, das Fieber nicht bloß in der Armbeuge zu messen. In der Armbeuge, sagte Florians Mutter, seien die Werte zu ungenau, vor allem, wenn Florian ständig herumzapple wie ein kleiner Junge, und er brauche sich nicht zu genieren, sie sei immerhin seine Mutter. Florian drehte sich auf den Bauch, sie zog ihm die Unterhose hinunter und steckte die Spitze des Thermometers in das Loch in seinem Hintern.

Einmal, während das Thermometer in Florians Hintern steckte, saß seine Mutter am Bettrand und sang »Der Mond ist aufgegangen, die goldnen Sternlein prangen, am Himmel hell und klar« leise vor sich hin. Dann unterbrach sie sich, lachte und sagte, sie sei in letzter Zeit so zerstreut, von all der Arbeit und all den Streitereien, das sei ja eigentlich ein Gutenachtlied, und früher habe sie es Florian jeden Abend vorgesungen, gemeinsam mit dem Vati, im Kanon, und ob er sich daran noch erinnern könne?

Damit das Thermometer nicht zu früh hinausglitt, hielt die Mutter es während der gesamten Messung fest. Dabei stützte sie ihr Handgelenk auf Florians Pobacke ab. Ach nein, sagte die Mutter, bevor Florian antworten konnte, natürlich könne er sich nicht erinnern, er sei ja kaum vier Jahre alt gewesen. Das Thermometer piepte, sie zog es heraus und sagte: »37,2. Nächste Woche kannst du wieder in die Schule gehen.«

DREI

Da sie über ihrer dritten Partie Scrabble die Zeit aus den Augen verloren hatten, kamen Florian und Stefan eine halbe Stunde zu spät zum inoffiziellen StuRa-Meeting. Wie schon beim letzten Mal saß die Gruppe auch jetzt im Stuhlkreis beisammen, doch Florian schien es, als sei der Kreis gewachsen, und freie Stühle gab es auch nicht mehr, so dass er und Stefan sich auf die Fensterbank setzen mussten. An der Wand hing ein weißes DIN-A2-Blatt, auf dem in einer mit rotem Filzstift gezeichneten Tabelle die Ergebnisse der SprecherInnenwahl standen. Neben Lines Namen hatte jemand einen Stern gemalt. Sie hatte sich mit vierzehn zu vier Stimmen, bei drei Enthaltungen, gegen einen Konkurrenten namens Nilo durchgesetzt.

Von der Fensterbank aus lauschten Florian und Stefan Lines Dankesrede, in der sie betonte, der Leipziger Bildungsstreik befinde sich an einem Scheideweg. Noch immer klang ihre Stimme leicht verschnupft und dumpf. Florian vermutete mittlerweile, dass sie keine Erkältung auskurierte, sondern von Natur aus zum Näseln neigte. Einerseits, sagte Line, sei nach dem heißen Sommer bei vielen die Luft raus, der Workload in den neuen Bachelorstudiengängen erdrücke jedes kritische Potenzial, es sei leider ganz einfach so, dass niemand mehr Zeit habe, zu protestieren, weil mensch ständig irgendwo eine Prüfung ablegen müsse.

Gelegentlich hoben um Line herum einzelne Studenten ihre Arme auf Brusthöhe und wackelten mit den Händen, so wie sie es auch schon bei der letzten Versammlung getan hatten. Stefan erklärte Florian mit gedämpfter Stimme, das Händewackeln sei eine Art Applaus, mensch verzichte dabei jedoch auf das Klatschen, um den jeweiligen Redner oder die jeweilige Rednerin nicht zu stören. Andererseits, fuhr Line fort, habe in der letzten Woche eine neue Protestwelle eingesetzt, siehe Berlin, oder Wien, oder Paderborn. Florian beugte sich zu Stefan und flüsterte: »Was war denn in Paderborn?« Stefan zuckte mit den Schultern. Line beendete ihre Rede mit der Aufforderung, die Universität zu besetzen, aus Protest gegen Paragraph III Abschnitt 2 des Sächsischen Hochschulgesetzes, und aus Solidarität mit Berlin, Wien und Paderborn, und zwar jetzt gleich, und zwar alle gemeinsam. Bei ihren letzten Worten war Line lauter geworden, hatte ihr Kinn in die Höhe gereckt und jede Silbe einzeln betont. Florian beugte sich erneut zu Stefan, doch bevor er etwas fragen konnte, flüsterte Stefan bereits, er habe keine Ahnung, was in Paragraph III Abschnitt 2 des Sächsischen Hochschulgesetzes stehe, vermutlich irgendetwas mit Studiengebühren.

Im Stuhlkreis wurde jetzt überall mit den Händen gewackelt, niemand schien von Lines Vorstoß überrascht oder irritiert zu sein, im Gegenteil, Florian hatte den Eindruck, als habe man geradezu auf diese Aufforderung gewartet. Ein bartloser Student, der als Einziger in der Runde ein kariertes Hemd und ein Jackett trug, räusperte sich, und Line nickte ihm zu.

Es gebe, sagte der Student, zwei Optionen: Hörsaal 13 und Hörsaal 20. Hörsaal 13 sei größer und sein Eingang liege an einem Flur, der täglich von Tausenden StudentInnen passiert werde. Das verspreche Publicity. Der bartlose Student beugte sich vor, kratzte sich am Kinn. In Hörsaal 13 allerdings, fuhr er fort, fänden die Einführungsvorlesungen zur Betriebswirtschaftslehre statt, und die StudentInnen der Betriebswirtschaftslehre, vor allem die Erstis, seien schlimmer als die Räumungskräfte der Leipziger Polizei. Sie seien pflichtbewusst und würden es nicht verstehen, wenn der StudentInnenRat ihren Hörsaal als politisches Druckmittel in Anspruch nehme. Bei früheren Besetzungsversuchen sei es bereits mehrmals zu handgreiflichen Auseinandersetzungen zwischen den StudentInnen der Betriebswirtschaftslehre und den BesetzerInnen gekommen, wobei die BesetzerInnen jedes Mal den Kürzeren gezogen hätten.

Stefan zog sich seinen Pullover aus und knotete ihn sich um die Hüfte. Florian stieg ein leichter Schweißgeruch in die Nase, er stand auf und stellte das Fenster hinter sich auf Kipp. Hörsaal 20, sagte der bartlose Student, sei weniger problematisch. Es sei allerdings der kleinste Hörsaal der Universität und werde derzeit fast ausschließlich für Afrikanistikvorlesungen genutzt, außerdem liege er am Ende eines langen Korridors, den im Normalfall lediglich die AfrikanistInnen passierten.

Der bartlose Student wurde von einer jungen Frau mit Dreadlocks unterbrochen. Der StuRa schneide sich ins eigene Fleisch, wenn er gerade den Hörsaal der Afrikanistikvorlesungen besetze, denn die AfrikanistInnen seien finanziell beinahe noch schlimmer dran als die StudentInnen der Fakultät Sozialwissenschaften und Philosophie, und dementsprechend seien die AfrikanistInnen fast alle SympathisantInnen der Proteste.

Vom Campusinnenhof waren Stimmen zu hören, Lachen, die Rollen eines Skateboards, ein Knallen, wieder Lachen. Florian blickte aus dem Fenster, doch außer der Schiller-Statue, die von unten mit einem Scheinwerfer angestrahlt wurde, konnte er nichts erkennen. Sie sei für Hörsaal 13, sagte Line und schlug sich mit den flachen Händen auf die Oberschenkel, nach den Entwicklungen in Berlin und Wien und Paderborn seien selbst die Wirtschaftswissenschaften für das Thema sensibilisiert.

Matratzen und Schlafsäcke für die erste Nacht lägen im StuRa-Büro bereit, versicherte der bartlose Student.

»Hörsaal 13!«, rief Stefan und erhob die linke Faust zum Kommunistengruß. Wieder waren von draußen die Rollen des Skateboards zu hören, erneut ein Knall, Freudenschreie, jemand klatschte in die Hände und rief: »Yeah, Alter.«

Sie stimmten ab. Hörsaal 13 bekam zwölf Stimmen, Hörsaal 20 zwei, bei sieben Enthaltungen, zu denen auch Florian gehörte.

Hörsaal 13 war leer. Die Luft war abgestanden und roch nach Kaffee, über der Tafel leuchtete noch das weiße Viereck des Beamers. Der bartlose Student legte die Matratzen und Schlafsäcke rund um das Rednerpult aus. Die Frau mit den Dreadlocks kündigte an, sie werde sich an die Transpis machen. Line und Stefan trugen nacheinander eine Kaffeemaschine, eine Kiste Besteck, einen Koffer mit Büchern, ein Megaphon, zwei Laptops und eine Kiste mit Brot und veganem Aufstrich in den Hörsaal. Florian setzte sich auf einen Stuhl in der ersten Reihe.

Nach und nach erschienen immer mehr Studenten, die bei Twitter oder Facebook von der Besetzung erfahren hatten, doch nachdem sie ihre Solidarität bekundet und einen Blick in die Runde geworfen hatten, zogen sich die meisten schnell wieder zurück. Die Frau mit den Dreadlocks kramte ein Handy aus ihrer Stofftasche, drückte ein paar Tasten, und kurz darauf ertönte aus dem kratzigen Handylautsprecher die Stimme Rio Reisers: »Ihr kriegt uns hier nicht raus!«

Stefan setzte sich zu Florian und reichte ihm eine Scheibe Sonnenblumenkernbrot mit Paprikaaufstrich. Florian nahm einen Bissen. Stefan erzählte, heute Nacht wolle er einen Move wagen, um Line zurückzuerobern, er habe deshalb seine eigene und Lines Isomatten ein wenig abseits hinter den Diaprojektor gelegt. Florian fragte, was für einen Move Stefan im Sinn habe. Stefan sagte, er werde Line vielleicht im Nacken kraulen, und wenn sie dagegen nichts unternehme, dann wolle er sie küssen. Florian wünschte Stefan viel Erfolg und nahm noch einen Bissen von dem Sonnenblumenkernbrot.

Drei weitere Studentinnen betraten den Hörsaal, kamen die Treppe hinuntergelaufen und gingen zu Line, die gerade am Redepult stand und energisch, jedoch mit lediglich zwei Fingern, auf ihrem Laptop tippte. Line blickte hoch, lächelte und begrüßte sie alle nacheinander mit einem Wangenkuss. Die kleinste der drei Studentinnen trug einen Haarreif, ein graues Stoffkleid und Sandalen, und erst als sie sich zu Florian drehte, erkannte er, dass es seine Tutorin Anna Kuszlak war.

Sie kam zu ihm, umarmte ihn und sagte lachend, so viel politisches Engagement habe sie ihm gar nicht zugetraut. Der Haarreif legte ihre Stirn frei, sie war blass und glatt, nur direkt unter dem Haaransatz bemerkte Florian eine kleine Zackennarbe. Er lächelte und fragte, ob Anna etwa einen Todesfluch überlebt habe. Was für einen Todesfluch, fragte Anna. Wie Harry Potter, sagte Florian und deutete auf die Narbe. Ach so, sagte Anna, nein, nur einen Fahrradunfall, aber solche Witze müsse sie sich trotzdem ständig anhören. Florian entschuldigte sich. Anna sagte, schon okay, dann ging sie zurück zu ihren Freundinnen.

Um Mitternacht wurde abgestimmt, ob mensch jetzt das Licht ausschalten oder noch eine Solidaritätsparty veranstalten solle. Die große Mehrheit stimmte gegen die Party, es wurde jedoch einem zweiten Antrag stattgegeben, der Handytaschenlampen und Gespräche im Flüsterton bis zwei Uhr morgens erlaubte. Florian überlegte, ob er in dieser Nacht ebenfalls einen Move wagen sollte, bei seiner Tutorin Anna Kuszlak, doch sie teilte sich ihre Luftmatratze und ihren Schlafsack mit einer Freundin, und so entschied er sich dagegen und legte sich allein in eine Ecke neben dem Waschbecken.

Florian erwachte, als er ein Zischen hörte. Er öffnete die Augen. Um ihn herum war es dunkel. Das Zischen wurde von einem Klackern unterbrochen. Er richtete sich auf und leuchtete mit dem Display seines Handys in die Richtung, aus der die Geräusche kamen. Auf den Rängen zwischen den oberen Sitzreihen erkannte er die Umrisse eines Menschen, der ruckhaft die Arme bewegte. Er schaltete sein Handy wieder aus und kroch zurück in seinen Schlafsack.

Erneut war das Zischen zu hören, dann wieder das Klackern,

doch nach ein paar Minuten gelang es Florian, die Geräusche in einen Traum zu integrieren, der von einem Leck in einer Gasleitung handelte und von einer Tick-Tack-Packung mit nur noch einem Tick-Tack, die ein kleiner Junge gelegentlich schüttelte.

Kurz darauf erwachte er noch einmal. Neben ihm, hinter dem Diaprojektor, war Stefans Stimme zu hören, er machte leise Summgeräusche, »mmm, mmm«, dann eine kurze Pause, dann wieder »mmm, mmm«, etwa zehnmal, bis er von Lines Stimme unterbrochen wurde, die flüsterte, er solle aufhören oder sie werde sich einen neuen Schlafplatz suchen. Eine Weile war es still, dann raschelte ein Schlafsack, dann war es wieder still, und Florian schlief erneut ein.

Als er das nächste Mal erwachte, war es im Hörsaal hell. Eine tiefe Männerstimme, verstärkt durch ein Mikrophon, hallte durch den Saal. Wo sei man stehen geblieben, fragte die Männerstimme, richtig, bei der wachsenden Bedeutung der Corporate Identity in der Dienstleistungsbranche. Heute, sagte die Männerstimme, wolle man sich exemplarisch einige mittelständische Unternehmen angucken. Florian hob den Kopf, blinzelte. Am Rednerpult stand ein junger Mann mit grauem Anzug und dicker Brille. Um ihn herum, auf dem Fußboden, lagen die Besetzer, mit zerzausten Haaren, eingerollt in ihre Schlafsäcke.

Florian blickte sich um. Die Ränge waren gefüllt mit Studenten, von der ersten bis zur letzten Stuhlreihe. Vor ihnen standen Laptops, Kaffeebecher und Coca-Cola-Flaschen. Sie blickten auf die Power-Point-Präsentation, die über dem Kopf des Professors an die Wand projiziert wurde, und auf der eine Zahlentabelle zu sehen war, überschrieben mit den Worten: »Nutzwertanalyse Sanddorn und Söhne.«

Nach und nach erhoben sich weitere Besetzer von ihren Isomatten, räkelten sich, blickten sich um. Aus den Stuhlreihen waren vereinzelt Lacher zu hören. Ein Student in der ersten Reihe richtete sein Fotohandy auf die Frau mit den Dreadlocks, die auf dem Fußboden unmittelbar vor seinen Füßen lag. Sie schlief noch, lag auf dem Bauch, den Kopf auf ihre Stofftasche gebettet, die Augen geschlossen, im Mundwinkel einen dünnen Speichelfaden.

Florian zog sich die Schlafsackkapuze über den Kopf und wandte sich ab, um nicht ebenfalls fotografiert zu werden. Hinter ihm war ein Rumpeln zu hören, ein Piepen, dann Lines näselnde Stimme, verstärkt durch das Megaphon: »Dieser Hörsaal ist besetzt! Bitte verlassen Sie sofort den Hörsaal!« Aus den Stuhlreihen erklang erneut Gelächter, lauter als zuvor, jemand rief »Kommunismus, Baby!« und erntete dafür lauten Applaus. »Bitte verlassen Sie sofort den Hörsaal! Verlassen Sie den Hörsaal!« wiederholte Line. »Dies ist eine Besetzung mit Unterstützung des Leipziger StudentInnenrats. Es spricht Line Weber, die offizielle Vertreterin der Leipziger StudentInnenschaft. Verlassen Sie sofort den Hörsaal!« Die Studenten johlten und klatschten, trampelten mit den Füßen, vereinzelt waren Pfiffe zu hören.

Line wiederholte ihre Aufforderung noch ein paarmal, dann wurde sie still. Kurz darauf war aus den Lautsprechern wieder die Stimme des Professors zu hören, der mitteilte, er wolle sich zunächst mit dem sächsischen Familienbetrieb Sanddorn und Söhne befassen, der sich auf Duftkerzen und Duftbeutel spezialisiert habe und dessen Corporate Culture überdurchschnittlich stark geprägt sei durch verwandtschaftliche Verflechtungen.

Ein paar Besetzer versuchten, den Vortrag mit weiteren Zwischenrufen zu stören, doch weder der Professor noch die Studenten ließen sich davon aus der Ruhe bringen. Als die Vorlesung vorbei war, traf sich die StuRa-Vollversammlung zu einem Sonderplenum auf dem Flur vor dem Hörsaal 13, um das weitere Vorgehen zu diskutieren.

Sie setzten sich im Kreis auf den Fußboden. Line schlug vor, den Hörsaal am Abend einfach noch einmal zu besetzen, diesmal aber die Türen mit Eisenketten zu verriegeln oder wenigstens Wachposten aufzustellen. Stefan war der Einzige, der auf diesen Vorschlag mit Händewackeln reagierte. Der bartlose Student, dessen Jackett mittlerweile ein wenig zerknittert war, sagte, vielleicht solle mensch es doch zunächst mit Hörsaal 20 versuchen. Die Frau mit den Dreadlocks sagte, sie brauche jetzt erst einmal einen Kaffee.

Florian hielt Ausschau nach Anna, konnte sie jedoch nirgends entdecken. Auch ihre beiden Freundinnen waren verschwunden. Ob sie noch jemandem einen Kaffee mitbringen solle, fragte die Frau mit den Dreadlocks, mehrere Besetzer hoben die Hand, einer bot sich an, mit zur Cafeteria zu kommen und beim Tragen zu helfen. Florians Knie schmerzten. Er löste sich aus dem Schneidersitz und streckte die Beine aus.

Eine Weile diskutierte die StuRa-Vollversammlung die verschiedenen Handlungsoptionen, doch keine erreichte die erforderliche absolute Mehrheit. Gelegentlich mussten einzelne

Besetzer ein Stück zur Seite rutschen, da andere Studenten den Flur passierten. Nach einer knappen Stunde wurde ein Antrag angenommen, der vorschlug, die Besetzung von Hörsaal 13 vorerst zu unterbrechen und beim nächsten offiziellen Plenum erneut über die weiteren Handlungsoptionen abzustimmen.

Am Morgen vor der zweiten Sitzung von Anna Kuszlaks Logiktutorium saßen Florian und Stefan gemeinsam in der Küche, frühstückten und sprachen über Haarausfall. Geheimratsecken, sagte Stefan, habe er seit seinem sechzehnten Lebensjahr, mit achtzehn sei es dann auch am Hinterkopf lichter geworden. Seit zwei Jahren trage er eine Vollglatze, doch er wolle sich nicht beklagen und es sehe ja auch ganz okay aus, zusammen mit der großen Brille, und wenn er auch nicht viel AUF dem Kopf habe, so habe er doch immerhin viel IM Kopf, und das sei ihm tausendmal mehr wert.

»Meinem Intellekt«, sagte Stefan ernst, »habe ich alles zu verdanken.« Er schnitt sich ein Mohnbrötchen auf. Die Studienstiftung des Deutschen Volkes finanziere ihm sein gesamtes Studium, bloß weil er in der neunten Klasse den vierten Platz in der Europäischen Mathematikolympiade belegt habe, und Line, die Liebe seines Lebens, habe er kennengelernt nach einer Podiumsdiskussion der Linguistikfachschaft, zum Thema Kommata.

Ob es eigentlich schwer sei, Mitglied in dieser Stiftung zu werden, fragte Florian. Überhaupt nicht, sagte Stefan, das schaffe jeder Idiot. »Ich nehme dich gerne mal mit zum Stifti-Stammtisch.

Da kannst du die Profs aus der Prüfungskommission persönlich kennenlernen.« Er zwinkerte Florian zu. »Gerne«, sagte Florian und nahm einen Schluck von seinem Kakao.

»Der Freund von deiner Tutorin ist übrigens auch Stifti«, sagte Stefan. »Tobi?« fragte Florian. »Aha!«, Stefan grinste, »habe ich doch gewusst, dass dich das interessiert.« Florian sagte: »Du hast mich ertappt.« Er versuchte, verschmitzt zu lächeln, kam sich jedoch sofort albern vor und senkte den Kopf.

Auf Florians Nachfrage erzählte Stefan, er kenne Tobi seit über drei Jahren, sie seien im selben Semester nach Leipzig gekommen, Tobi habe damals zunächst einen Bachelor in Ingenieurswesen angefangen, das Studium jedoch nach vier Semestern abgebrochen und sich in den Diplomstudiengang Theologie eingeschrieben, den er nach zwei weiteren Semestern jedoch ebenfalls abgebrochen habe. Gegenwärtig arbeite er als freier Mitarbeiter für ein Dienstleistungsunternehmen, zu dessen erfolgreichsten Produkten der sogenannte RTL2-SMS-Guru gehöre.

Florian wollte wissen, wie lange Anna und Tobi schon zusammen seien. Stefan drohte Florian mit dem Zeigefinger und sagte: »Nanana!« Florian hob entschuldigend die Hände. Anna und Tobi, erzählte Stefan, seien seit knapp sechs Monaten ein Paar, sie hätten sich kennengelernt bei der Redaktion irgendeiner Wissenschaftszeitschrift, dem *Journal of Engineering* oder dem *Engineering Magazine*, welche gelegentlich auch Artikel aus dem Logik- und Mathematikbereich publiziere.

Tobi, fügte Stefan nach einer kurzen Pause noch hinzu, habe übrigens ebenfalls ein Haarausfallproblem gehabt, auch wenn ihm das heute keiner mehr ansehe. Er nehme täglich so eine

Pille mit einem Wirkstoff namens Minoxidil, die senke seinen Blutdruck und lasse die Haare am Hinterkopf und sogar an den Schläfen wieder nachwachsen. Unglaublich, aber wahr.

Florian schmierte sich noch eine Graubrotscheibe mit Margarine und Erdbeermarmelade. Er selbst, sagte Stefan, sei leider gegen Minoxidil allergisch. Er goss sich einen Schuss Sojamilch in seinen Kaffee, starrte auf die Tasse, ohne umzurühren. Die Sojamilch trieb in kleinen Flocken an der Oberfläche.

Florian blickte aus dem Fenster. Eine Frau mit einem vollen Korb weißer Wäsche lief durch den Innenhof.

Zum zweiten Tutorium bei Anna Kuszlak kam Florian eine Viertelstunde zu spät. Es waren etwa zwanzig Studenten anwesend, sie saßen in den hinteren Reihen und blickten schweigend auf ihre Laptops und iPads. Florian setzte sich wieder an den Tisch in der ersten Reihe. Anna Kuszlak war noch nicht da. Er zog seine Mappe aus dem Rucksack und ordnete seine Unterlagen. Für die heutige Sitzung hatte er einen Auszug aus Rudolf Carnaps *Der logische Aufbau der Welt* gelesen. In dem Text ging es, soweit Florian das verstanden hatte, um die Frage, ob man die gesamte Welt in logischen Sätzen abbilden könne.

Eine weitere Viertelstunde später stand Anna Kuszlak im Türrahmen. Sie trug einen dunklen Hosenanzug, ihre Haare hatte sie zu einem straffen Pferdeschwanz gebunden. Mit hastigen Schritten durchquerte sie den Seminarraum, ließ ihren Rucksack auf das Schreibpult fallen und blieb vor der Tafel stehen, mit dem Rücken zu den Studenten, den Kopf gesenkt, so dass ihr Pferdeschwanz ein wenig in die Höhe ragte. Einen Moment lang war es still, dann begannen Annas Schultern zu zittern, ein Schluchzen war zu hören, sie drehte sich um.

Ihre Augen glänzten. Sie zog ein Taschentuch aus ihrer Anzugshose und schnäuzte sich. Zu heute, sagte Anna, habe sie das Tutorium gebeten, Carnaps *Der logische Aufbau der Welt* zu lesen. Sie öffnete ihren Rucksack und schüttete den Inhalt vor sich auf das Schreibpult. Ihre Pappmappe fiel heraus, ein Moleskine-Kalender mit rotem Einband, eine *taz*, ein Handy mit klobigem Plastikgehäuse, Tabak, Blättchen, Filter, ein Kugelschreiber. Anna griff nach der Mappe, öffnete sie, schloss sie wieder.

»Also«, sagte Anna, dann schwieg sie einen Moment, dann sagte sie noch einmal: »Also.« Sie legte die Mappe zurück auf das Schreibpult und räusperte sich. Sie habe, sagte Anna, Carnaps *Der logische Aufbau der Welt* leider nicht gelesen. Kein einziges Wort. Carnap interessiere sie nicht, ehrlich gesagt, und auch Konjunktionen und Disjunktionen und all die anderen logischen Operatoren seien ihr in letzter Zeit ziemlich egal, und insofern sei sie gewissermaßen froh, dem Tutorium mitteilen zu können, dass sie ihre Tätigkeit als Tutorin aufgebe und sich eine Auszeit nehme. Ab kommender Woche werde eine Vertretung den Kurs fortsetzen.

»Sie können jetzt gehen«, fügte sie nach einer kurzen Pause hinzu und wedelte mit den Armen. Florian hörte, wie hinter ihm Stühle gerückt und Laptopdeckel zugeklappt wurden. Anna räumte ihre Utensilien zurück in den Rucksack und verließ den Seminarraum, mit den gleichen hastigen Schritten, mit denen sie ihn fünf Minuten zuvor betreten hatte.

Florian beeilte sich, Anna zu folgen. Wenige Meter vom Seminarraum entfernt holte er sie ein. Im Gang vor ihr hatte sich eine Menschentraube gebildet, die ihr den Weg versperrte. Zwei junge Männer standen hinter einem Tresen, an dessen vorderer Front ein Pappschild mit der vierfarbigen Windows-Fahne zu sehen war, zusammen mit dem Microsoft-Schriftzug, auf hellblauem Wolkenhintergrund.

»Kostenlose USB-Sticks, mit Vollversionen von Windows 7 Professional plus Office-Paket«, rief einer der jungen Männer, und der andere fügte hinzu: »Für alle!« Ein Student trat aus der Traube hervor, und die Männer baten ihn, seinen Namen, seine Matrikelnummer, seine Semesterzahl und seinen Studiengang in eine Liste einzutragen, er tat es, und sie übergaben ihm einen USB-Stick.

Anna versuchte, sich durch die Studenten hindurchzudrängeln, doch sie kam nicht weit, denn plötzlich strömten alle zum Tresen. Florian griff nach Annas Hand und fragte, was denn los sei, um Himmels willen, und ob er ihr irgendwie helfen könne. Der nächste Student trug sich in die Liste am Microsoft-Stand ein und bekam einen USB-Stick überreicht.

Anna löste sich von Florian, blieb jedoch stehen. Sie wurden von Studenten hin- und hergeschubst, die in immer größerer Zahl an den Tresen drängten. Florian blickte Anna in die Augen, sie waren trocken, leicht gerötet. Es gebe nicht viel zu sagen, sagte Anna, und Florian habe ja sowieso alles gesehen, letzte Woche im Hörsaal.

»Was gesehen?«, fragte Florian. Der nächste Student trat an den Tresen. Nachdem er sich in die Liste eingetragen hatte, sagte einer der Microsoft-Männer zu ihm: »Sie studieren im elften Semester?« Der Student nickte und sagte, korrekt, einen Master in Anglistik, im elften, er habe zwei Auslandssemester in Wales verbracht. Der Microsoft-Mann besprach sich kurz mit seinem Kollegen, dann sagte er, da müsse man in der Geschäftsstelle nachfragen, eigentlich dürfe man die Sticks nur an Studenten vergeben, die noch in der Regelstudienzeit liegen.

Anna und Florian setzten sich auf eine Bank neben dem Studi-Eltern-Wickelraum. Anna löste ihr Zopfband, schüttelte den Kopf, so dass die rötlich schimmernden Haare ihr Gesicht verdeckten. Mit tonloser Stimme sagte sie, es sei eigentlich gar nichts passiert, viel zu albern, um davon zu berichten, in der ersten und ja zugleich leider auch letzten Besetzungsnacht habe sie ein paar lustige Parolen gegen Studiengebühren an die Lehnen der hinteren Stuhlreihen gesprüht, zum Beispiel »Jedermann und jedefrau – gemeinsam gegen Bildungsklau!« oder »Wer, wie, was / wieso, weshalb, warum / wer nicht zahlt, bleibt dumm.«

Vom Tresen waren laute Stimmen zu hören. Der Anglistikstudent warf Microsoft Diskriminierung vor und drohte damit, den Stand umzuschmeißen. Er nahm einen Stapel Microsoft-Prospekte in die Hand und versuchte, sie durchzureißen. Doch der Stapel war zu dick, die Prospekte rutschten ihm aus der Hand und fielen auf den Fußboden. Der Microsoft-Mann versuchte, ihn zu beruhigen und sagte, vielleicht könne man ja wegen der Auslandssemester eine Ausnahme machen.

Jedenfalls, sagte Anna, während sie ihre Haare zu einem neuen Zopf zusammenband, Ilse, die Frau mit den Dreadlocks, habe sie in flagranti beim Sprühen erwischt und sofort ein Portraitfoto mit ihrem Handy geschossen, wie schon damals der Student vor dem Germanistikinstitut. Dieses Foto liege nun dem StuRa vor, zusammen mit dem vierstelligen Kostenvoranschlag einer Reinigungsfirma. Allein aus pressetechnischen Gründen sei es mehr als unwahrscheinlich, dass der StuRa sich zu den Parolen bekennen werde.

Anna strich mit dem Zeigefinger über die Knicklinien auf ihrer Anzugshose. Mensch, fuhr sie fort, werde also sie für die Parolen verantwortlich machen, was bedeute, dass sie einerseits viel Geld zahlen müsse, andererseits ihre Arbeit als Tutorin verliere.

Jetzt zog Anna doch noch einmal ihr Stofftaschentuch aus dem Jackett, es hatte schon einige dunkle Schnodder- und Tränenflecken, doch Anna fand noch einen trockenen Zipfel und schnäuzte hinein. »Geld ist kein Problem«, sagte sie, blinzelte und tupfte sich die Tränen von den Wangen, »ich habe gespart. Und ich ziehe sowieso bald zu Tobi.« Doch um die Arbeit sei es schade. Anna bekam einen kurzen Schluckauf, hickste dreimal, dann wurde sie wieder still.

Neben ihnen klopfte einer der Microsoft-Männer dem Anglistikstudenten auf die Schulter und sagte, er habe soeben mit seinem Chef telefoniert, und es gehe schon alles in Ordnung, und viel Spaß mit Windows 7 Professional und mit dem Office-Paket, damit werde er das Studium dann auch ganz sicher in null Komma nix zu einem erfolgreichen Ende bringen.

Den Nachmittag verbrachte Florian allein in seinem Bett mit der Lektüre von *Harry Potter und die Kammer des Schreckens*. Zwischendurch versuchte er sich an Carnaps *Der logische Aufbau der*

Welt, legte den Text jedoch schnell wieder zur Seite. Er onanierte und schlief ein. Als er wieder erwachte, stand Stefan vor seinem Bett und sagte, er habe Brattofu gemacht, mit Sesam und Sojasauce, und ob Florian auch etwas wolle? In der Küche brutzelten die Tofustreifen in der Pfanne und Fettgeruch breitete sich aus.

Während des Essens erzählte Stefan von einer Dokumentation, die er am Nachmittag im ZDF-Videostream gesehen hatte. Sie handelte von einer jungen Frau, Tochter eines Managers und einer Grundschullehrerin, die ein freiwilliges Nomadenleben führte. Seit mehr als drei Jahren wanderte sie von Dorf zu Dorf und aß, was sie in den Mülleimern der Anwohner fand. »Verrückt«, sagte Florian.

Nach dem Essen stellte Stefan ein Teelicht auf den Küchentisch, zündete es an und fragte: »Mein Freund, wo zwickt der Schuh? Warum bist du traurig, Florian Berg?«

Eine Weile pulte Florian mit dem kleinen Finger im Wachs am Rande des Teelichts, dann blickte er auf und fragte Stefan, was genau er damit sagen wolle, traurig? »Niedergeschlagen, hoffnungslos«, sagte Stefan ernst, »ich sehe es an deinen glanzlosen Augen, an den schlaffen Mundwinkeln.« Ach, sagte Florian und winkte ab, danke der Nachfrage, doch er sei lediglich müde. Er pickte mit den Fingern die letzten Sesamkörner von seinem Teller. Nach einer kurzen Pause fügte er hinzu, ein wenig bedrückt sei er vielleicht schon, denn Anna Kuszlak gebe ihr Tutorium auf.

Florian tunkte seinen kleinen Finger in das flüssige Wachs, es war nicht so heiß, wie er erwartet hatte, mehr Badewanne als Lava. Er erzählte Stefan, was vorgefallen war. Während er sprach, beugte sich Stefan vor und nickte mehrmals. Gelegentlich verzog er die Stirn, blies die Backen auf oder sagte »puh« oder »bitter«.

Stefan schlug vor, Florian solle mit Line reden, die kriege das schon geregelt. Er könne mit dem Fahrrad zu ihr hinüberradeln, gleich jetzt. Sie wohne allein, zwei Straßen weiter, in einer Wohnung mit Balkon und Blick auf den Kanal und den Mond, er selbst habe sich dort mit Line zahlreiche Nächte einen Liegestuhl und eine Wolldecke geteilt.

Stefan verließ die Küche und kam mit einem Einwegglas voller Apfelmus zurück. Er reichte es Florian und bat ihn, es Line zu übergeben. »Und grüß sie von mir«, fügte er leise hinzu. Florian fragte Stefan, warum er ihn nicht begleite und das Apfelmus selbst übergebe. Stefan schüttelte den Kopf, blickte zu Boden und nuschelte, es sei gerade alles etwas schwierig, sein Move während der Hörsaalbesetzung sei leider nur mittelgut gelaufen. Stefan pustete das Teelicht aus, ein paar Wachstropfen spritzten auf die Tischplatte.

Als Florian schon im Treppenhaus stand, rief Stefan ihm hinterher: »Und sag ihr, das Apfelmus habe ich selbst gemacht, mit Fallobst aus dem Clara-Zetkin-Park.« Florian versprach es.

Auf dem Weg zu Line sprühte Florian ein schwacher Nieselregen ins Gesicht, und als er schließlich im Türrahmen ihrer Wohnung stand, fragte sie ihn, noch bevor er die Schuhe ausgezogen hatte, was denn los sei, um Himmels willen, und ob er etwa geweint habe? Sie trug einen Trainingsanzug und riesige Tigerpfotenhausschuhe. Auf ihrer Wange hatte sie einen Kissenabdruck. Florian fragte, ob er reinkommen dürfe. Natürlich, sagte Line und kratzte sich am Hals, ob er etwas trinken wolle, Wein oder Schorle, oder auch Früchtetee, oder Kirschschnaps, sie habe alles da. »Egal«, sagte Florian.

Er betrat die Wohnung und blickte sich um. In einer Ecke lag eine Matratze mit zerwühlter Bettdecke, neben dem Kopfkissen stand ein Laptop, an dem ein hellgrünes Lämpchen blinkte. Vor dem einzigen Fenster des Raumes befanden sich ein Klappstuhl und eine mit Farbklecksen verzierte Holzplatte auf zwei Bücherstapeln, darauf lagen mehrere dicke Leitz-Ordner und Papphefter. An den Wänden hingen gerahmte Fotos von Line und ihren Freunden. Auf einem Foto trug sie einen rotgefärbten Irokesenhaarschnitt und Springerstiefel und hielt eine dicke Katze auf dem Arm.

Florian übergab Line das Apfelmus und berichtete alles so, wie Stefan es ihm aufgetragen hatte. »Fallobst«, sagte Line, »na hoffentlich hat er keine Regenwürmer vermixt.« Sie ging zur Kochnische und stellte das Einwegglas ab. Florian ließ sich in einen blauen Sitzsack sinken, der ein wenig abseits neben einem kniehohen Tischchen lag.

Line füllte zwei Plastikbecher mit Kirschschnaps. Sie kam zu Florian, setzte sich vor ihn auf den Teppichboden, im Schneidersitz, und reichte ihm einen der Becher. Sie stießen an. Florian trank seinen Becher bis zur Hälfte aus und stellte ihn dann auf das Tischchen. Line beobachtete ihn dabei und trank danach aus ihrem Becher genau die gleiche Menge.

Noch einmal erzählte Florian, was vorgefallen war. Zwischendurch sagte er immer wieder Dinge wie »Es ist so unfair!« oder »Die arme Anna!«. Line beugte sich vor und streichelte Florian über die Wange. Waschmittelgeruch stieg ihm in die Nase. Er zuckte zurück. Der Regen prasselte jetzt stärker gegen die Fensterscheiben.

Keine Sorge, sagte Line lächelnd, sie wisse ja selbst um Annas missliche Lage, und mensch werde schon eine Lösung finden, es gebe immer eine Lösung. Sie beugte sich noch ein Stück weiter vor. Der Waschmittelgeruch vermischte sich mit dem Kirschgeruch von Lines Atem. Vielleicht werde der StuRa eine geheime Solidaritätskasse einrichten, flüsterte Line, während sie mit ihrer Zunge über Florians Ohr leckte, irgendetwas werde ihr schon einfallen, und auf keinen Fall werde der StuRa Anna öffentlich beschuldigen, um das Tutorium brauche Florian keine Angst zu haben.

»Herzlichen Dank, liebe Line«, sagte Florian und straffte die Schultern. Sie zog ihre Zunge aus seinem Ohr zurück, blickte ihn an, blinzelte und fragte: »Magst du noch bleiben?« Als Florian schwieg, sagte Line, keinesfalls solle er sich verpflichtet fühlen. Wenn er wolle, flüsterte Line und lächelte, könne Florian jederzeit nach Hause gehen. Doch sie glaube nicht, dass er wolle. Line lachte heiser und versuchte, mit der linken Hand Florians Gürtelschnalle zu öffnen, während sie sich mit der rechten auf dem Fusselteppich abstützte.

Florian schloss die Augen. Line masturbierte ihn eine Weile, durch den geöffneten Hosenstall hindurch, dann zog sie ihm nacheinander den Kapuzenpullover, das T-Shirt, die Hose, die Socken und schließlich die Unterhose aus. Lines erster Versuch, das Kondom über Florians Penis abzurollen, misslang, weil sie es falsch herum aufsetzte. Florian öffnete die Augen. Line hockte nackt vor ihm, die Brüste an die Oberschenkel gepresst, so dass sie ein wenig breitgedrückt wurden. Sie hielt ein neues, noch verpacktes Kondom in der Hand und versuchte, es zu öffnen, doch ihre Finger waren so verschwitzt, dass sie immer wieder abrutschten.

Florian nahm ihr das Kondom ab, öffnete es und zog es über seinen mittlerweile nur noch mittelmäßig erigierten Penis. Dann schloss er seine Augen wieder, und er ließ sie geschlossen, bis es vorbei war.

VIER

Am Wochenende war Florians Körpertemperatur auf 36,5 Grad gesunken. Er verabredete sich mit Udo, und gemeinsam gingen sie zum Bücherbus. An dem Jackett und der Hose, die Udo heute trug, waren weder Löcher noch Flicken zu sehen. Er hatte ein Foto für Sally Kersting dabei, es zeigte die Oberfläche des großen Forellenteichs, leicht verwackelt, und im Hintergrund, am Ufer des Teiches, einige Sträucher. In der Mitte, etwa einen halben Meter über der Wasseroberfläche, befand sich ein blaugrauer Fleck. »Der Eisvogel«, sagte Udo und lächelte, »im Flug.« Er hatte das Foto in einen dunklen Holzrahmen gesteckt und eine rote Schleife darum gebunden.

Wie immer war der Bücherbus leer. Sally saß an ihrem Klapptisch, vor ihren Karteikarten. Sie trug das blassrote Kleid, dazu einen schwarzen Seidenschal. Diesmal kam sie nicht hinter dem Tisch hervor, als Florian und Udo eintraten.

Udo überreichte ihr das Foto, deutete eine leichte Verbeugung an und sagte, es sei ihm eine Ehre, Bekanntschaft mit dem Fräulein zu machen. Sally legte den Kopf schief, betrachtete Udo mit gerunzelter Stirn. »Wenn Sie mir Ihren Vornamen verraten«, sagte Udo, »könnte ich Ihnen auf die Rückseite eine persönliche Widmung schreiben.« Sally tippte mit dem Zeigefinger auf den Button an ihrer Brust. Udo warf einen kurzen Blick darauf, schaute zur Seite, auf das »Kunterbunt«-Bücherregal, zögerte.

Sally lachte und sagte, sie werde die Bibliotheksleitung bei Gelegenheit darum bitten, die Namensschilder in Zukunft größer zu drucken. »Die Männer auf dem Land sind damit eindeutig überfordert.« Sie schüttelte Udo die Hand. »Ich bin Sally. Schön, dich kennenzulernen.« Als sie seine Hand wieder losließ, hing diese einen Moment starr in der Luft, dann zog Udo sie ruckartig zurück und kratzte sich am linken Oberarm.

Sally blickte auf das Foto. Udo sagte, leider sei der Eisvogel ein wenig zu schnell für seine Minolta X300, im Sturzflug erreiche er Geschwindigkeiten von bis zu 120 Kilometern pro Stunde. Darüber hinaus sei das Foto in der Abenddämmerung aufgenommen, das erfordere eine längere Belichtungszeit, daher die verwischten Konturen. »Na ja«, sagte Sally und machte eine wegwerfende Handbewegung, »trotzdem schön.« Udo zog einen Kugelschreiber aus der Innentasche seines Jacketts. Sally stellte das Foto neben sich auf das »Kunterbunt«-Bücherregal, dann wandte sie sich an Florian. »Kleiner Mann, ich habe was für dich.« Sie griff noch einmal in das Regal und reichte ihm den Harry-Potter-Sonderband *Quidditch im Wandel der Zeiten*.

Udo klickte ein paarmal mit dem Kugelschreiber. Sally sagte: »Guckt euch gerne noch um, wenn ihr wollt.« Udo klickte noch einmal mit seinem Kugelschreiber, hielt einen Moment inne, bevor er die Mine wieder in das Gehäuse fahren ließ. Florian blätterte durch *Quidditch im Wandel der Zeiten*. Die ersten Seiten waren gefüllt mit Zeichnungen von Flugbesen, Nimbus 2000, Nimbus 2001, Nimbus 2002, Nimbus 2003.

Udo räusperte sich, dann sagte er mit zögerlicher Stimme: »Das Fräulein wünscht also – keine Widmung?« Sally griff nach einer ihrer Karteikarten, betrachtete sie mit zusammengekniffenen Augen. Auf der Rückseite las Florian die handgeschriebenen Worte: »Rufen Sie bitte einen Krankenwagen.« Sally sagte: »Rufen Sie bitte einen Krankenwagen«, drehte die Karteikarte um und lächelte. Dann blickte sie zu Udo und fragte, Entschuldigung, was habe er gesagt?

»Wünschen Sie«, begann Udo. Seine Stimme stockte. Er wedelte mit dem Kugelschreiber. »Ach, die Widmung!«, rief Sally. »Ja, die möchte ich auf jeden Fall!« Sie nahm das Foto noch einmal vom Regal und reichte es Udo. Florian blickte ihm über die Schulter, während er mit zittriger Hand schrieb: »Für Sally, von Udo, mit den allerverbindlichsten Grüßen.«

Wenn das Fräulein es wünsche, sagte Udo, könne er noch ein Gedicht hinzufügen, sein Lieblingsgedicht, von dem Poeten Hermann Hesse, es handle von einem namenlosen Vogel mit zarten und scheinbar zerbrechlichen Flügeln, der kleiner sei als alle anderen Vögel, dessen Anmut jedoch, so die Pointe der letzten Zeile, jede körperliche Unterlegenheit vergessen mache.

Sally zuckte mit den Schultern und sagte: »Warum nicht.« Während Udo das Gedicht notierte, ragte ihm die Zungenspitze aus dem linken Mundwinkel.

Bevor sie wieder nach Hause gingen, stand Udo noch eine Weile schweigend vor dem »Romane«-Regal, die Hände auf dem Rücken verschränkt, den Kopf leicht geneigt.

Ab Dezember bekam Florian Konfirmandenunterricht, zusammen mit Ole, Paul, Anton, Juria und ein paar Mädchen aus seiner Klasse, jeden Dienstagnachmittag, im Gemeindehaus. Sie wurden im Wechsel von Florians Mutter und Florians Vater unterrichtet. Nur in der ersten Woche leiteten Florians Eltern den Unterricht traditionell gemeinsam.

Sie ließen die Konfirmanden einen Stuhlkreis bilden, setzten sich dazu und Florians Vater fragte in die Runde: »Was fällt euch spontan zu dem Wort ›Gott‹ ein?« Anton räusperte sich und sagte, Leben nach dem Tod. Ein Mädchen beugte sich vor und rief: »Jesus Christus!« Ein anderes Mädchen sagte, in den Liedern von Xavier Naidoo komme häufig Gott vor.

Während Florians Vater alle Kommentare an einer Tafel notierte, verteilte Florians Mutter Filzstifte, buntes Kartonpapier und Papierscheren mit abgerundeten Spitzen. Ein jeder und eine jede, sagte Florians Mutter, solle jetzt eine Form schneiden, die er oder sie mit dem Wort »Gott« verbinde, und dann in die Mitte den eigenen Namen schreiben. Sie werde gleich noch Anstecknadeln verteilen, und fertig seien die christlichen Namensschilder.

Florian überlegte eine Weile, ihm fiel nichts ein, und schließlich schnitt er ein Rechteck, das gerade groß genug war für seinen Namen. Anton und fast alle anderen schnitten Kreuze, nur Ole schnitt sein Kartonstück in der Form eines Penisses. Als Florians Mutter Oles Pappform sah, seufzte sie, verdrehte die Augen und ging zur Tafel, wo sie im Flüsterton ein paar Worte mit Florians Vater austauschte.

Florians Vater kam zu Ole und ging neben seinem Stuhl in die Hocke, seine Gelenke knackten. Was Ole denn dort Schönes geschnitten habe, fragte er. Ole reichte ihm den Kartonpenis. Florians Vater betrachtete ihn eine Weile, fuhr mit den Fingerspitzen über die Schnittkanten, ein paar Mädchen begannen zu kichern. Was das sein solle, fragte Florians Vater. Ole fragte: »Wonach sieht es denn aus, Herr Berg?« Das Gekicher wurde lauter, ein Mädchen hielt sich die Hand vor den Mund. Ob Ole der Gruppe erklären wolle, fragte Florians Vater, wieso er ein männliches Geschlechtsorgan mit Gott verbinde? Ole sagte: »Eigentlich nicht, nein.«

Florians Vater errötete. Ole nahm ihm den Kartonpenis wieder aus der Hand, schrieb seinen Namen auf den rechten Hoden, durchstach den linken Hoden mit der Anstecknadel und befestigte sein neues Namensschild auf seiner Brust, oberhalb des Fischgerippes seines Fishbone-Pullovers. Florians Vater fragte: »Bist du sicher, lieber Ole, dass du ein solches Namensschild über deinem Herzen tragen willst?« Ole sagte: »Ja.« Die Mädchen prusteten los, auch Juria hatte die Lippen zu einem Schmunzeln verzogen. Als sich die Blicke von Florian und seinem Vater streiften, senkten beide gleichzeitig den Kopf.

Florians Mutter trat zu ihnen, riss Ole den Kartonpenis von der Brust und sagte, wenn er nicht sofort ein vernünftiges Schild bastle, könne er nach Hause gehen und Kühe melken und brauche nicht mehr wiederkommen. Ole zögerte einen Augenblick, dann lächelte er und sagte, okay, alles cool, Frau Berg, alles cool.

Er hatte sich bereits ein neues Stück Pappkarton genommen und darauf mit Filzstift ein Kreuz vorgezeichnet, als Florians Mutter plötzlich mit schriller Stimme rief: »Hier ist gar nichts cool!« Sie packte Oles Ohrläppchen, drehte es herum. Ole schrie auf, ließ die Pappe und den Filzstift fallen. »Ich weiß nicht«, sagte Florians Mutter, »wie ich euch kleine Scheißer immer noch aushalte. Wie halte ich das alles bloß aus?« Sie zerrte Ole von seinem Stuhl, zog ihn quer durch den Raum, zu Florians Vater. »Entschuldige dich bei Pastor Berg.«

Florians Vater wich zurück, stieß mit dem Rücken gegen die Tafel. Ole, der jetzt in die Hocke ging, weil sein Kopf von Florians Mutter beinahe auf Kniehöhe hinabgezogen wurde, hatte Mühe, das Gleichgewicht zu halten. Er stöhnte auf. Florians Vater sagte: »Er hat es ja verstanden, Erika.« Florians Mutter warf den Kopf in den Nacken und lachte, laut und schrill, mehrere Sekunden lang. Dann ließ sie ihn los, Ole stand auf.

Florians Mutter sagte: »Reicht euch als Zeichen der Versöhnung die Hände.« Florians Vater und Ole schüttelten sich die Hände, dann ging Ole zurück zu seinem Platz, hob seinen Pappkarton auf und schnitt sich ein Rechteck.

Die restliche Konfirmandensitzung verlief ohne Zwischenfälle.

Es schneite, als Florian am Freitag des ersten Adventswochenendes über die vereisten Äcker und Feldwege zum Haus von Udo und seinem Vater stapfte. Sie hatten ihn zum Mittagessen eingeladen.

Als er eintrat, saß Udos Vater am Küchentisch und schälte Kartoffeln. Die Küche hatte mittlerweile einen Fliesenboden. Doch obwohl in der Ecke ein Heizstrahler stand, dessen Stäbe dunkelgelb leuchteten, war es kaum wärmer als draußen auf den Äckern.

Die Steinplatten, die zuvor in der Küche gelegen hatten, lagen jetzt in Udos Zimmer. Sie reichten nicht aus, um den gesamten

Boden abzudecken, weshalb Udo sie so angeordnet hatte, dass sich schmale Gehwege zwischen Regal, Schrank, Bett und Schreibtisch ergaben. Neben den Gehwegen begann sich der Sandboden in lehmigen Matsch zu verwandeln. Unter Udos Bett hatte sich eine kleine Wasserpfütze gebildet.

Vor dem Essen saßen Udo und Florian noch eine Weile gemeinsam auf Udos Bett, im Schneidersitz, einander gegenüber. Udo hatte dunkle Augenringe. Er könne sich nicht helfen, sagte Udo, er müsse ständig an das Fräulein aus dem Bücherbus denken, an ihre himmelblauen Augen, ihr lockiges, engelsgleiches Haar, an ihren Erdbeermund. »Wieso Erdbeermund?«, fragte Florian. Rot und süß wie Erdbeeren, erklärte Udo.

Die Luftmatratze, auf der sie saßen, war kaum gefüllt, Florian spürte den Lattenrost an seinen Pobacken. Er habe, sagte Udo, dem Fräulein eine Kurznachricht geschrieben, eine sogenannte SMS, mit dem Familienhandy, das er sich mit seinem Vater teile. Er habe das Fräulein eingeladen zu einem Spaziergang um den großen Forellenteich, am kommenden Freitagnachmittag, um sechzehn Uhr. Er werde dem Fräulein die bevorzugten Brut- und Jagdstätten des Eisvogels zeigen und sie anschließend mit einem Picknick überraschen, dafür habe er sich sogar schon im neuen Quelle-Katalog eine Picknickdecke bestellt, mit rot-weißen Streifen. Florian verknotete die Bommel seines Kapuzenpullovers.

Sie gingen in die Küche und halfen Udos Vater beim Kochen. Florian schnitt die Zwiebeln. Schon nach wenigen Sekunden spürte er ein Brennen in den Augen. Udos Vater bot ihm eine Scheibe Knäckebrot an, gegen die Tränen. Florian nahm einen

Bissen. »Lange kauen«, sagte Udos Vater. Florian schob den Knäckebrotbrei aus der linken in die rechte Backe und wieder zurück. Udo stand am Herd und stach gelegentlich mit der Gabel in eine der Kartoffeln im Kochtopf.

Während des Essens, Leberkäse mit gebratenen Zwiebeln, dazu Kartoffelbrei, erzählte Udos Vater, er habe vorhin eine sehr liebevolle Kurznachricht erhalten, von einer gewissen Sally. Udo hielt in der Kaubewegung inne, blickte seinen Vater an, öffnete leicht den Mund. Sie habe am nächsten Freitag leider keine Zeit, sagte Udos Vater, da sei sie schon mit Freunden auf dem Bremer Weihnachtsmarkt verabredet. Er hielt seinem Sohn das Handy entgegen, doch als dieser seine Hand danach ausstreckte, zog er es rasch wieder zurück.

»Na, wer ist denn diese junge Dame?« Udos Vater grinste. Udo verschränkte die Arme, presste die Lippen zusammen. Keine Angst, sagte Udos Vater und klopfte seinem Sohn auf die Schulter, die Dame wolle die Verabredung nicht absagen, nur um eine Woche nach hinten verschieben. Er las das Ende der Kurznachricht vor: »Vielleicht sehen wir den Schneevogel dann ja sogar mal live.« Florian nahm sich noch einen halben Leberkäse.

Die Gemeinschaftsschule Wulsbüttel-Uthlede-Harrendorf forderte von ihren Schülern, dass sie ab der siebten Klasse einmal im Jahr ein Eintagspraktikum absolvierten. Nachdem Florian sich vergeblich um Plätze im Uthleder Elektronikfachgeschäft Mahlstedt und Söhne und in der Sandstedter Sparkasse beworben hatte, fragte er schließlich Sally, ob er sie einen Tag auf ihrer Tour durch Norddeutschland begleiten dürfe.

Sally forderte ihn auf, die Muskeln an seinem rechten Oberarm anzuspannen. Florian gehorchte. Sie umfasste seinen Bizeps mit Daumen und Zeigefinger, nickte und sagte: »Einen starken Mann zum Bücherschleppen kann ich immer gebrauchen.« Sie einigten sich darauf, dass Florian sie auf der Hagen-Sandstedt-Tour begleiten würde.

Zwei Tage später holte Sally ihn morgens um halb acht vor dem Pfarrhaus ab, in der Morgendämmerung fuhren sie auf der Landstraße über Lehnstedt und Uthlede bis nach Hagen. Am Vormittag stand der Bücherbus auf dem Schulhof der Hagener Hermann-Allmers-Realschule, und während jeder Schulpause waren sie zehn Minuten lang gut besucht. Florian war dafür zuständig, in einem Notizheft Titel, Autor und Rückgabedatum der verliehenen Bücher zu notieren.

In den freien 45-Minuten-Intervallen saßen sie die meiste Zeit schweigend im Bus herum, Sally an ihrem Klapptisch, vor ihren Karteikarten, Florian auf dem Lesesofa, mit *Quidditch im Wandel der Zeiten*. Auf Florians Nachfrage erzählte Sally, die Karteikarten seien Teil eines Spanisch-Intensivkurses, den sie an der Volkshochschule in Bremerhaven absolviere. Sie werde im nächsten Sommer ein Übersetzerstudium beginnen, in Hamburg, oder notfalls in Kiel oder Lüneburg.

Am Nachmittag standen sie auf einem Parkplatz neben der Bushaltestelle Sandstedt-Leuchtturm, an einer schwach befahrenen Schotterstraße. Sie hatten vier bis fünf Besucher pro Stunde, zumeist ältere Damen und Herren, die sich Kriminalromane ausliehen. Sie kamen fast alle allein, nur einmal kam ein Ehepaar. Die Frau empfahl ihrem Mann ein Buch von Agatha Christie.

Der Mann winkte ab und sagte, von Agatha Christie bekomme er Herzrasen.

Als es draußen dunkel wurde, hängte Sally ein Geschlossen-Schild an die Tür des Busses, und gemeinsam sortierten sie die zurückgebrachten Bücher in die Regale. Hinterher saßen sie noch eine Weile zu zweit auf dem Lesesofa. Sally griff nach *Quidditch im Wandel der Zeiten* und sagte, sie sei erstaunt, dass er solche Bücher lese, Harry Potter, das sei doch eher etwas für Kinder, und sie habe gedacht, er leihe diesen Kram für eines seiner kleinen Geschwisterchen aus. Sie schlug das Buch auf, betrachtete das Gruppenfoto der Irischen Quidditch-Nationalmannschaft aus dem Jahr 1988.

Er habe keine kleinen Geschwisterchen, sagte Florian. »Ach was«, sagte Sally, »aber Pastorensohn bist du schon?« Florian nickte, dann räusperte er sich und sagte, ohne aufzublicken: »Du hast einen sehr schönen Erdbeermund.« Sally lachte. Plötzlich juckte Florians Nase. Er schniefte, wischte sich den Rotz am Ärmel ab.

»Na«, rief Sally. Sie nahm ein Taschentuch aus ihrer Handtasche und presste es Florian auf die Nase. Mit dem Daumen drückte sie Florians linkes Nasenloch zu und sagte: »Fest prusten.« Florian prustete, Schnodder stieß aus seinem rechten Nasenloch. Sally verschob das Taschentuch ein wenig, drückte dann mit ihrem Zeigefinger Florians rechtes Nasenloch zu und sagte: »Und noch einmal.« Florian prustete noch einmal, und noch einmal, bis seine Nase wieder ganz frei war.

Sally nahm ihm das Taschentuch von der Nase, warf einen flüchtigen Blick darauf und sagte: »Das ist ja alles schwarz.« Florian sagte, das sei normal, sein Schnodder sei immer schwarz, wenn er viel Zeit im Stroh verbringe. »Im Stroh?«, fragte Sally. Florian erzählte vom Verein, dessen Hauptquartier sich in einer Strohscheune befinde. »Süß«, sagte Sally, »eine Bande.« Sie knüllte das Taschentuch zusammen und warf es in den Mülleimer.

Bevor Sally ihn zurück nach Wulsbüttel brachte, hielt sie noch an der Tankstelle in Hoope und kaufte für sich und Florian jeweils ein Twix, als Belohnung für den langen Arbeitstag.

In Wulsbüttel setzte sie ihn wieder direkt vor dem Pfarrhaus ab. Ein paar Schritte, bevor er die Haustür erreicht hatte, schaltete sich die Außenbeleuchtung auf der Terrasse ein.

Am Freitagnachmittag des dritten Adventswochenendes ging Florian ins Gebiet und versteckte sich in Udos Holzkabine. Durch das Loch, in dem normalerweise Udos Kameraobjektiv steckte, hatte er einen Blick auf den gesamten Forellenteich. Es schneite, im Wasser trieben Eisschollen. Die Ufersträucher waren kahl.

Udo kam eine Viertelstunde zu früh, Sally eine halbe Stunde zu spät, so dass Udo insgesamt eine Dreiviertelstunde allein auf dem Steg stand. Er trug eine Pudelmütze, eine graue Jacke, dazu eine seiner zerrissenen Stoffhosen und Winterstiefel. Um den Hals hing seine Kamera, in der linken Hand hielt er einen Bastkorb, aus dem zwei Frühstücksbrettchen und eine rot-weiß gestreifte Wolldecke ragten und den er während der gesamten Wartezeit nicht ein einziges Mal absetzte.

In Udos Kabine roch es nach feuchter Erde und vergammeltem Holz. Sie war kaum einen Quadratmeter groß, anderthalb Meter hoch. Es gab einen Klappstuhl mit Sitzkissen. An der Wand, unter dem Guckloch, auf einem vorstehenden Brett, lagen eine Packung Kaugummis, ein Kugelschreiber und eine Kladde mit Ledereinband, deren Seiten sich vor Feuchtigkeit wellten.

Zum ersten Mal, seit Florian sie kannte, trug Sally nicht ihr blassrotes Kleid, sondern einen dunklen Mantel, Jeans, Gummistiefel. Gemeinsam spazierten Udo und sie am Ufer entlang. Gelegentlich blieb Udo stehen und deutete auf die im Wind schwankenden Wipfel einer besonders hohen Fichte, auf die Überreste eines Vogelnestes im Geäst, auf die Fußspuren eines Tieres, einer Katze vielleicht, oder eines Fuchses, im Schnee.

Irgendwann verschwanden Udo und Fräulein Kersting aus Florians Blickfeld, vermutlich, um einen Abstecher zum mittleren Forellenteich zu machen. Florian vertrieb sich die Wartezeit mit der Lektüre von Udos Lederkladde. Es war eine Art Tagebuch, in dem Udo jede einzelne Sichtung des Eisvogels minutiös protokolliert hatte. Am Freitag, dem dritten Oktober beispielsweise, hatte Udo den Eisvogel einmal morgens um zwanzig nach elf gesehen, »im steilen Sturzflug über dem Teich«, wobei es ihm nicht gelungen war, ein Foto zu schießen. Außerdem hatte der Eisvogel zwischen sechzehn Uhr einundzwanzig und sechzehn Uhr sechsundzwanzig auf dem »Ast C4« gesessen, »Schnabel unterm Gefieder. Fotos: 3.« Auf manchen Seiten hatte Udo private Zusatzeintragungen gemacht. So stand beispielsweise im November mehrmals am Rand: »Leichte Bauchschmerzen.« Einmal: »Zittrig.« Einmal: »Nicht immer im Kreis denken!«

Von draußen waren Stimmen zu hören. Florian blickte durch das Guckloch. Nur wenige Meter von der Kabine entfernt, neben der Feuerstelle, breitete Udo eine Plastikplane aus, darüber die Picknickdecke. Sally setzte sich, wobei sie darauf achtete, mit ihren verschlammten Gummistiefeln nicht die Decke zu berühren. Udo zog nacheinander zwei Frühstücksbrettchen, Butter, ein Glas Erdbeermarmelade, eine Baguettestange, Besteck, ein Tetra Pak Hohes C Milde Orange und zwei Plastikbecher aus dem Korb. Dann setzte er sich ebenfalls.

Florian konnte jetzt ihren Gesprächen lauschen. Udo sprach von seiner Arbeit als Fotograf, er erzählte, für den Frühling wolle er sich eine Streulichtblende kaufen, außerdem ein 75-mm-Objektiv, um den Eisvogel auch von Weitem gestochen scharf fotografieren zu können. Er sprach von der sogenannten blauen Stunde, der Zeit unmittelbar nach der Abenddämmerung, zwischen dem Moment, in dem die Sonne bereits untergegangen war, und dem Moment vollkommener Dunkelheit. Während der blauen Stunde, sagte Udo, sei die Welt in ein kühles, magisches Licht getaucht, und man könne Bildeindrücke von einzigartiger Harmonie einfangen. Sally riss sich ein Stück von der Baguettestange ab.

Florian blätterte in Udos Lederkladde ein wenig nach vorn, las die Eintragungen der letzten Wochen. Notizen zum Eisvogel tauchten immer seltener auf, die Beschwerden über Zittrigkeit und Übelkeit hingegen nahmen zu. Es gab mehrere Einträge, in denen Udo die Bücher zusammenfasste, die er gerade las, Plenzdorfs *Die neuen Leiden des jungen W.*, Benjamin Leberts *Crazy* und Fritz Zorns *Mars*. Ein Eintrag war komplett in Großbuchstaben verfasst, er lautete: »FRÄULEIN KERSTING FRÄULEIN KERSTING FRÄULEIN KERSTING.«

Während Sally mehrere Stücke Baguette mit Butter und Erdbeermarmelade aß, lief Udo um sie herum und fotografierte sie.

Einige Fotos schoss er aus mehreren Metern Entfernung, bei anderen war das Kameraobjektiv nur wenige Zentimeter von Sallys Gesicht entfernt. Besonders viele Fotos machte Udo von Sallys Stirn und von ihrem Nacken. Er solle aufhören, sagte Sally und wischte sich mit dem Handrücken die Marmelade aus dem Mundwinkel, das sei ihr unangenehm. Udo entschuldigte sich und setzte sich wieder auf die Picknickdecke.

Eine Weile saßen sie schweigend nebeneinander, dann sagte Sally, es sei doch recht kalt, und ihre Blase sei anfällig für Entzündungen, sie wolle jetzt lieber wieder aufbrechen. Udo sagte, wenn sie nur noch zwanzig Minuten warteten, beginne die Abenddämmerung, und kurz darauf setze die blaue Stunde ein, die im Winter eigentlich nur eine blaue halbe Stunde sei, und er habe so ein Gefühl, dass der Eisvogel vielleicht gerade heute Abend noch eine Runde drehe, wo er sich schon den ganzen Tag über nicht gezeigt habe.

»Stellen Sie sich vor«, sagte Udo und rückte ein Stück näher an Sally heran, »das blaue Gefieder des Eisvogels, zur blauen Stunde, da wird die natürliche Schönheit dieses einzigartigen Geschöpfes noch einmal potenziert.« Ja, sagte Sally, aber andererseits könne sie sich das auch schon auf seinem Foto angucken. Udo streckte seine Hand aus, streichelte Sallys Unterschenkel, zog seine Hand wieder zurück und sagte: »Verzeihen Sie, Fräulein Kersting, ich muss Ihnen etwas mitteilen.«

»Ich heiße Sally«, sagte Sally und begann, die Picknickutensilien zurück in den Korb zu räumen. »Sally«, sagte Udo mit fester Stimme, »ich habe mich in Sie verliebt.« Er holte das Marmeladenglas noch einmal aus dem Korb, schraubte es auf, schraubte es wieder zu, legte es zurück in den Korb. Sally wandte den Kopf ab, blickte zum Forellenteich. Nachdem sie ein paar weitere Sekunden geschwiegen hatten, lachte Sally plötzlich laut auf, dann sagte sie: »Du bist ein süßer Fratz, Udo, zum Knuddeln.«

Sie umarmte ihn, gab ihm einen Kuss auf die Wange, wobei sie laut schmatzte, dann stand sie auf, strich sich ihren Mantel glatt und fragte, ob sie den Korb tragen solle auf dem Rückweg? Udo faltete die Picknickdecke und die Plastikplane zusammen, dann stand er ebenfalls auf.

Als Sally an Udo vorbeiging, umfasste er mit beiden Händen ihre Hüften und drehte sie zu sich, dann beugte er den Kopf vor und versuchte, sie zu küssen. Er streckte die Zunge aus dem Mund, noch bevor er bei Sallys Gesicht angekommen war. Sally drehte den Kopf zur Seite. Udo stieß mit seiner Zunge gegen ihr Ohr. Sally versuchte, sich aus Udos Griff zu befreien, aber er hielt sie fest umklammert. Ihre Beine verhakten sich in seinen, gemeinsam kippten sie um.

Während sich Udo und Sally auf dem Boden umherwälzten, erinnerte sich Florian daran, wie er früher im Winter immer mit seinem Körper Engel in den Neuschnee gemalt hatte, im Garten hinter dem Pfarrhaus, zusammen mit seinem Vater. Um den Abdruck eines Engels im Schnee zu hinterlassen, musste man sich einfach nur auf den Boden legen und eine Weile mit den ausgestreckten Armen und Beinen hin- und herfahren, wie ein Scheibenwischer.

Er hielt seinen Kopf noch ein wenig näher an das Guckloch, um zu sehen, ob bei Udos und Sallys Gerangel ebenfalls irgendein Muster im Schnee zurückblieb, doch die Abdrücke, die sie hinterließen, erinnerten ihn eher an eine Dampfwalze als an einen Engel. Sally rief um Hilfe, ihre Stimme überschlug sich, Udo rief: »Sally, oh, Sally!« Er saß jetzt auf ihr, hielt mit seinen Händen ihre Armgelenke umfasst, seine Oberschenkel hatte er um ihre Hüfte geklammert.

Er küsste sie mehrmals auf den Mund, obwohl Sally ihren Kopf hin und her warf. Dann gelang es ihr, einen Arm zu befreien. Sie schlug ihm mit der flachen Hand ins Gesicht, Udo zuckte zusammen, sie rollte sich unter ihm weg, stand auf. Udo blieb liegen, mit dem Gesicht zum Boden. Er schluchzte. Sally klopfte sich den Schnee von den Klamotten, strich sich den Mantel glatt.

Nachdem Sally gegangen war, saß Udo noch über eine Stunde lang weinend am Ufer des Forellenteichs, so dass auch Florian gezwungen war, in der Kabine auszuharren. Er wollte die Zeit nutzen, um noch ein wenig in Udos Lederkladde zu lesen, doch draußen hatte die Dämmerung eingesetzt, und das wenige Sonnenlicht, das noch bis zu ihm in die Kabine drang, reichte zum Lesen nicht mehr aus.

Beim Abendessen sagte Florians Mutter, die Proben für das Krippenspiel gingen ihr jedes Jahr mehr auf die Nerven. Sie erzählte von den tollpatschigen Hauptdarstellern, die ständig zu weinen anfingen, von deren stolzen Eltern, die selbst keine Probe verpassten und meinten, sich mit Verbesserungsvorschlägen zu beispielsweise den Kostümen der heiligen drei Könige hervortun zu müssen. Florian rührte in seinem Kakaobecher. Florians Vater fragte, ob jemand zum Nachttisch Obst wolle.

Als Florians Eltern bereits schliefen, schlich sich Florian ins

Wohnzimmer und guckte ein paar Telefonsexwerbungen. Dann legte er sich wieder ins Bett und las noch einmal die Szene aus *Harry Potter und der Halbblutprinz*, in der Harry Potter zu seiner großen Liebe Ginny Weasley sagt, dass sie nicht zusammenbleiben könnten, weil das für Ginny zu gefährlich sei.

In Wulsbüttel gab es eine Waffelfabrik, und in den Brückentagen zwischen Weihnachten und Silvester verschenkten die Mitarbeiter gelegentlich Bruchwaffeln an die Kinder des Dorfes. Als Pastorensohn bekam Florian jedes Mal vom Fabrikdirektor persönlich einen Papiersack mit Waffeln überreicht, der größer war als Florian selbst, außerdem eine Grußkarte an die Eltern.

Als Florian dieses Jahr den Sack entgegennahm, stellte er fest, dass er ihm nur noch bis zum Hals reichte. Auch der Fabrikdirektor bestätigte, Florian sei groß geworden. Florian nahm den Sack auf den Rücken und wollte gerade wieder nach Hause laufen, als er am anderen Ende der Fabrikhalle, auf der Spitze eines mehrere Meter hohen Mehlbergs, Isa sitzen sah. Er ging zu ihr. Sie kletterte von dem Mehlberg herab, sagte etwas, das vom Lärm der Maschinen übertönt wurde, und begann, an dem Waffelsack zu zerren. Florian trat nach ihren Beinen, verfehlte sie.

Isa riss ihm den Sack aus den Händen, kletterte zurück auf den Mehlberg, den Sack hinter sich her schleifend. Auf halber Höhe blieb sie stehen, öffnete den Sack und legte ihn zwischen ihre Beine. Sie zog sich die Hose und die Unterhose hinab und begann, in den Sack zu pinkeln. Ein paar Sekunden schoss der Urin direkt in die Sacköffnung, doch dann wurde der Strahl schwächer, und kurz darauf lief ihr der Urin nur noch am linken Bein hinab.

Florian drehte sich um und ging in Richtung Ausgang. Isa kam ihm hinterhergelaufen. Als sie ihn eingeholt hatte, hielt sie ihm den Waffelsack entgegen und rief, bitte schön, die seien für die nächste Mitgliederversammlung, der Verein solle daran ersticken. Sie hatte sich ihre Hose wieder hochgezogen, am linken Ober- und Unterschenkel sah Florian dunkle Flecken. Er ging weiter. Isa folgte ihm. Über dem Ausgang hing ein Schild mit der Aufschrift: »Achtung, frei herumlaufender Chef!«

Auf dem Innenhof der Waffelfabrik roch es bereits nach Silvesterböllern. Isa stellte den Waffelsack neben Florian in den Schnee. Florian wollte Isa verprügeln, doch dann bemerkte er einen Arbeiter in verwaschenem Blaumann, der am anderen Ende des Innenhofs auf einem Palettenstapel saß und rauchte. Isa trat gegen den Waffelsack und rief noch einmal: »Erstickt daran!«

Florian überlegte, wie er Isa bestrafen könne. Schließlich behauptete er, die Waffeln seien nicht für ihn oder den Verein bestimmt, sondern für die Neujahrstafel der Wulsbüttler Kirchengemeinde. Sofort hörte Isa auf, gegen den Sack zu treten, ihre Lippen begannen zu zittern, dann schrie sie Florian an, warum er das nicht früher gesagt habe, verdammt? Sie öffnete den Sack, hob vorsichtig die oberste Schicht Waffeln heraus und legte sie vor sich in den Schnee. Der Großteil war feucht.

Nach und nach hob sie immer neue Schichten Waffeln aus dem Sack, was zunehmend schwieriger wurde, je tiefer sie hineingreifen musste, und bald hielt sie nur noch Krümel in den Händen. Nun begann sie, die einzelnen Waffelstapel in angepinkelte und nicht angepinkelte zu sortieren, wobei sie manchmal auch einzelne, nicht angepinkelte Waffeln aus einem angepinkelten Stapel herausnahm und umgekehrt. Als sie mit ihrer Arbeit fertig war, ging sie noch einmal in die Fabrikhalle und kam kurz darauf mit einem neuen Papiersack zurück, in den sie die nicht angepinkelten Waffeln legte. Es waren noch etwas mehr als zwei Drittel.

Auf der nächsten Vereinssitzung verteilte Florian die Waffeln unter den anwesenden Mitgliedern. Für Florians Geschmack waren sie diesmal etwas zu pappig, Ole hingegen behauptete, die Waffeln hätten einen Pastorensohnbonus und seien frischer als alle Bruchwaffeln, die er in Wulsbüttel jemals bekommen habe. Die Reste nahm Florian wieder mit nach Hause, um sie seinen Eltern zu schenken.

Silvester feierte der Verein im Gebiet. Es gab ein Lagerfeuer, und Ole spielte Gitarre. Mit den Böllern hielten sie sich zurück, um die Forellen und den Eisvogel nicht aufzuschrecken. Zum ersten Mal in seinem Leben trank Florian mehrere Flaschen Bier an einem Abend, und um Mitternacht saß er gemeinsam mit Ole und einem Jungen aus der Parallelklasse, den er nur vom Sehen kannte, auf einem Baumstamm und betrachtete das Raketenfeuerwerk am Himmel und dessen Spiegelung in den Forellenteichen. Kurz darauf verlor Ole das Gleichgewicht und fiel vom Baum. Er kletterte aber sofort wieder nach oben und sagte, es habe überhaupt nicht wehgetan.

Am Neujahrsmorgen half Florian seinem Vater beim Säubern der Kirchenglocken. Der Wulsbüttler Kirchturm hatte zwei Glocken, eine aus Zink, eine aus Bronze. Die Zinkglocke war etwas kleiner und hatte einen hellen Klang, sie läutete jede Viertelstunde. Die Bronzeglocke klang tiefer und dumpfer, sie läutete nur zur vollen Stunde und nur tagsüber, von sechs Uhr morgens bis zehn Uhr abends. Einmal hatte die Bronzeglocke wegen eines Programmierfehlers in der Kirchenuhr nachts um drei geläutet, und Florian war sofort aufgewacht.

Während Florian und sein Vater gemeinsam die zahlreichen Treppen und Leitern bis zur Spitze des Kirchturms hinaufstiegen, erzählte der Vater, in letzter Zeit falle es ihm täglich schwerer, morgens aus dem Bett zu kommen, und manchmal, wenn er Florian und die Mutter bereits in der Küche den Tisch decken höre und wenn der Kaffeegeruch bis zu ihm ins Schlafzimmer dringe, verspüre er plötzlich eine große Lust, die Augen zu schließen und sie nie wieder zu öffnen.

Florian sagte: »Hm.« Florians Vater sagte: »Ja, na ja.« Als sie auf der Ebene mit den Glocken angekommen waren, standen sie eine Weile nebeneinander auf dem kleinen Kirchturmsbalkon und blickten auf die roten Häuserdächer unter ihnen. In der Ferne sah Florian die Windräder, deren Rotorblätter gerade stillstanden, dahinter die von Fichten umringten Forellenteiche, dahinter die Autobahn.

Florian drückte etwas Putzmittel aus der Tube auf seinen Lappen, der Vater sagte: »Wir versuchen es, deine Mutter und ich, doch es fällt uns nicht immer leicht.« Florian fragte, welche Glocke sie zuerst putzen sollten. Der Vater sagte: »Bronze. Du innen, ich außen.« Das Putzmittel roch nach Schuhcreme, und als Florian die Tube noch einmal genauer betrachtete, musste er feststellen, dass es tatsächlich Schuhcreme war. Zunächst habe er es auch nicht glauben wollen, sagte der Vater, doch die Schuhcreme funktioniere besser als das spezielle Kirchenglockenputzmittel, das den Gemeinden von der Landeskirche kostenlos bereitgestellt werde.

Während der Arbeit versuchten sie, eine Partie Blindschach zu spielen, doch bereits nach wenigen Zügen gerieten sie in einen Streit über die Position von Florians Springer, weshalb sie sich schließlich auf ein Remis einigten.

Ein paar Tage später klingelte Isa eines Nachmittags an der Tür des Pfarrhauses. Florian öffnete ihr. Sie trug einen langen Wintermantel, ihr Gesicht war von der Kälte gerötet. Sie sei gekommen, sagte Isa, um sich noch einmal persönlich bei Florians Eltern zu entschuldigen, für ihr unmögliches Verhalten bezüglich der Bruchwaffeln. Florian sagte, seine Eltern seien gerade nicht zu Hause, aber er werde es ausrichten. Nicht nötig, entgegnete Isa, ging an Florian vorbei ins Haus und legte ihren Mantel ab, sie werde in der Küche warten, und ob Florian ein Glas Milch für sie habe?

Florian goss ihr ein Glas Milch ein und ging zurück in sein Zimmer. Isa hatte ihn beim Tagebuchschreiben unterbrochen. Er setzte sich wieder an seinen Schreibtisch und fuhr mit dem Bericht eines Arztbesuches fort, den er am Vormittag zusammen mit seiner Mutter unternommen hatte. Florian schrieb, er habe zwei Impfungen bekommen, gegen Tetanus und gegen Keuchhusten, an jedem Oberarm eine, die Stichstellen fühlten sich taub an und täten auch ein bisschen weh und er mache sich Sorgen, die Impfstoffe womöglich schlecht zu vertragen.

Es klopfte, und Isa trat ein. Sie sagte: »Ich höre manchmal eine Musikgruppe, die heißen Die Ärzte. Kennst du die auch?« Florian klappte sein Tagebuch zu, rollte mit seinem Schreibtischstuhl zum Bett und von dort wieder zurück zum Schreibtisch. Isa sagte: »Da gibt es eine Textzeile, ich finde, die passt zu dir. Sie geht: ›Deine Gewalt ist nur ein stummer Schrei nach Liebe.‹« Florian seufzte und bat Isa, sein Zimmer zu verlassen. Isa trat einen Schritt auf Florian zu, er versuchte, mit seinem Schreibtischstuhl zurück zum Bett zu rollen, doch sie versperrte ihm den Weg, und als er ein Ausweichmanöver probierte, setzte Isa sich auf seinen Schoß.

Erneut bemerkte Florian ihre überdurchschnittlich weit hervortretenden Augäpfel. Isa schlang die Arme um seinen Hals und sagte: »Du bist eigentlich gar nicht so, wie du bist.« Florian sagte, das sei ein selten blöder Kommentar, logisch unmöglich, im Übrigen habe er Hausaufgaben zu erledigen und bitte sie deshalb noch einmal, ihn nicht länger von der Arbeit abzuhalten. Isa wackelte ein wenig mit ihrem Hintern, Florian ejakulierte in seine Unterhose.

Im Januar und Februar legte die fahrende Bibliothek eine Winterpause ein, Anfang März kehrte der Bücherbus nach Wulsbüttel zurück, jedoch ohne Sally Kersting. Stattdessen saß, als Florian und Udo pünktlich zum ersten Öffnungstag auf die Wiese vor der Volksbank traten, zwischen um den Bus herum aufgestellten Büchertischen ein alter Mann mit verschränkten Armen auf dem Klappstuhl. Als er Florian und Udo erblickte, sprang er auf, lächelte und sagte: »Womit kann ich den Herrschaften dienen?«

Florian fragte, wo Sally sei. Udo, der wieder sein gutes Jackett trug, wurde rot und senkte den Kopf.

Seit dem Tag, an dem Udo mit Sally gepicknickt hatte, war Florian ihm nur noch selten im Gebiet begegnet. Einmal noch waren sie gemeinsam um den großen Forellenteich spaziert. Udo hatte die ganze Zeit von seiner neuen Streulichtblende gesprochen.

Der Mann sagte: »Die Sally studiert jetzt.« Dann setzte er sich wieder auf seinen Klappstuhl und wischte sich mit dem Handrücken über die Nase. Udo atmete tief ein und aus, räusperte sich und fragte, in welchem Studiengang sich das Fräulein eingeschrieben habe. Der Mann sagte, das vergesse er selbst immer, irgendetwas mit Kommunikation, oder Biologie, ach, er habe doch zu viele Enkelkinder, jedenfalls wohne sie jetzt in Kiel, so viel sei sicher, denn er habe ihr höchstpersönlich beim Umzug geholfen. Er lachte und erhob sich erneut von seinem Klappstuhl, setzte sich jedoch sofort wieder hin.

Auf dem Tisch mit den Neuerscheinungen fand Florian ein Sachbuch über Wanderprediger im neunzehnten Jahrhundert, dessen erster Satz lautete: »Gott, du verwerflichste aller Leidenschaften!« Er legte es wieder zurück. Der alte Mann erzählte, im Nachbardorf Uthlede habe er vorhin beinahe ein Reh angefahren. Er lachte laut auf. Das müsse man sich mal vorstellen, ein Reh mitten im Dorf! Nach ein paar Sekunden fügte er mit heiserer Stimme hinzu: »Das hopste da einfach so rum, von Vorgarten zu Vorgarten.«

Es begann zu schneien, der alte Mann fluchte, ging zum Bücherbus und kam mit einem Stapel Plastikfolien zurück. Florian und Udo halfen ihm, die Plastikfolien über die Büchertische zu spannen. Als sie fertig waren, sagte der Mann, er heiße übrigens Ebert, dann ging er hinüber zur Volksbank, um die öffentliche Toilette zu nutzen.

Udo zog ein gerahmtes Foto mit roter Schleife aus der Innentasche seines Jacketts, reichte es Florian und sagte, er müsse jetzt leider los, und ob Florian das Foto dem alten Mann übergeben könne, damit dieser es seinerseits an Fräulein Kersting weiterleite? »Logo«, sagte Florian. Udo lief den Weg zurück, den sie gekommen waren, entlang der Hauptstraße, er hinterließ Fußstapfen im frischen Schnee, und als kurz darauf der alte Ebert wieder neben Florian stand und ihn fragte, ob er schon etwas gefunden habe, war Udo bereits hinter der Werbetafel mit den Edeka-Sonderangeboten abgebogen.

Florian betrachtete das Foto. Es zeigte Sally, auf der Picknickdecke am Ufer des großen Forellenteichs. Ihr Gesicht wurde von der Sonne angestrahlt, sie lächelte. Florian reichte das Foto dem alten Ebert. Er betrachtete es ebenfalls eine Weile, dann sagte er: »Schön.« Eine Windböe drängte sich unter die Plastikfolie vom Tisch mit den Neuerscheinungen. Der Tisch wackelte etwas, fiel jedoch nicht um.

Auf Bitten seiner Eltern ging Florian kurz vor Ostern zur abendlichen Gründonnerstagsandacht. Florians Vater hielt eine Predigt über die Vergänglichkeit und das Altern. In seinem schwarzen Talar stand er auf der Empore, blickte über seine Brille hinweg auf die Gemeinde. Er gestikulierte mit den Armen, sein Gesicht wurde erleuchtet von den Flammen der baumstammbreiten Kerzen, die neben ihm auf dem Altar standen.

Er sprach von den alltäglichen Mühen, die mit dem Altern einhergingen, Falten und Haarausfall, Bluthochdruck, Vergesslichkeit. Auch im Ehebett, sagte der Vater ernst, laufe es bei dem einen oder anderen nicht mehr wie gewünscht. Dann sprach er eine Weile von Abraham, dann von Jesus Christus. Florian gab sich Mühe, zuzuhören, doch er wurde abgelenkt von zwei pickligen Konfirmanden aus dem älteren Jahrgang, die neben ihm saßen und sich jedes Mal, wenn Florians Vater »Gott« oder »Jesus Christus« sagte, gegenseitig auf die Oberschenkel schlugen.

Gegen Ende der Predigt häuften sich die Erwähnungen von Gott und Jesus Christus so sehr, dass die beiden Konfirmanden die Aufmerksamkeit der gesamten Gemeinde auf sich zogen. Schließlich trat einer der Gemeindehelfer zu den Konfirmanden und bat sie im Flüsterton, die Kirche sofort zu verlassen. Die Konfirmanden entschuldigten sich, blieben jedoch sitzen. Ein paar Sekunden stand der Gemeindehelfer unschlüssig im Mittelgang, dann ging er wieder zurück zu seinem Platz neben dem Ausgang. Erst als derselbe Gemeindehelfer kurz darauf die Kollekte einsammelte, erkannte Florian, dass es Udos Vater war.

Nach dem Ende der Andacht standen sie noch eine Weile zu zweit vor der Kirche. Udos Vater erzählte, sein Sohn leide in letzter Zeit an Appetitlosigkeit, morgens esse er immer bloß eine Banane, dazu nehme er eine Tasse Kamillentee zu sich, abends dann ein wenig Gemüsebrühe mit Zwieback und noch einen Kamillentee, das sei doch nicht normal. Udos Vater steckte sich eine Zigarette an. Florian fragte, ob er auch eine haben könne. Udos Vater sagte: »Auf gar keinen Fall!«

Zwei Seniorinnen mit Rollatoren, die während der Andacht in

der ersten Reihe gesessen hatten, kämpften sich über den Schotterweg, der von der Kirche hinüber zum Parkplatz führte. Udos Vater bot einer von ihnen seinen Arm an. Nach kurzem Zögern ging Florian zu der zweiten Seniorin und hielt ihr ebenfalls seinen Arm hin.

Während sie sich zu viert den Weg entlangschoben, erzählte Udos Vater, der Udo klage in letzter Zeit außerdem über Konzentrationsstörungen und Magenschmerzen, und er habe begonnen, im Schlaf mit den Zähnen zu knirschen, so laut, dass es im ganzen Haus zu hören sei.

Als sie auf dem Parkplatz angekommen waren, bedankte sich Florians Seniorin und sagte, man werde sie hier abholen. »Okay«, sagte Florian und wollte sich umdrehen und zurück zum Pfarrhaus laufen, doch Udos Vater hielt ihn an der Schulter fest und sagte: »Wir warten.« Die beiden Seniorinnen begannen ein Gespräch über eine gemeinsame Bekannte, die sich für eine Quizshow in der ARD beworben habe, bei der sie gemeinsam mit einem ihrer Enkel antreten wolle. Udos Vater sagte zu Florian: »Udo hat nicht viel zu lachen in diesen Tagen.« Der VW-Bus des Wulsbüttler Seniorenheims fuhr auf den Parkplatz.

Udos Vater kratzte sich am Ellbogen und sagte: »Komm doch mal wieder auf eine Suppe vorbei. Der Udo vermisst dich.« Ihr Enkel, sagte die Seniorin, kenne sich mit Biologie und Computern aus, und mit Autos. Sie selbst wiederum sei immer besonders gut gewesen bei den Kreuzworträtseln aus dem Weserkurier. Ein junger Mann, ganz in Weiß, stieg aus dem VW-Bus und half den beiden Seniorinnen beim Einsteigen.

Kurz nach Ostern wurde es noch einmal richtig kalt in Wulsbüttel. An den Nachmittagen verbrachte Florian überdurchschnittlich viel Zeit in seinem Bett, unter seiner Daunendecke, und onanierte. Manchmal dachte er dabei an Sally Kersting. Gelegentlich ging er in die Küche und machte sich einen heißen Kakao.

Eines Tages rief Ole an und sagte, eine Staffeltruppe habe im Gebiet die Leiche des Eisvogels gefunden. Eine halbe Stunde später trafen sich Ole und Florian mit Malte, dem Anführer der zuständigen Staffeltruppe, an der morschen Holzbank. Er führte sie über einen Trampelpfad, vorbei am Plumpsklo, vorbei an den Jungfichten am Rande des kleinsten Forellenteichs, hin zu einer kleinen Lichtung, in deren Mitte ein toter Vogel lag.

Florian beugte sich zu dem Tier hinab und betrachtete es. Sein Körper war kaum größer als eine geballte Faust, sein zerrupftes Gefieder war grau, an den Flügelspitzen schimmerte es bläulich. Der Schnabel war leicht gekrümmt, die Augen waren geschlossen.

Florian sagte, er habe seine Zweifel, dass dies der Eisvogel sei. Er erinnerte sich an ein Gespräch, das er letztes Jahr mit Udo geführt hatte. Sogar gewieften Vogelkundlern, hatte Udo gesagt, seien bei der Bestimmung des Eisvogels schon grobe Fehler unterlaufen. Zumeist werde er verwechselt mit jugendlichen Spatzen, deren Gefieder ebenfalls gelegentlich einen zarten Blaustich aufweise.

Sie riefen Udo auf dessen Familienhandy an, um ihm von dem Fund zu berichten und ihn zu bitten, die Leiche zu identifizieren. Als er nicht antwortete, fotografierte Ole den Vogel mit seiner Digitalkamera, dann begruben sie ihn am Rande der Lichtung, neben einem verlassenen Ameisenhaufen.

Auf dem Rückweg ins Dorf fragte Malte: »Woran er wohl gestorben ist?« Ole vermutete, der erneute Kälteeinbruch habe ihm den Rest gegeben. Malte sagte: »Hoffentlich war es nur ein Spatz.« Das sei dann natürlich auch traurig, fügte er nach einer kurzen Pause hinzu, aber trotzdem irgendwie nicht ganz so schlimm.

Ein paar weitere Wochen später, als Florian am Morgen mit vom Schlaf verquollenen Augen die Küche betrat, stand sein Vater vor dem Radio und wippte mit dem Oberkörper hin und her. Es lief *How Bizarre* von OMC. Florians Mutter zog drei Frühstücksbretter und drei Buttermesser aus der Spülmaschine und verteilte sie auf dem Tisch. Florian setzte sich. An einem der Frühstücksbretter klebte noch ein wenig Eigelb, Florian versuchte, es mit dem Fingernagel abzukratzen. Als seine Mutter sah, was er tat, nahm sie ihm das Brett wieder weg und stellte es zurück in die Spülmaschine. Florians Vater schaltete das Radio aus und sagte, ja, manchmal sei das Leben doch sehr bizarr, dann setzte er sich ebenfalls an den Küchentisch und sagte, er wolle am heutigen Morgen einmal ein Tischgebet sprechen, ob das für alle in Ordnung gehe? Vor dem Fenster sah Florian eine Katze durch das Gemüsebeet laufen.

Florians Mutter setzte sich zu ihnen, sie falteten ihre Hände, senkten die Köpfe. Florians Vater sagte: »Gott, Herr im Himmel, wir alle sind in dir, und du bist in uns.« Dann sprach er eine Weile vom alltäglichen Glück, das in so vielen kleinen Dingen liege, etwa im Biss in eine üppig beschmierte Butterbrotstulle, im Strandsand, der einem durch die Finger rieselt, im Lächeln eines neugeborenen Kindes. Dann dankte er Gott dafür, dass er so eine wundervolle Ehefrau habe und so einen wundervollen Sohn, und für das täglich Brot, und für seine Gesundheit. Am Ende sangen sie noch kurz zu dritt: »Lobet den Herrn, den mächtigen König der Erde.«

Nach seinem zweiten Marmeladentoast wollte Florian aufstehen, um seinen Schulranzen zu holen, doch Florians Mutter bat ihn, noch einen Moment sitzen zu bleiben. Sie drehte sich zu Florians Vater und fragte: »Willst du?« Florians Vater sagte: »Mir egal, mach du ruhig.« Florians Mutter wandte sich wieder Florian zu, griff nach seiner Hand und sagte, etwas Schreckliches sei geschehen. »Was denn?«, fragte Florian. Vor dem Fenster machte die Katze einen großen Sprung, raus aus dem Gemüsebeet, hinüber in den Sandkasten. Udo Siegmund, sagte Florians Mutter, der junge Mann mit dem großen Fotoapparat, habe sich gestern Abend vom Regionalexpress Bremerhaven-Osterholz-Lübberstedt überfahren lassen.

Eine Weile saßen sie schweigend beisammen. Florian überlegte, ob er wohl aufgrund dieser Neuigkeit heute die Schule schwänzen durfte. Der Geruch von verbranntem Brot stieg ihm in die Nase, Florians Vater sprang auf und zog einen kohlschwarzen Toast aus dem Toaster. Er sagte: »Das blöde Ding klemmt in letzter Zeit immer häufiger.« Florians Mutter drückte Florians Hand fester und sagte: »Wenn du Fragen hast, Florian, wir sind immer für dich da. Immer.«

Florian verpasste den Schulbus, ganz knapp, aber seine Mutter brachte ihn mit dem Auto zur Schule. Auf der Landstraße kam ihnen ein Trecker entgegen, der so breit war, dass Florians Mutter kurz an den Rand fahren musste, um ihn vorbeizulassen. Der Treckerfahrer bedankte sich, indem er sich mit zwei Fingern an die Schläfe tippte.

FÜNF

Zwei Tage vor Weihnachten, an einem Freitagmorgen, empfing Florian von Line eine Kurznachricht, in der sie ihm mitteilte, es sei jetzt genau sechsundsechzig Tage her, dass sie zum ersten Mal miteinander geschlafen hätten. Sie schrieb »zum ersten Mal«, obwohl es bisher auch das einzige Mal gewesen war. Florian lag noch im Bett. Die Vibration seines Handys hatte ihn aufgeweckt. Er drehte sich auf die andere Seite. Eine halbe Stunde später empfing er eine zweite Nachricht, in der Line ihm mitteilte, dass sie an ihn dachte. Er schaltete sein Handy aus.

In den letzten sechsundsechzig Tagen hatte er unzählige Kurznachrichten von Line empfangen, alle mehr oder weniger mit dem gleichen Inhalt: Line dachte an ihn. Auf eine ihrer ersten Kurznachrichten hatte Florian mit »Vielen Dank, das ist sehr nett von dir« geantwortet. Daraufhin hatte er fast eine Woche nichts mehr von Line gehört. Dann hatten sie sich zufällig im Clara-Zetkin-Park getroffen, vor der Sachsenbrücke. Line hatte versucht, ihn zur Begrüßung zu küssen, Florian hatte gesagt, sie solle die Finger von ihm lassen. Als daraufhin Lines Augen feucht wurden, hatte Florian hinzugefügt, er habe es nicht so gemeint, doch er finde Line leider eher unattraktiv, was ihm ausdrücklich leid tue. Erneut hatten sie über eine Woche lang keinen Kontakt.

Schließlich, Anfang Dezember, hatten sie sich zu einem Spaziergang über die Zschochersche Straße verabredet, mit anschließendem Essen in dem veganen Fast-Food-Restaurant Vleischerei. Im letzten Moment hatte sich Florian jedoch entschlossen, zu Hause zu bleiben. Hinterher, am Telefon, hatte er sich damit gerechtfertigt, dass die Zschochersche Straße nicht bei Google Maps eingetragen sei. Unmöglich, hatte Line geantwortet, bei Google Maps sei alles eingetragen. Florian hatte aufgelegt.

Am späten Vormittag erwachte Florian zum zweiten Mal. Er stand auf und ging in die Küche. Durch die schlecht isolierten Fensterrahmen drängte ein kalter Luftstrom in die Wohnung, an den Glasscheiben hatten sich Eiskristalle gebildet. Florian aß eine Schale Nussmüsli mit Vanille-Soja-Milch und las dabei in einem Reclam-Heftchen mit dem Titel *Heine in allen Lebenslagen*, das auf dem Küchentisch gelegen hatte. Als er aufblickte, bemerkte er, dass über dem Herd ein Wahlplakat der Marxistisch-Leninistischen Partei hing, das gestern noch nicht da gewesen war. Darauf war ein blonder und muskulöser Arbeiter zu sehen. Seine linke Faust hatte er in den Himmel gereckt. Auf seinem stählernen Bauch stand in roten Druckbuchstaben: »Vertrauen ist gut, Kontrolle ist besser.«

Florian aß den Rest seines Müslis und ging zurück in sein Zimmer. Er schaltete sein Handy ein. Es vibrierte. Line schrieb: »Gehe ich dir auf die Nerven?« Florian setzte sich an seinen Schreibtisch und versuchte, einen Text für Anna Kuszlaks Tutorium zu lesen, doch schon nach wenigen Minuten wurde er so müde, dass er sich noch einmal in sein Bett legte und einschlief. Er träumte, seine Tutorin Anna Kuszlak liege neben ihm, nur in Unterwäsche, einer Baumwollunterhose und einem Sport-BH, und beklage sich über Rückenschmerzen und die schlechte Qualität von Florians Matratze.

Er erwachte, als es an der Tür klingelte. Er blieb liegen. Es klingelte erneut. Er ging zur Tür und öffnete. Im Treppenhaus stand Line. Sie trug einen gelben Regenmantel, ihre Wangen waren gerötet. In ihren zerzausten Haaren hatten sich ein paar glitzernde Schneeflocken verfangen. Er solle nicht böse sein, sagte Line, doch sie habe ihn einfach sehen müssen. Das sei jetzt schlecht, sagte Florian, er wolle gerade in die Mensa aufbrechen. »Gar nicht schlecht«, sagte Line und lächelte, »ich bekomme auch gerade Hunger.«

Den Weg bis zur Mensa fuhren sie mit dem Fahrrad, über die Karl-Heine-Straße, Florian voran. Immer wieder versuchte Line, zu ihm aufzuschließen und neben ihm zu fahren, wurde jedoch jedes Mal von überholenden Autos abgedrängt. Einmal geriet sie mit dem Vorderreifen in die Tramschienen und wäre beinahe gestürzt.

In der Mensa roch es nach Bratfett und Spülmittel. Auf den Flachbildschirmen, die an den Wänden und über den Theken hingen, wurde der Beginn der Schwedischen Woche angekündigt. Line sagte, die Schwedische Woche sei leider ein großer Witz, sie unterscheide sich von einer gewöhnlichen Mensawoche nur dadurch, dass es zum Nachtisch kostenlose Kekse und

Schokoriegel der Firma Kvällsmat Sweden 2000 gebe. Der StuRa versuche seit Monaten vergeblich, das Studentenwerk zu überreden, die Schwedische Woche durch eine Vegane Woche zu ersetzen.

Sie ließen sich jeweils einen vollen Teller mit Omelett und Kartoffelpüree geben, Line holte sich dazu noch eine Tasse Kamillentee, dann setzten sie sich an einen ruhigen Zweiertisch, ein wenig abseits, in der hintersten Ecke des Saals. Line sagte »Guten Appetit« und, nach einer kurzen Pause: »Ich freue mich, dass wir das machen.« Florian fragte: »Was?« Line sagte: »Du weißt schon.« Florian sagte: »Nein. Was?« Line sagte: »Ich finde, Kommunikation ist wichtig.«

Schon nach wenigen Bissen spürte Florian, dass er eigentlich gar keinen Hunger hatte. Er versuchte, seinen Magen dadurch zu überlisten, dass er schneller als gewöhnlich aß. Line rührte ihr Omelett mit Kartoffelpüree kaum an, nahm nur gelegentlich einen Schluck Kamillentee.

Der StuRa, erzählte Line, habe vergangene Woche noch einmal Hörsaal 13 besetzt. Zunächst sei es gar nicht so schlecht gelaufen, in den ersten Tagen hätten über zwanzig Leute im Hörsaal übernachtet, die WiWis seien draußen geblieben, und am dritten Tag sei sogar ein Reporter vom ZDF aufgetaucht, sogar mit Kameramann, leider zu früh am Morgen, so dass er fast nur schlafende oder Zähne putzende BesetzerInnen habe filmen können. Am fünften Tag jedoch hätten sich mehrere BesetzerInnen erkältet und seien nach Hause gefahren, am sechsten noch mehr, und jetzt seien außer ihr selbst nur noch drei weitere Studentinnen zurückgeblieben, außerdem zwei Obdachlose, und wenn nicht bald Verstärkung komme, werde mensch die Besetzung wohl oder übel aufgeben müssen. Line kratzte sich am Ellbogen.

Florian steckte sich das letzte Stück Omelett in den Mund. Line sagte: »Ich weiß, dass ich das eigentlich nicht sagen muss. Ich möchte es aber trotzdem sagen. Ich finde, es ist gut zwischen uns. Und ich glaube, ich liebe dich, Florian Berg.« Florian kaute langsam, betrachtete dabei Lines Gesicht. Ihre roten Wangen. Ihr Kinn. Den Leberfleck. Ihre Stirn. Ihre buschigen Augenbrauen. Wieder ihr Kinn. Den Leberfleck.

Er versuchte, den Brei aus Omelett und Kartoffelpüree hinunterzuschlucken, und musste würgen. Line bot ihm von ihrem Kamillentee an. Er nahm einen Schluck, verbrannte sich die Zunge. Noch einmal versuchte er zu schlucken, diesmal gelang es. Dann sagte er: »Ich liebe dich leider nicht. Vielleicht liegt das daran, dass ich in letzter Zeit so viel zu tun habe. Wahrscheinlich hängt es, wie gesagt, auch damit zusammen, dass ich dich nicht besonders attraktiv finde.« Er zuckte mit den Schultern, lächelte entschuldigend und fügte hinzu: »Der Kamillentee ist ziemlich heiß. Ich habe mir ein wenig die Zunge verbrannt.«

Tränenflüssigkeit sammelte sich in Lines Augenwinkeln. Sie putzte sich die Nase, schniefte. Eine Träne rann ihr aus dem linken Auge, dann eine weitere aus dem rechten. Noch einmal putzte sie sich die Nase, dann begann sie, ihr eigenes Omelett mit Kartoffelpüree zu essen. Während sie kaute, liefen ihr weitere Tränen über das Gesicht. Sie gab sich Mühe, ihren Mund geschlossen zu halten, doch ihre Nase war noch immer verstopft. Also öffnete sie ihren Mund doch hin und wieder, um Luft zu holen, so dass Florian den Omelettkartoffelpüreebrei zwischen ihren Zähnen sah.

Als er zur Seite blickte, fiel Florian auf, dass sie trotz ihres abgelegenen Zweiertischs die Aufmerksamkeit einiger asiatischer Austauschstudenten auf sich gezogen hatten. Einer von ihnen deutete mit dem Finger auf Line. Als er Florians Blick bemerkte, lachte er und tat so, als müsse er sich ebenfalls die Nase putzen. Auch die anderen Austauschstudenten lachten, und dem Naseputzer wurde von allen Seiten auf die Schulter geklopft.

Nun bemerkte auch Line die Gruppe. Sofort wurden ihre Augen wieder trocken. Sie stand auf, ging zum Nachbartisch und schrie: »Was ist eigentlich euer Problem?« Die Austauschstudenten verstummten und blickten auf ihre Teller. Florian stand ebenfalls auf, legte eine Hand auf Lines Schulter und zog sie wieder zu ihrem Stuhl zurück.

Ein paar Minuten saßen sich Line und Florian schweigend gegenüber. Florian blickte zu einem der Flachbildschirme, der über dem Ausgang hing. Das Mensa-TV sendete eine Diashow zu den Studentenprotesten in Santiago de Chile. Florian sah eine Gruppe dunkelhäutiger Jugendlicher, die vor einem brennenden Mülleimer stand.

Die Bilder erinnerten ihn an ein Interview, das er vor Kurzem in der Leipziger Studentenzeitschrift *student* gelesen hatte. Es war ursprünglich von einer chilenischen Tageszeitung geführt worden, ein Redakteur des *student* hatte es ins Deutsche übersetzt und mit einem Gesprächszitat betitelt, welches lautete: »Bloß weil ich schön bin, werde ich zu Talkshows eingeladen.«

Das Zitat stammte von Camila Vallejo, Geologiestudentin an der Universidad de Chile und Sprachrohr der südamerikanischen

Proteste. Vergeblich hatte Florian den *student* nach einem Foto dieser Camila durchblättert. Schließlich hatte er die Zeitung zur Seite gelegt und Camila gegoogelt. Sie hatte braune Haare, die ihr bis zu den Schultern reichten, blassrote Lippen und ein Nasenpiercing. Florian hatte onaniert, dann hatte er das Interview im *student* zu Ende gelesen. Camila beschwerte sich über die zunehmende Privatisierung der chilenischen Bildungslandschaft, über Studiengebühren und überfüllte Hörsäle.

Line griff nach Florians Hand und sagte: »Ich weiß ja, was mit dir los ist.« Ihre Haut war trocken. Ihr kleiner Finger zuckte. Florian fragte: »Was denn?« Line sagte: »Du bist so kalt, weil du Angst hast, von mir verletzt zu werden. Tief in deinem Inneren hast du eine sehr zarte Seele, Florian Berg.«

Der Austauschstudent, der Lines Naseputzen imitiert hatte, kam zu ihnen an den Tisch und sagte: »Meine Freunde und ich sind sorry. Wir machen manchmal böse Späße.« Er zog eine Zigarette aus seiner Hosentasche, legte sie neben Lines Tablett und sagte: »Für Sie.« Line bedankte sich. Der Austauschstudent ging zurück zu seinen Freunden.

Florian blickte wieder zum Flachbildschirm. Er hoffte, dort ein Foto von Camila Vallejo zu entdecken. Vielleicht eine Demo-Szene. Camila mit einem vom Wasserwerfer durchnässten T-Shirt. Doch er sah nur ein Foto, auf dem ein paar dunkelhäutige Jugendliche Steine gegen einen Polizeitransporter warfen. »Schau mich an«, sagte Line, Florian gehorchte, und noch bevor er reagieren konnte, hatte Line sich quer über den Tisch gebeugt und Florian auf den Mund geküsst.

Als sie sich wieder zurücklehnte, stieß sie mit dem Arm gegen ihre Teetasse. Die Tasse fiel zu Boden und zerbrach. Line steckte sich die Zigarette in den Mund, ohne sie anzuzünden. Sie verschränkte die Arme und lächelte, wodurch sich die Zigarettenspitze leicht in Richtung Boden neigte.

Florian fiel nichts Besseres ein, als Line noch einmal zu versichern, wie unattraktiv er sie fand. Um die Wirkung seiner Worte zu verstärken, beschrieb er Line im Detail, was genau er an ihrem Aussehen nicht mochte. Er begann mit den buschigen Augenbrauen, fuhr fort mit dem faustgroßen Leberfleck. Um Line endgültig zu überzeugen, behauptete er außerdem, ihre Hüfte sei zu breit, auch wenn er eigentlich fand, dass ihre Hüfte genau die richtige Breite hatte.

Nach einer kurzen Pause fügte er noch hinzu, selbst wenn Line aussähe wie Nicole Kidman, würde er sie nicht begehren, denn leider gehe ihm auch ihr Charakter zunehmend auf die Nerven, ihre Anhänglichkeit, und dass sie ständig zu weinen anfange. Aber auch die Art, wie sie sich fortbewege. »Wenn man gemein wäre«, sagte Florian, »könnte man sagen, du watschelst wie ein Pinguin.«

Nach einer weiteren kurzen Pause schließlich betonte Florian, dass sich über Geschmack natürlich streiten lasse und dass er das alles nicht böse meine. Line schob den letzten Rest Kartoffelpüree auf ihre Gabel, hob die Gabel bis kurz vor ihren Mund, ließ das Kartoffelpüree wieder auf den Teller fallen, so dass ein paar Spritzer auf dem Tisch landeten. Ihre Lippen zitterten.

Florian fiel auf, dass noch immer die Scherben der Teetasse auf dem Fußboden lagen. Er sagte: »Ich werde das Mensapersonal benachrichtigen, damit sie uns ein Kehrblech und einen Lappen geben. Die Tassen sind zum Glück nicht teuer. Und vielleicht drücken sie bei der StuRa-Sprecherin sogar ein Auge zu.« Doch bevor er aufstehen konnte, brach Line in einen Weinkrampf aus.

Vom Nachbartisch kam ein blasses Mädchen mit einem Sternchentattoo am Unterarm zu ihnen herüber und hielt ein Feuerzeug vor die Zigarette, die noch immer in Lines Mundwinkel klemmte. Florian protestierte, in den Universitätsgebäuden sei das Rauchen leider verboten, und auch Line schüttelte den Kopf, woraufhin sich das Mädchen wieder zurückzog. Er müsse dann auch mal los, leider, sagte Florian und stand auf.

Vor der Tablettablage drehte er sich noch einmal nach Line um, doch eine Gruppe junger Männer, die alle dieselben künstlich ausgeblichenen Jeanshosen trugen, versperrte ihm die Sicht. Er wartete, bis sie sich gesetzt hatten, dann sah er, dass Line immer noch weinte. Er winkte, lächelte ihr zu und formte mit den Lippen die Worte: »Kopf hoch!« Dann ging er zum Ausgang.

– – – – – –

Am Abend besuchte Florian zusammen mit Stefan den Stammtisch der Studienstiftung des Deutschen Volkes. Er überlegte, in den nächsten Wochen selbst ein Stipendium zu beantragen, und hoffte, beim Stammtisch ein paar Bewerbungstipps zu bekommen.

Während sie durch den verschneiten Clara-Zetkin-Park liefen, erzählte Stefan, er habe vorhin eine Kurznachricht von Line empfangen, die erste seit über einem Monat, und ob Florian wissen wolle, was Line geschrieben habe? Florian zuckte mit den Schultern. Stefan zog sein Handy aus der Hosentasche und las vor: »Täglich wird es früher dunkel, die Welt ist kalt, und du fehlst mir. Kuss, Line.« Florian sagte, genau genommen sei das Unsinn, es werde schon wieder heller, und der kürzeste Tag des Winters sei bereits vorbei.

Sie liefen über die Sachsenbrücke. Stefan schob mit seinem Unterarm den Schnee vom Geländer. Unter ihnen schimmerte das Wasser der Elster im Mondlicht. Es floss ruhig dahin, ohne Schaum oder Wellen. An den Ufern hatte sich eine dünne Eisschicht gebildet.

Der Stammtisch traf sich jedes Mal an einem anderen Ort, diesmal in einer Kneipe namens *Beyerhaus*, von der weder Florian noch Stefan je zuvor etwas gehört hatten. Als sie eintraten, fühlte sich Florian sofort an das Wulsbüttler Bierlokal *Würger* erinnert. An den Wänden hingen Wimpel in allen Größen und Farben, gerahmte Gruppenfotos von Fußballmannschaften, ein ausgestopfter Hirschkopf mit Geweih. In einem Regal über der Theke standen mehrere goldglänzende Pokale.

Florians Blick fiel auf einen jungen Mann mit kurzen Haaren und Rollkragenpullover, der ihm vage bekannt vorkam. Er saß mit etwa zehn weiteren Menschen am einzigen besetzten Tisch, im hinteren Teil des Raumes. Stefan und Florian holten sich jeweils ein großes Glas Bier vom Fass und setzten sich dazu.

Die Stipendiaten trugen fast alle Hemden oder Blusen, zumeist in dunklen Farbtönen, Schwarz, Grau, Lila. Sie unterhielten sich über erneuerbare Energien, dann über die Finanzkrise, dann über die UNO, bei der mehrere der Anwesenden ein Praktikum gemacht hatten, dann über Ärzte ohne Grenzen, denen fast alle

Anwesenden regelmäßig Geld spendeten. Erst als der Mann mit den kurzen Haaren ihn persönlich ansprach, erkannte Florian, dass es Tobi war, der Freund von Anna Kuszlak.

Florian spürte eine leichte Übelkeit in sich aufsteigen. Seit zwei Monaten versuchte er erfolglos, ein weiteres Treffen mit Anna Kuszlak zu vereinbaren. Nach jeder Tutoriumssitzung schlug er etwas anderes vor, einen Besuch beim Leipziger Kurzfilmfestival, die gemeinsame Teilnahme an einem studentischen Marx-Lesekreis, eine Fahrradtour in die sächsische Provinz. Doch seit zwei Monaten bekam er von Anna Kuszlak nie mehr als freundliche und zugleich bestimmte Absagen.

»Der Kumpel von Anna, ja?«, sagte Tobi und lächelte. Florian nickte und versuchte zurückzulächeln, doch seine Gesichtsmuskeln verkrampften sich. Tobi deutete auf Florians Glas und sagte, normalerweise trinke er auch nur Bier, er sei eigentlich ein großer Biermensch, doch im *Beyerhaus* habe es immer zu wenig Kohlensäure, deswegen sei er heute auf Rotwein umgestiegen.

Eine Weile sprach Tobi von seinem abgebrochenen Bachelor in Ingenieurswesen. Florian gab sich Mühe, zuzuhören, doch plötzlich musste er die ganze Zeit an Anna denken. Er stellte sich vor, wie sie morgens zusammen mit Tobi im Badezimmer ihrer gemeinsamen Wohnung stand, wie Tobi und sie gleichzeitig Zähne putzten und sich, noch mit dem Schaum und der Zahnbürste im Mund, über die Aufgaben des kommenden Tages unterhielten. Wie sie sich nacheinander über das Waschbecken beugten und den Schaum hineinspuckten.

Tobi sagte: »Aber Siemens ist eben auch nicht mehr bloß Siemens. Und Bosch ist nicht mehr Bosch.« Florian lehnte sich zurück und atmete mehrmals tief ein und aus. Er griff nach einem der Bierdeckel, die vor ihm auf dem Tisch lagen. Darauf stand in altdeutscher Schrift: »Auf Dein Wohl! Leipziger Burschenschaft Germania. Freiheit, Ehre, Vaterland.«

Ein älterer Mann betrat die Kneipe, hängte seinen Mantel an die Garderobe und setzte sich zu ihnen. »Professor Dr. Berger!«, rief Tobi und schüttelte dem Mann die Hand. »Tobias«, sagte der Mann, und dann, mit einem Nicken in die Runde, »meine Damen, meine Herren.« Stefan flüsterte Florian zu, das sei der Berger, Professor für Internationales Recht und Betreuer der sächsischen Stipendiaten, außerdem Mitglied der Prüfungskommission, außerdem, wie er niemals müde werde zu betonen, stolzer Besitzer einer Modelleisenbahnlandschaft mit elektrischer Oberleitung.

Als Professor Berger sich gesetzt hatte, war es am Tisch schlagartig stumm geworden, und erst nach und nach kamen um sie herum wieder Gespräche auf. Tobi ging zur Theke und kam mit zwei neuen Gläsern Rotwein zurück, von denen er eines Professor Berger reichte. Sie stießen an. Florian überlegte, wie er es am besten anstellen sollte, mit Professor Berger ins Gespräch zu kommen und ihm von seiner geplanten Bewerbung zu erzählen. Ihm fiel nichts ein.

Eine Weile sprachen die Stipendiaten über Kernfusion, dann über die Möglichkeiten einer bemannten Marsmission, dann über das sogenannte Ziegenproblem, von dem Florian nie zuvor etwas gehört hatte und in dem es, soweit Florian das verstand, irgendwie um Logik und Wahrscheinlichkeit ging. Ein Stipendiat erklärte einem anderen: »Angenommen, du befindest dich in einer Spielshow und hast die Wahl zwischen drei Türen. Hinter einer Tür steht dein Traumauto, hinter den anderen Türen befindet sich jeweils eine Ziege. Die Regeln lauten: Nachdem du dich für eine Tür entschieden hast, bleibt sie erst mal geschlossen. Der Showmaster, der weiß, was sich hinter den Türen befindet, muss nun eine der beiden verbleibenden Türen öffnen. Quasi wie bei Rudi Carell.«

Der andere Stipendiat nickte, rieb sich mit Daumen und Zeigefinger am Kinn und sagte: »Verstehe, ok.« Der erste Stipendiat fuhr fort: »Nachdem der Showmaster eine Tür mit einer Ziege geöffnet hat, fragt er dich, ob du bei deiner ersten Wahl bleiben oder zur letzten verbliebenen Tür wechseln möchtest. Was tust du? Wo sind die Chancen, auf das Auto zu treffen, am höchsten?« Der andere Stipendiat lachte und sagte: »Und wenn ich lieber eine Ziege will?«

Florian hielt sich aus den Diskussionen heraus, genau wie Tobi, der die ganze Zeit auf seinem Handy herumtippte. Stefan hatte zu jedem Thema eine Meinung, die er fast immer mit Zitaten aus Wissenschaftszeitschriften oder Tagesschau.de untermauern konnte. Professor Berger sagte gelegentlich »Aha« oder »In der Tat« oder »Sieh mal einer an«.

Am anderen Ende des Tisches erzählte ein Stipendiat, er habe vor ein paar Wochen einen dieser Hörsaalbesetzer getroffen, auf der Toilette neben dem Audimax. Dieser Hörsaalbesetzer habe am Waschbecken gestanden und sich rasiert, dann habe er sich mit feuchten Papierhandtüchern seine Achseln und seinen Intimbereich gewaschen. Ein paar Stipendiaten lachten. Professor Berger zog die Stirn in Falten, räusperte sich und sagte: »Es drängt sich mir der Eindruck auf, Herr Lauterbach, Sie verkennen die ungeheure Leistung, die von den jungen Damen und Herren der Protestbewegung vollbracht wird.«

Tobi hob die Augenbrauen, legte sein Handy vor sich auf den Tisch und blickte zu dem angesprochenen Stipendiaten Lauterbach. Bevor dieser etwas erwidern konnte, begann Professor Berger einen längeren Monolog über die Bologna-Reform. Während er sprach, traten an seinem Hals die Venen hervor. Er schimpfte über die zusätzliche Prüfungslast, die im Übrigen auch für die Professoren eine zusätzliche Korrekturlast sei, die »vollkommen realitätsferne« Idee der Creditpoints, Studiengebühren und überfüllte Hörsäle, und immer wieder die allgemeine Tendenz zur Entmündigung der Studenten. Er rief: »Humboldt!«

Tobis Handy vibrierte. Auf dem Display erschien ein gelber Briefumschlag, darunter ein pulsierendes Herz und der Schriftzug: *Anna Kuckuck*. Professor Berger rief: »Und das Diplom! Unser gutes deutsches Diplom!« Tobi griff nach seinem Handy, las Annas Nachricht, lächelte. Professor Berger schlug mit der Handkante auf den Tisch: »Wir lassen uns von Europa knebeln, meine Damen und Herren!«

Florian fragte sich, was Anna ihrem Freund wohl geschrieben hatte. Vielleicht bat sie ihn, auf dem Heimweg noch bei der Tankstelle vorbeizufahren, weil zu Hause die Milch alle war. Vielleicht war sie mit Freunden auf einem Spieleabend und fragte Tobi, ob er später auch noch vorbeikommen wolle. Vielleicht hatte die Kurznachricht auch gar keinen besonderen Anlass und Anna wollte ihrem Freund einfach nur mitteilen, dass sie ihn liebte.

Florian ging zur Toilette, betrachtete sich im Spiegel. Er schüttete sich kaltes Wasser ins Gesicht und strich sich die Haare glatt.

Als er zurück zum Stammtisch kam, empfing ihn Stefan mit den Worten: »Wir gehen!« Er war aufgestanden und hatte schon einen Arm in den Ärmel seiner Jacke gesteckt. Das Glas, das vor ihm auf dem Tisch stand, war leer. Daneben lagen die Schnipsel zerrissener Bierdeckel. In dieser Nazikneipe, sagte Stefan, bleibe er keine Minute länger.

Stefan steckte seinen zweiten Arm in den zweiten Jackenärmel, nahm einen weiteren Bierdeckel vom Tisch und hielt ihn Florian entgegen. Florian las noch einmal die Aufschrift, die er bereits kannte: »Auf Dein Wohl! Leipziger Burschenschaft Germania. Freiheit, Ehre, Vaterland.« Stefan zerriss den Bierdeckel in zwei Hälften.

Professor Berger zog eine Pfeife aus seinem Jackett und fragte in die Runde, ob jemand Feuer habe. Tobi reichte ihm eine Packung Streichhölzer. Professor Berger zündete sich seine Pfeife an und sagte: »Meine Damen und Herren, ich habe Sie heute ganz bewusst in das *Beyerhaus* eingeladen. Das *Beyerhaus* versteht sich als Teil einer Tradition, die manch einem von Ihnen ein wenig altmodisch erscheinen mag, und natürlich steht es Ihnen frei, dem Beispiel des Kommilitonen zu folgen und zu gehen.«

Er müsse jetzt wirklich ganz dringend aufbrechen, sagte Stefan, von diesem Gerede werde ihm schlecht. Florian stand unschlüssig zwischen Stefan und dem Stammtisch. Was denn los sei, fragte Stefan, worauf Florian denn jetzt noch warte? »Mein Bier«, sagte Florian, »ich trinke eben noch mein Bier aus, das wäre doch schade ums Geld. Ich komme dann sofort nach, du kannst ja schon vorgehen.«

Stefan starrte Florian ungläubig an. Er hatte den Mund leicht geöffnet, sein rechtes Augenlid zuckte, und einen Moment lang war Florian überzeugt, Stefan würde ihm mit der Faust ins Gesicht schlagen. Vorsorglich trat Florian einen Schritt zurück und hob ein wenig die Arme. »Puh«, sagte Stefan und seufzte, »mach, was du willst.« Er zog sich die Kapuze über den Kopf, drehte sich um und verließ das Lokal.

Beinahe eine Stunde nahm sich Professor Berger Zeit, um die Stipendiaten mit den Grundprinzipien der Burschenschaft Germania bekannt zu machen. Fünf Minuten sprach er über Freiheit, wobei er sich vor allem auf das Recht auf freie Meinungsäußerung konzentrierte. Zehn Minuten sprach er über Ehre, dreißig Minuten über Vaterland. Zwischendurch machte er immer wieder längere Pausen, in denen er schweigend an seiner Pfeife nuckelte.

Die Burschenschaft Germania, sagte Professor Berger und reckte sein Kinn in die Höhe, verlange von ihren Mitgliedern Loyalität und Dankbarkeit dem eigenen Land gegenüber. Dankbarkeit für die Demokratie, für den Rechts- und Sozialstaat, Dankbarkeit für die Väter und Mütter, die Großväter und Großmütter, deren Verdienst es schließlich sei, dass Deutschland wieder eine große Nation sei, ein »Global Player«, wie man ja heutzutage zu sagen pflege, ein Land, dessen Wort in Europa und der Welt Gewicht habe.

Immer wieder kam Professor Berger auch auf die Leipziger Hörsaalbesetzung zu sprechen, und er betonte, nur aufgrund von tragischen Vorurteilen auf beiden Seiten habe sich keine gemeinsame Front von Burschenschaftlern und Besetzern gebildet, es sei eine Schande. Wieder schlug Professor Berger seine Handkante auf den Tisch. »Eigentlich vereint uns doch alle dasselbe Ziel. Die jungen Menschen in unserem Land sollen endlich wieder die Möglichkeit haben, ein qualitativ hochwertiges Studium abzuschließen.«

Während Professor Berger sprach, und auch während seiner Pfeifenpausen, hielten die meisten Stipendiaten ihre Köpfe gesenkt oder ließen ihre Blicke durch den Raum schweifen. Tobi griff nach den Bierdeckelschnipseln und legte sie wieder zusammen. Florian kam plötzlich eine Idee, wie es ihm doch noch gelingen könnte, Professor Bergers Aufmerksamkeit für sich zu gewinnen. Er ging zur Theke und holte sich ein neues Bier.

Als er zurückkam, hatte der Professor seinen Vortrag beendet. Florian prostete ihm zu und sagte: »Sie haben ganz recht, Herr Professor Berger, es ist eine Schande.« Der Professor nahm seine Pfeife aus dem Mund und fragte: »Wie meinen?« Er selbst, sagte Florian, habe seine kleine bescheidene Rolle gespielt bei der Leipziger Hörsaalbesetzung, und er könne versichern, dass er sich über jede helfende Hand der Burschenschaft Germania gefreut hätte.

Zwei Stunden später saßen nur noch Florian, Tobi und Professor Berger am Stammtisch. Florian erzählte von seinem Engagement im StudentInnenrat, von seiner persönlichen Freundschaft mit der Anführerin der Protestbewegung, Line Weber, von den gescheiterten Besetzungsversuchen. Als Florian berichtete, wie die Protestgruppe von den Wirtschaftswissenschaftlern aus dem

Hörsaal gemobbt wurde, lachte Professor Berger und sagte: »Das hätte sich Germania niemals bieten lassen.«

Nach dem fünften Bier erwähnte Florian, er wolle sich in naher Zukunft selbst bei der Stiftung bewerben. »Tun Sie das!«, sagte Professor Berger und nickte ihm zu. Er könne natürlich nichts versprechen, doch Florian solle die Bewerbungsunterlagen in jedem Fall direkt an seine Sekretärin schicken, bloß nicht an die offizielle Adresse der Studienstiftung. »Ist immer gut, wenn das direkt auf meinem Schreibtisch landet.«

Tobi zwinkerte Florian zu und reckte hinter dem Rücken von Professor Berger seinen Daumen in die Höhe. Um sie herum stellte der Wirt die Stühle hoch. Professor Berger ließ sich noch ein Glas Leitungswasser bringen.

SECHS

An Florians fünfzehntem Geburtstag wurde Wulsbüttel zum ersten Mal in der *Tagesschau* erwähnt. In der Nacht zuvor war der zehnjährige Sebastian aus einem Schlafsaal des Dreptehofs verschwunden. Der Dreptehof war eine Herberge, die von Schulklassen aus ganz Deutschland besucht wurde und bereits zahlreiche Auszeichnungen von überregionalen Herbergsmagazinen erhalten hatte. Sogar im Reiseführer *Lonely Planet Deutschland* gab es im Niedersachsenkapitel einen kurzen Artikel über den Dreptehof, in dem vor allem die herzliche Art des bärtigen Herbergsleiters Rupert lobend hervorgehoben wurde.

Für Florian wurde sein Geburtstag eine Enttäuschung. Zwar bekam er von seinen Eltern einen neuen Computer mit Nvidia-Grafikkarte geschenkt, doch bereits beim Mittagessen drehten sich die Gespräche nicht mehr um ihn, sondern nur noch um den kleinen Sebastian aus Osterholz-Schambeck, von dem man befürchtete, dass er einem Gewaltverbrechen zum Opfer gefallen war. Florians Mutter erzählte, am Vormittag habe Satı angerufen, um mit ihr ein Interview zu vereinbaren. »Warum denn gerade mit dir?«, fragte Florians Vater und tat sich noch ein paar Tortellini auf. Sie sei eben Wulsbüttler Gemeindepastorin, sagte Florians Mutter.

»Na und«, sagte Florians Vater, er sei doch ebenfalls Wulsbüttler Gemeindepastor. »Wenn du willst«, sagte Florians Mutter, »kann ich Satı darum bitten, das Interview mit dir zu führen.« Florians Vater nahm einen Schluck Orangensaft und sagte: »Ach was!«

Während des Nachtischs unterhielten sich Florian und seine Eltern darüber, wo überall sie heute schon Polizeisuchtrupps gesehen hatten. Florians Mutter war auf dem Weg zum Edeka in eine Gruppe von etwa zwanzig Polizisten und drei Spürhunden gelaufen. Auf der Wiese vor der Volksbank, da, wo sonst der Bücherbus parkte, standen laut Florians Vater im Moment ganze zehn Polizeimannschaftswagen, und ein Feuerwehrlöschfahrzeug. »Warum denn ein Feuerwehrlöschfahrzeug?«, fragte Florians Mutter. Wisse er auch nicht, sagte Florians Vater und zuckte mit den Schultern.

Florian sagte, das sei noch gar nichts. Er habe, als er mit dem Schulbus nach Hause gefahren sei, am Himmel einen Polizeihelikopter erspäht, direkt über den Forellenteichen. Florians Mutter sagte: »Ach Gott, der arme Sebastian, hoffentlich ist ihm nichts geschehen.«

Für das verlängerte Wochenende nach seinem Geburtstag hatte Florian den Vereinsmitgliedern eine ununterbrochene Vier-Tage-LAN-Party angekündigt. Im letzten Moment allerdings hatte er seine Einladung wieder zurückziehen müssen, da sich keine geeignete Lokalität fand. Der Hobbykeller von Oles Eltern wurde gerade renoviert. Auch die alternativen Vereinstreffpunkte, das Gemeindehaus und das Hinterzimmer der Kegelkneipe *Würger*, waren besetzt.

Florian hatte schon resigniert und sich mit dem Gedanken angefreundet, dass seine Geburtstagsfeier dieses Jahr ausfallen würde. Dann jedoch, direkt nach Sebastians Verschwinden, kündigten im Dreptehof ausnahmslos alle Reisegruppen ihre Reservierungen. Als Florian hiervon erfuhr, rief er sofort beim bärtigen Rupert an, und dieser erklärte sich ohne Zögern bereit, Florian und seinen Freunden den großen Gemeinschaftsraum zu vermieten, für nur zehn Euro pro Tag. Bevor er auflegte, sagte der bärtige Rupert: »Aber hinterher alles fegen und wischen.« Florian sagte: »Das ist doch selbstverständlich, Herr Rupert.«

In letzter Zeit waren LAN-Partys zur Hauptbeschäftigung des Vereins geworden. Meistens trafen sie sich an einem Freitagnachmittag, im Hobbykeller von Oles Eltern. Jedes Vereinsmitglied brachte seinen eigenen Computer mit, außerdem Chips, Cola, Fertigpizzen, eine Isomatte und einen Schlafsack. Fast alle Vereinsmitglieder besaßen wuchtige Towergehäuse, außerdem 17-Zoll-Röhrenbildschirme, so dass es immer mindestens eine Stunde dauerte, bis alle Computer aufgebaut und vernetzt waren. Nur Juria hatte einen Laptop, dessen Grafikkarte jedoch so schwach war, dass er bei den Shootern nicht mitmachen konnte.

Sie spielten, so lange sie konnten. Dank der Cola hielt Florian fast immer bis zum Sonntagmorgen durch. Bevor er sich dann in seinen Schlafsack verkroch, döste er häufig noch eine Weile mit dem Kopf auf dem Mousepad.

Der Einzige, der immer bis zum Sonntagabend durchhielt, war Ole. Er war der unangefochtene Champion in *Age of Empires II*,

Counter-Strike und *Unreal Tournament*. Nur in dem Echtzeit-Strategiespiel *Warcraft III* war es Florian ein paar Mal beinahe gelungen, Ole zu besiegen. In *Warcraft III* spielte Florian fast immer das Volk der Untoten, Ole das Volk der Orks.

Wenn die LAN-Partys im Hobbykeller von Oles Eltern stattfanden, brachten die meisten Vereinsmitglieder ihre Computerausrüstung mit dem Bollerwagen. Zu Florians Geburtstagsparty allerdings ließen sich alle von ihren Eltern mit dem Auto bringen, denn der Dreptehof lag auf einer Anhöhe in einem kleinen Kiefernwald ein wenig außerhalb von Wulsbüttel.

Als Florian seinen neuen Computer in den Gemeinschaftsraum trug, drehten sich alle zu ihm um. Nachdem er den Tower auf einem Tisch abgestellt hatte, trat Malte zu ihm und fragte, ob er das Gehäuse aufschrauben dürfe, um einen Blick auf das Mainboard und die Nvidia zu werfen. Florian erlaubte es ihm. Malte zog einen Schraubenzieher aus seiner Gesäßtasche und begann zu schrauben. Juria kam dazu, fuhr mit dem Zeigefinger über die Klappe vom DVD-Laufwerk und schob anerkennend die Unterlippe vor.

In der ersten Nacht und am nächsten Tag spielten die meisten Vereinsmitglieder *Age of Empires II*, jeder gegen jeden. Zu Beginn der zweiten Nacht gelang es Florian zum ersten Mal in seinem Leben, Ole in einem *Warcraft-III*-Match zu schlagen. Mit einem Spähtrupp von nur fünf Ghuls und einem Schattenritter stürmte er Oles Lager und metzelte alles nieder. Nach dem Spiel atmete Florian tief durch, verschränkte die Arme und lehnte sich zurück. Auf seinem Bildschirm fraßen zwei Ghuls gerade die Leiche von Oles Tautorenhäuptling.

Ole, der an einem Tisch schräg gegenüber saß, hatte Schweißflecken unter den Achseln. Er nickte Florian zu und sagte: »Dschi-Dschi.« Florian fragte: »Wie bitte?« Ole sagte: »Dschi-Dschi. Good Game. Gutes Spiel, Alter.« Florian lachte und sagte: »Ach so.«

Es dauerte eine Weile, bis die anderen Vereinsmitglieder Florians Sieg bemerkten. Sie spielten jetzt *Counter-Strike*. Durch ihre schlecht isolierten Kopfhörer hörte Florian das Maschinengewehrfeuer. Nur Juria saß allein in der Sofaecke, vor dem Fernseher, und guckte die *Sexy Clips* auf DSF: Zwei nackte Frauen standen vor einem Geländewagen und beschmierten sich gegenseitig mit Farbe.

Erst als Ole plötzlich laut aufschrie und seine Tastatur auf den Parkettboden warf, unterbrachen die anderen ihr Spiel. Wie habe er nur so blind sein können, rief Ole, packte seinen Bildschirm mit beiden Händen und schüttelte ihn so, dass der ganze Tisch wackelte. Von allen Seiten wurde Florian auf die Schulter geklopft.

Nachdem er sich wieder beruhigt hatte, hob Ole seine Tastatur auf und stellte fest, dass die Buchstaben R, T und U herausgebrochen waren, außerdem der Pfeil nach oben. »Ohne den Pfeil nach oben geht gar nichts«, sagte Ole und begann erneut zu fluchen.

Schließlich versuchte er, seinen kleinen Bruder anzurufen, um ihn darum zu bitten, eine neue Tastatur zu bringen. Es war besetzt. Mithilfe des Onboard-56k-Modems wählte er sich von Florians Computer aus über die Telefonleitung des Dreptehofs ins Internet ein und sah, dass sein kleiner Bruder bei ICQ und bei Skype online war. Er schrieb ihm eine Nachricht, und als er darauf nicht reagierte, stöpselte Ole ein grünes Plastikmikrophon in den Audio-Eingang von Florians Computer und rief seinen Bruder bei Skype an.

Die Eltern der Rispes hatten einen Computer mit Webcam. Auf Florians Bildschirm baute sich nach und nach, von oben nach unten, das Bild von Oles Bruder auf, stark verpixelt. Er grinste. Er trug bereits einen Schlafanzug. Auf seiner Stirn und seinen Wangen glänzte Hautcreme. Oles kleiner Bruder wurde von allen nur »der Kratzer« genannt, weil er ständig Neurodermitis oder eine andere Hautkrankheit hatte und sich dann überall kleine, nässende Wunden kratzte.

Aus Florians PC-Boxen dröhnte seine verzerrte Stimme. Er berichtete, die Eltern seien noch im Kegelverein, im *Würger*, doch er habe eine Kindersitterin bekommen, die auf ihn aufpasse, denn die Eltern seien besorgt wegen dem kleinen Sebastian und wollten ihn nicht allein zu Hause lassen. Der Kratzer schwenkte die Webcam. Es dauerte eine knappe Minute, bis sich das neue Bild stabilisiert hatte, dann erkannten Florian und Ole die Kindersitterin vom Kratzer. Es war Isa, das Mädchen mit den Forellenaugen.

Es war kurz vor Mitternacht, und Isa verbot dem Kratzer, das Haus jetzt noch einmal zu verlassen. Ole brüllte in sein Mikrophon, wenn sie nicht sofort eine neue Tastatur vorbeibrächten, werde er rüber auf den Hof kommen, und dann würde es ihnen nicht besser ergehen als dem kleinen Sebastian, so viel sei schon einmal sicher! Der Kratzer begann zu weinen, während Isa sagte: »Darüber macht man keine Witze.« Auf dem letzten Kamerabild beugte sich Isa vor und griff nach der Maus, dann schloss sich das Skype-Fenster.

Eine Zeitlang saßen Ole, Florian und Juria zusammen in der Sofaecke und aßen Chilichips. Auf dem Fernsehbildschirm waren zwei neue nackte Frauen zu sehen. Sie standen auf einem Felsen vor einem Wasserfall und seiften sich gegenseitig mit schaumigen Schwämmen ein.

»Ach, mein Bruder«, sagte Ole, »was ist da bloß schiefgelaufen?« Nicht nur biologisch habe der Kratzer es schlecht getroffen mit seiner Schmirgelpapierhaut, seinen schlaksigen Beinen und Armen, seiner Hühnerbrust, seinem kleinen Schwanz und so weiter. Auch sozial habe er bisher vollkommen versagt, was umso erstaunlicher sei, als er ein Rispe, also Angehöriger der größten Landwirtsfamilie im Landkreis Cuxhaven sei.

Kurz darauf stand der Kratzer weinend im Türrahmen. In der Hand hielt er eine schwarze Logitech-Tastatur. Hinter ihm stand, ebenfalls weinend, Isa. Unter Schluchzern erzählte Jonas Rispe, auf dem Weg zum Dreptehof hätten sie den Vergewaltiger getroffen. Er habe einen zerzausten Bart und auch sonst überall Haare, sogar auf den Fingerkuppen.

Juria bot Isa ein Glas Cola an. Danke, sagte Isa, doch ihr sei schlecht. Florian erklärte sich bereit, den Kratzer und Isa zurück nach Hause zu eskortieren, für den Fall, dass der Vergewaltiger wieder auftauche. »Alles klar«, sagte Ole und stöpselte die neue Tastatur ein.

Nachdem sie fünf Minuten gegangen waren, trafen sie den alten Krusewitz. Er stand neben einem sirrenden Stromzaun, am Rande einer Kuhweide. In der Hand hielt er einen ausgeklappten Zollstock. Als er Florian bemerkte, nahm er seinen Schlapphut vom Kopf und sagte: »Guten Abend, mein junger Herr Pastor, wie geht es den geschätzten Eltern?« Der Schlapphut rutschte ihm aus der Hand, fiel ins Gras. Er hob ihn wieder auf.

Von seiner Mutter wusste Florian, dass der Krusewitz bekloppt war. Genau so hatte sie es erst vor zwei Wochen beim Abendessen gesagt: »Der Krusewitz ist bekloppt. Der arme, alte Mann.« Er wohnte in einem Bauernhaus mit vergammeltem Strohdach, zusammen mit seiner alten Hündin Darla. Früher, hatte seine Mutter erzählt, habe er ein paar Dutzend Kühe besessen, doch er habe sie noch vor Florians Geburt an Oles Eltern verkauft, die sie wiederum sofort geschlachtet hätten. In ihrer Funktion als Gemeindepastorin besuchte Florians Mutter den alten Krusewitz gelegentlich und half ihm dabei, seine Herztabletten zu ordnen.

Der Krusewitz setzte seinen Schlapphut wieder auf und sagte: »Ich muss das hier eben noch ausmessen.« Er hielt den Zollstock an einen Zaunpfahl. Im Licht des Mondes erkannte Florian, dass er tatsächlich Haare auf den Fingerkuppen hatte, und schiefe Zähne, und einen leichten Buckel.

Als sie weitergingen, rief der Krusewitz ihnen hinterher: »Der steht hier falsch! Das steht hier alles ganz falsch!« Der Kratzer hielt sich an Isas Jackensaum fest.

In den Wochen nach seiner Geburtstagsparty fühlte sich Florian ungewohnt müde. Draußen war die Luft so heiß und stickig, dass er die meiste Zeit zu Hause verbrachte, wo es dank der dicken Pfarrhaussteinwände immer erfrischend kühl blieb. Häufig machte er nach dem Mittagessen ein kurzes Nickerchen auf der Couch im Wohnzimmer. Die Nachmittage verbrachte er allein vor seinem Computer. Seine Hausaufgaben erledigte er nie vor Einbruch der Dunkelheit.

Seit über einem halben Jahr war er nicht mehr im Gebiet gewesen. Die Forellen waren allesamt tot, dahingerafft von einer unbekannten Fischseuche. Udos Holzkabine war verfallen, und auch der Eisvogel war seit dem Fund der Vogelleiche nicht mehr gesichtet worden.

Florians Eltern lagen meist schon im Bett, wenn er mit den Hausaufgaben begann. Einmal, als er spätabends an ihrem Schlafzimmer vorbeiging, um sich in der Küche noch eine Tasse Hagebuttentee zu machen, hörte er, wie sein Vater rief: »Mäuschen, mein liebes, liebes Mäuschen!« Florian blickte durch den Türspalt. Sein Vater trug einen Pyjama mit roten Punkten. Er stand breitbeinig auf dem Ehebett und klopfte sein Kopfkissen aus. Florians Mutter saß auf der Bettkante, noch in Tageskleidung. Sie nahm sich ihre Halskette ab und legte sie in eine Schachtel auf dem Nachttisch.

Florian ging in die Küche und machte sich den Hagebuttentee. Als er zurückkam, war im Schlafzimmer seiner Eltern das Licht ausgeschaltet, doch von drinnen war erneut die Stimme seines Vaters zu hören, plötzlich heiser. »Ich würde mir wünschen …«, sagte er. »Was denn?«, fragte Florians Mutter. »Ich würde mir wünschen …«, sagte er noch einmal. »Wir könnten einmal versuchen, zum Beispiel …« Florians Mutter schnalzte mit der Zunge und sagte: »Gute Nacht.« Die Bettdecke raschelte.

Florian blieb noch eine Weile im Flur stehen und pustete in seine Teetasse.

Im Herbst war der kleine Sebastian Thema einer Spezialausgabe der ZDF-Kriminalsendung *Aktenzeichen XY ungelöst*. Kurz darauf stellte die Polizei offiziell ihre Suche ein. Es gab eine Trauerfeier vor dem Wulsbüttler Dorfgemeinschaftshaus, bei der es die ganze Zeit regnete. Die Vermisstenfotos, die in Wulsbüttel an jedem zweiten Laternenpfahl hingen, wurden vorerst noch nicht abgenommen. Sie zeigten den kleinen Sebastian im Schlafanzug, auf einem blauen Kinderbett. Im Arm hielt er ein Plüsch-Pokémon, den putzigen Pikachu.

Trotz des Regens war der Platz vor dem Dorfgemeinschaftshaus überfüllt. Florian stand in der ersten Reihe, gemeinsam mit Ole, Malte und Juria. Sie trugen ihre Konfirmationsanzüge, obwohl sie ihnen schon jetzt, ein halbes Jahr nach der Konfirmation, an den Beinen und Armen zu kurz waren. Der Bürgermeister hielt eine kurze Ansprache, dann trat Sebastians Mutter an das Rednerpult, bedankte sich bei den Wulsbüttlern und bei der Polizei für die Unterstützung und brach in Tränen aus. Als Letztes sprach Florians Mutter, sie sagte: »Manchmal können wir Gott nicht verstehen.« Florians Vater hielt ihr während ihrer Trauerrede einen Regenschirm über den Kopf.

Hinterher ging Florian allein zum Dreptehof. Der bärtige Rupert hatte, um den Ruf seiner Herberge wieder zu verbessern, einen öffentlichen Gemeinschaftsraum für die Dorfjugend eingerichtet. Es gab einen Schrank mit Gesellschaftsspielen, eine Sofaecke, einen Fernseher mit Videorecorder, dazu ein paar Disney-Videokassetten, *König der Löwen I* und *II*, *Cinderella* und *Pocahontas*. Außerdem hatte der Dreptehof neuerdings, im Garten vor dem Haus, ein Gehege mit Gänsen, die als natürliche

Alarmanlage fungierten: Sobald sich jemand dem Haus näherte, schnatterten sie.

In letzter Zeit ging Florian regelmäßig zum Dreptehof, um zu lesen, denn zu Hause war es ihm zu unruhig geworden. Immer häufiger kam sein Vater ungefragt in Florians Zimmer und versuchte, mit ihm ein Gespräch über Melancholie oder Todessehnsucht zu führen, und selbst wenn Florian ihn dann mit Verweis auf noch zu erledigende Hausaufgaben bat zu gehen, nickte sein Vater nur, setzte sich auf einen freien Stuhl und sagte Dinge wie: »Genieße deine Jugend, so gut du kannst, mein Sohn.«

Im Gemeinschaftsraum des Dreptehofs war es meistens leer. Nur hin und wieder kam der bärtige Rupert und stellte Florian eine Schale mit Maoam oder Haribo-Colaflaschen auf den Tisch. Heute jedoch saß Isa auf Florians Stammsofa und blätterte in einer Tageszeitung. Auf dem Tisch stand eine ungeöffnete Prinzenrolle.

Isa erzählte, sie habe gestern einen Spaziergang um den mittleren Forellenteich gemacht, und dabei seien ihr beinahe die Tränen gekommen. Während sie sprach, zupfte sie sich mit Daumen und Zeigefinger an der Unterlippe. Die gesamte Wasseroberfläche, fuhr sie fort, sei mit Seegras bedeckt, der Steg sei zusammengebrochen. Am Südufer habe der letzte Sturm mehrere Fichten entwurzelt und ins Wasser geworfen. Beim großen Forellenteich sei die Situation ähnlich, am schlimmsten jedoch habe es den kleinen Forellenteich getroffen, er habe im Laufe des Sommers so viel Wasser verloren, dass man ihn eigentlich nur noch als Matschloch bezeichnen könne.

Isa griff nach der Kekspackung und legte sie wieder zur Seite. Florian zuckte mit den Schultern und befahl Isa, von seinem Stammsofa aufzustehen. Isa sagte: »So kann das doch nicht weitergehen. Macht der Verein eigentlich gar nichts mehr, außer Computer spielen?« Florian sagte, wenn Isa nicht sofort Platz mache, sei er gezwungen, Gewalt anzuwenden. Isa zog einen zerknitterten Zettel unter ihrer Tageszeitung hervor und reichte ihn Florian. Es war das Logo, das sie vor zwei Jahren für den Verein angefertigt hatte. Grüne Garde Wulsbüttel. Im Hintergrund die Wipfel der Fichten. Isa fragte: »Was hat euch bloß so ruiniert?«

Florian trat einen Schritt auf Isa zu, fasste sie am Handgelenk, unterhalb der Pulswärmer, und versuchte, sie vom Sofa zu ziehen. Isa lachte, stand auf und sah ihm ins Gesicht. Er hielt ihrem Blick stand. Sie streckte ihm die Zunge heraus, dann beugte sie sich vor und gab ihm einen Kuss auf die Wange. Florian zuckte zurück. Isa setzte sich wieder hin.

Florian stand noch eine Weile unschlüssig vor dem Sofa herum, dann ging er nach Hause.

Zwei Tage später stellte Isa einen offiziellen Aufnahmeantrag beim Verein. Ole, Florian und Malte, der mittlerweile den Posten des Schatzmeisters übernommen hatte, trafen sich zu einer Sondersitzung im Hobbykeller von Oles Eltern, um Isas Fall zu diskutieren. Der Kratzer saß dabei und spielte Gameboy.

Als im letzten Jahr die Strohscheune vom Hobbykeller als neues Vereinshauptquartier abgelöst worden war, hatten viele Vereinsmitglieder von zu Hause alte Möbel mitgebracht, Stühle, Tische, Sessel und Sofas, die sonst auf den Sperrmüll gekommen wären. Mit ihnen hatte sich der Verein in der hintersten Kellerecke, beim Billardtisch, eine neue Sitzecke eingerichtet.

Bevor sie auf Isa zu sprechen kamen, unterhielten sich Malte und Ole eine Weile über die angespannte Lage auf dem internationalen Kuhmilchmarkt. Maltes Eltern waren ebenfalls Landwirte, und sein Vater hatte ihm erzählt, dass aufgrund der hohen Futtermittelpreise in Kürze auch ein dramatischer Anstieg der Milchpreise zu erwarten sei. Ole winkte ab und sagte, wenn er das schon höre, diesen typischen Kleinbauernschnack, da bekomme er Kopfschmerzen. Nicht die Futtermittel-, sondern die Ölpreise seien für den Anstieg der Milchpreise ausschlaggebend. »Was haben denn die Ölpreise mit irgendetwas zu tun?«, fragte Malte. Ole verdrehte die Augen und sagte: »Die Ölpreise haben mit allem zu tun.«

Florian entnahm seinem Rucksack den Hefter mit den Protokollen der Vereinssitzungen. Im Laufe der letzten zwei Jahre war die Geschlechterfrage immer mal wieder diskutiert worden, und seit einigen Monaten häuften sich die Stimmen, die eine Aufnahme von Mädchen in den Verein befürworteten. Einige sagten, man brauche die Mädchen, damit sie nach den LAN-Partys sauber machten, andere sagten, die Mädchen könnten ja auch nichts dafür, dass sie Mädchen seien, und solange sie die Aufnahmeprüfungen bestünden, ohne zu heulen, sei doch alles okay. Es hatte sogar schon eine Abstimmung gegeben, in der eine Zweidrittelmehrheit für eine diesbezügliche Verfassungsänderung zustande gekommen war, doch Ole hatte Gebrauch von seinem Vorsitzendenveto gemacht und die Änderung in letzter Minute gekippt.

Nun befahl Ole seinem kleinen Bruder, ein paar Flaschen Becks zu holen. Ohne den Blick von seinem Gameboy abzuwenden, stand der Kratzer auf und ging zu dem Kühlschrank hinter dem Getränketresen am Kellereingang. Malte griff Ole an den Hemdkragen und fragte, was das bitte schön heißen solle, Kleinbauernschnack? Ole lachte und schlug Maltes Hand zur Seite.

Der Kratzer kam zurück. Noch immer hielt er den Gameboy in der Hand, doch in der Brusttasche seines Kapuzenpullovers und in den Seitentaschen seiner Cordhose befand sich jeweils eine Flasche Becks. Ole nahm seinem Bruder die Flaschen ab, klopfte ihm auf den Hinterkopf und sagte: »Brav, brav.« Er zog ein Feuerzeug aus seiner Umhängetasche, öffnete die Bierflaschen, sie stießen an. Der Kratzer rief: »Prost!«

Nach dem dritten Becks erklärte Ole sich damit einverstanden, Isa zur Aufnahmeprüfung zuzulassen, aber nur Isa, das gehe in Ordnung, denn die sehe ja sowieso nicht aus wie ein richtiges Mädchen. Der Kratzer legte seinen Gameboy zur Seite, klatschte in die Hände und rief: »Yippie!« Er stand auf und begann, um den Billardtisch zu hüpfen. Ole versuchte, ihm die Beine wegzutreten, doch der Kratzer konnte rechtzeitig ausweichen. Er werde sich eine angemessene Aufnahmeprüfung ausdenken, sagte Ole. Malte ging auf die Toilette.

Nachdem Jonas ein paar Runden gehüpft war, nahm Ole ihn in den Schwitzkasten. Malte kam von der Toilette zurück und fragte, was los sei. Ole schlug seinem kleinen Bruder mit der flachen Hand auf den Hinterkopf, seufzte und sagte, der Kratzer habe sich in seine hässliche Babysitterin verliebt. Jonas befreite sich aus Oles Griff, am Hals hatte er dunkelrote Flecken, sein Haar war verstrubbelt.

Das Deckenlicht ging aus, und einen Moment lang saßen sie im Dunkeln. Nur in der Ecke, neben dem Bügeleisen, leuchtete noch die rote Lampe einer Steckdosenleiste. Das Licht ging wieder an, Malte entschuldigte sich und sagte, er sei versehentlich mit dem Hinterkopf an den Schalter gekommen.

Am ersten Advent wurde in einem Waldstreifen bei Stade, eine Autostunde von Wulsbüttel entfernt, eine Kinderleiche gefunden. Doch bereits nach wenigen Stunden gab die Polizei bekannt, dass es sich nicht um den kleinen Sebastian aus Osterholz-Schambeck handeln würde, sondern um die kleine Anna-Lena aus Wunstdorf bei Hannover. Trotzdem liefen in den nächsten Tagen noch einmal ein paar Reporter durch Wulsbüttel und fragten die Menschen auf der Straße, ob sie heute, ein halbes Jahr nach der Tragödie, wieder im Alltag angekommen seien.

Ein paar Tage später wurde zu dem Thema in der *Nordseezeitung* sogar eine Statistik mit Balkendiagramm veröffentlicht. Siebzig Prozent der Wulsbüttler waren noch nicht wieder im Alltag angekommen. Zwanzig Prozent waren zwar wieder im Alltag angekommen, spürten jedoch eine große Leere in sich. Lediglich zehn Prozent waren der Meinung, die Tragödie vollkommen überwunden zu haben. Neben der Statistik war ein Interview mit dem Wulsbüttler Bürgermeister abgedruckt, in dem er den Fall Sebastian als eine unendlich tiefe Wunde bezeichnete.

Eine wenig originelle und zugleich unlogische Metapher, befand Florians Mutter, als das Interview beim Abendessen zur

Sprache kam. Florian schnitt sich eine Tomate auf. »Da warst du ja besser«, sagte Florians Mutter und streichelte Florians Vater über den Oberschenkel. Florian sagte, er habe versehentlich zu viele Tomatenscheiben abgeschnitten, ob noch jemand welche wolle? Florians Vater lächelte Florian zu und sagte: »Gerne, mein Sohn.«

Florians Mutter hatte den Termin mit Satı aus Zeitmangel schließlich doch noch an Florians Vater abgegeben. Im Interview hatte Florians Vater behauptet, der kleine Sebastian sei Wulsbüttels Hurrikan Katrina, und obwohl er sich während des Gesprächs immer wieder an die Nase oder an den Hals gefasst hatte, war es beinahe ungekürzt im Boulevardmagazin *Blitz* gesendet worden.

Florians Vater legte sich eine Tomatenscheibe auf sein Schwarzbrot und streute ein wenig Pfeffer darüber. Florians Mutter sagte: »Florian, wir müssen mit dir reden.« Florians Vater nickte und wurde rot. Gegenwärtig, sagte Florians Mutter, kursiere in Wulsbüttel das alberne Gerücht, dass sie eine Affäre habe, mit dem Harrendorfer Gemeindediakon, Herrn Zwickau. »Mit wem?«, fragte Florian. »Mit Herrn Zwickau«, sagte Florians Vater, »dieser Mann mit dem Schnurrbart, der bei Mamas Predigten immer in der ersten Reihe sitzt.«

Im Edeka und beim Seniorentreff, sagte Florians Mutter und köpfte mit ihrem Messer ein hartgekochtes Ei, ja sogar in der Kirchenvorstandssitzung habe man den Vater jetzt bereits auf diese lächerliche Geschichte angesprochen, und so wie sie die Wulsbüttler kenne, sei es nur noch eine Frage der Zeit, bis sie auch Florian mit irgendwelchen Sprüchen belästigten.

»Du weißt doch, was eine Affäre ist?«, fragte Florians Vater. Florian nickte. Sein Vater senkte den Kopf und nahm sich eine Scheibe Salami. Florian fragte: »Und stimmt das Gerücht?« Florians Mutter lachte und sagte: »Natürlich nicht.« Florian verteilte die restlichen Tomatenscheiben auf seinem eigenen Schwarzbrot, nahm einen Schluck Kamillentee und verbrannte sich die Zunge.

Florians Vater sagte, einer seiner Konfirmanden habe ihm heute einen Witz erzählt, der sei wirklich lustig gewesen, doch leider könne er sich jetzt nicht mehr daran erinnern.

SIEBEN

Über Weihnachten fuhr Florian zu seinen Eltern nach Wulsbüttel. Heiligabend verbrachten sie zu dritt zu Hause, bis spät in die Nacht spielten sie gemeinsam Monopoly, Florians Vater gewann, obwohl Florian Hotels auf der Parkstraße und auf der Schlossallee hatte. Am ersten Weihnachtsfeiertag besuchten sie Florians Großeltern mütterlicherseits in Harrendorf-Finna, am zweiten Weihnachtsfeiertag besuchten sie Florians Großeltern väterlicherseits in Oyten, auf dem Rückweg fuhren sie noch kurz bei dem Bruder von Florians Mutter, Onkel Reinhard, vorbei. Ende Dezember reiste Florian zurück nach Leipzig.

Silvester verbrachte er auf der WG-Party eines mit Stefan befreundeten Linguistikdoktoranten im Leipziger Osten. Stefan trank sehr viel Rotwein und sprach die ganze Zeit von Line, mit der er während der Feiertage weitere Kurznachrichten ausgetauscht hatte. Florian war erkältet und fuhr kurz nach Mitternacht nach Hause.

Am Neujahrsmorgen setzte er sich an seinen Schreibtisch und versuchte die Bewerbung für die Studienstiftung des Deutschen Volkes zu schreiben. Einen ausformulierten Lebenslauf verfasste er in einer knappen Stunde, doch beim Motivationsschreiben, in dem er erklären sollte, warum er Philosophie studierte und wie er sich seine berufliche und akademische Zukunft vorstellte, geriet er ins Stocken. Am Nachmittag kam Stefan in sein Zimmer und schlug vor, Spiegeleier mit Bratkartoffeln zu machen und dann alle acht Harry-Potter-Filme hintereinander zu gucken.

Sie legten sich auf Stefans Bett und sahen den ersten, den zweiten und den dritten Film, dann schlief Florian ein, und als er das nächste Mal erwachte, neigte sich der vierte Film bereits seinem Ende zu. Professor Dumbledore hielt gerade eine Rede in Gedenken an den von Voldemort ermordeten Cedric Diggeroy. Die Schüler von Hogwarts senkten die Köpfe und schwiegen betroffen. Dumbledore sagte: »Dark times lie ahead of us.«

Stefans Kopf lag an Florians Schulter, er schnarchte leise, sein Atem roch nach Zahnpasta und Alkohol. Behutsam löste sich Florian von ihm, ging in sein Zimmer und legte sich schlafen.

Am nächsten Tag guckten sie die restlichen Filme. Zwischendurch aßen sie jeder eine Vier-Käse-Fertigpizza.

Eine Woche später, nach der ersten Tutoriumssitzung im neuen Jahr, versuchte Florian wie gewöhnlich, Anna Kuszlak zu einem Treffen zu überreden, und diesmal sagte sie zu. Für starken Kaffee und zum Beispiel ein Stück Marmorkuchen, sagte Anna lächelnd, sei sie jederzeit gerne zu haben. Florian war von ihrem plötzlichen Stimmungswandel so überrascht, dass er einen Moment lang gar nicht reagierte und dann sagte: »Ich dachte, Koffein macht dumm.« Anna lachte und sagte, er solle nicht alles glauben.

Sie trafen sich am Samstagnachmittag im Anarchistischen Zentrum Lighthouse. Anna hatte den Ort vorgeschlagen. Das

Lighthouse war ein linkes Café und Veranstaltungszentrum. Es befand sich am Rand eines verfallenen Industriegebiets, in der Eckwohnung eines teilsanierten Altbaus.

Florian kam eine halbe Stunde zu früh. Er setzte sich auf ein Kunstledersofa in der dunkelsten Ecke und schlug die Beine übereinander. Neben dem Ledersofa stand ein Kachelofen, aus dessen Innerem das Knacken brennender Holzscheite zu hören war. Trotzdem war es so kalt, dass Florian kleine Wolken ausatmete. Die Fenster waren mit weißen Bettlaken verhängt. Am Nebentisch saßen zwei hochschwangere Frauen. Hinter der Theke stand ein blasser Mann mit dunklen Augenringen.

Florian griff nach einem Flyer, der vor ihm auf dem Tisch lag, und las, die niedersächsische BUNDJugend, Janun, befinde sich mit einer globalisierungskritischen Stadtführung auf Deutschlandtournee und mache gegenwärtig Halt in Leipzig. Florian kannte Janun aus seiner Zeit bei der Grünen Jugend Niedersachsen, hatte einmal sogar mit einem Mitglied aus dem Janun-Landesvorstand eine Partie Schach gespielt und gewonnen. Er nahm sich vor, nachher Anna von seinen alten politischen Kontakten zu erzählen. Vielleicht würde sie davon beeindruckt sein.

Florians Handy vibrierte. Stefan schrieb: »Wenn ich heute Abend nicht nach Hause komme, keine Sorge;)« Florian steckte sein Handy zurück in die Hosentasche. Es vibrierte erneut. Stefan schrieb: »Rate mal, warum!« Florian schaltete sein Handy aus. Dann fiel ihm ein, dass Anna versuchen könnte, ihn zu erreichen. Er schaltete das Handy wieder an. Stefan schrieb: »Date mit Line! ;) ;)«

Eine Weile betrachtete Florian seine Tischnachbarinnen. Er

fragte sich, ob in ihren Bäuchen wohl Wunschkinder oder Unfälle aufwuchsen. Abgesehen von ihren Bäuchen hatten die beiden Frauen nicht viel gemeinsam. Die eine war dick, die andere dünn. Die eine war dunkelhäutig, die andere hellhäutig. Die eine trank Milchkaffee, die andere Saft.

Was es da zu gucken gebe, fragte die dicke Schwarze. Sie hatte blondgefärbte Dreadlocks, die ihr von beiden Seiten ins Gesicht fielen. Florian entschuldigte sich und schob seine Hände unter die Oberschenkel.

Als Anna das *Lighthouse* betrat, wirbelten ein paar Schneeflocken herein. Unter ihrer Jacke trug sie ein Kleid und eine Wollstrumpfhose. Ihre Haare hatte sie zu einem straffen Pferdeschwanz zusammengebunden. Sie begrüßte erst den Barmann, dann die beiden Schwangeren, jeweils mit drei Wangenküssen. Florian zögerte einen Moment, dann stand er auf und streckte Anna die Hand entgegen. Anna griff zu, zog ihn zu sich heran und gab ihm ebenfalls drei Küsse auf die Wange, links, rechts, links. Florian hatte Schwierigkeiten mit dem Rhythmus der Kopfbewegungen, beinahe küsste er Anna versehentlich auf den Mund.

Sie setzte sich in einen Sessel, Florian schräg gegenüber. Florian überlegte, was er sagen solle, um bei Anna von Beginn an einen attraktiven Eindruck zu machen. Die ersten Worte, dachte Florian, waren in solchen Situationen entscheidend. Anna zog sich ihre Jacke aus und hängte sie über die Sessellehne. Sie verschränkte die Arme und sagte, sie habe leider gar nicht so viel Zeit. »Warum nicht?«, fragte Florian, und er spürte sofort, dass er die falschen ersten Worte gewählt hatte.

Anstatt zu antworten, begann Anna, sich eine Zigarette zu drehen. Der Barmann kam zu ihnen an den Tisch, legte Anna eine Hand auf die Schulter und fragte, ob er ihnen etwas bringen könne. »Kaffee«, sagte Anna, »und ein Stück Marmorkuchen.« Florian bestellte sich ein Glas Apfelsaft.

Anna zündete sich die Zigarette an, ohne zuvor die Schwangeren um Erlaubnis zu fragen, und die Schwangeren schienen sich auch nicht daran zu stören. Der Barmann brachte den Kaffee, den Apfelsaft und den Marmorkuchen und fragte: »Soll ich noch irgendwie meinen Arsch für euch bewegen?« Anna lachte und sagte: »Einmal Arsch bewegen, bitte!« Der Barmann lief zwischen den leeren Tischen und Stühlen hin und her und wackelte dabei mit seinem Hintern. Die Schwangeren applaudierten. Der Barmann verbeugte sich und ging zurück zur Theke.

Anna nahm einen Schluck von ihrem Kaffee und sagte, sie habe gehört, Florian sei jetzt auch in der Stiftung? »Noch nicht«, gestand Florian. »Dann lass es bleiben«, sagte Anna und machte eine wegwerfende Handbewegung, »diesen Menschen sollte man weiträumig aus dem Weg gehen.« Der Barmann schob eine CD in die Musikanlage, die hinter ihm zwischen den Spirituosen stand. Florian erkannte das Cover. Es war das Album *UUAARGH!* von der schwäbischen Punkband Wizo.

Warum aus dem Weg gehen, fragte Florian, und was sei dann mit Stefan und Tobi, die seien doch ebenfalls Stiftis? »Stiftis«, äffte Anna ihn nach und verzog das Gesicht, »ekelhaftes Wort.« Sie nahm noch einen Schluck Kaffee, dann sagte sie, Stefan sei okay, die Ausnahme, die die Regel bestätigt und was mit Tobi sei, das wisse sie leider selbst nicht mehr so recht. Sie senkte den Kopf, rührte in ihrer Tasse. Das erste Lied von Wizos *UUAARRGH!* begann mit Gitarrengekratze.

Eine Weile saßen sie sich schweigend gegenüber. Florian ging in Gedanken mögliche Gesprächsthemen durch. Sollte er Anna nach ihrem Musikgeschmack fragen? Sollte er versuchen, mit ihr ein Gespräch über die Fuzzy-Logik zu führen? Anna zog sich ihre Jacke wieder an und sagte, es sei doch etwas kalt hier drinnen. Florian trank noch einen Schluck Apfelsaft.

Am Nebentisch verabschiedete sich die weiße Schwangere von der schwarzen Schwangeren, ebenfalls mit drei Wangenküssen. Nachdem sie gegangen war, setzte sich die schwarze Schwangere zu Florian und Anna an den Tisch, legte eine Hand auf Annas Knie und sagte: »Mein armer Schatz, was ist dir geschehen?«

Florian blickte zu Anna und sah, oberhalb von ihrem Schienbein, einen dunklen Fleck, eine Mischung aus Blut und Dreck, auf ihrer Strumpfhose. Sie sei ausgerutscht, sagte Anna, direkt vor der Tür, auf der ungestreuten Gießerstraße. »Mein armer Schatz«, wiederholte die Schwangere, beugte den Kopf vor und pustete auf die Wunde.

Florian räusperte sich und fragte die Schwangere, ob sie Anna aus der Universität kenne. Die Schwangere warf ihm einen Seitenblick zu und sagte: »Aus der Universität ganz sicher nicht.« Anna kicherte.

Der Barmann stellte die Musik lauter, Wizo-Frontmann Axel Kurt sang: »Kopfschuss! Das war kein Selbstmord, das war Mord! Kopfschuss! Ihr habt gelogen seit dem ersten Wort!«

Die Schwangere fragte Anna, wie es Juan und Elisa gehe. Anna sagte, die seien heute auf dem Kapikon in Würzburg. Sie wandte sich an Florian und erklärte, Juan und Elisa seien Teil einer Delegation von chilenischen StudentInnen, die gerade durch Deutschland reisten, um sich über die Organisation der Bildungsproteste zu informieren. Nach einer kurzen Pause fügte sie noch hinzu: »Kapikon ist die Abkürzung für den Kapitalismuskongress von attac.«

Die Schwangere und Anna unterhielten sich über eine neu eröffnete Vokü in der Eisenbahnstraße, über einen Flashmob vor dem Leipziger Rathaus, eine Protestaktion gegen die Überwachung linker Gruppen durch den sächsischen Verfassungsschutz. Immer wieder tauchten in ihren Erzählungen die Namen ihrer gemeinsamen Bekannten auf, Sina, Malte, Theo, Jackie, Frida.

Ob das der Theo sei, der damals bei der Hörsaalbesetzung dieses lustige Transpi mit dem bebrillten Totenkopf gemalt habe, fragte Florian. »Nein«, sagte Anna, »ein anderer.«

Als sein Apfelsaft leer war, ging Florian zum Barmann und bat um ein zweites Glas. Der Barmann sagte: »Sei so gut und gib mir dein altes Glas, ich schenke dir nach, und wir sparen Spülwasser.« Florian holte sein altes Glas, der Barmann schenkte ihm nach, Florian bedankte sich und ging zurück zu Anna und der Schwangeren. Anna erzählte gerade, Juan und Elisa hätten sie eingeladen, doch auch einmal nach Santiago zu reisen, in den Semesterferien. Warum nicht, sagte die Schwangere.

Florians Blick blieb an dem Bluterguss über Annas Schienbein hängen. Er stellte sich vor, wie er Anna vorsichtig die Strumpfhose hinabzog, um die Verletzung zu untersuchen. Wie sie ihr nacktes Bein auf seinen Oberschenkel stützte. Wie sie dabei mit dem Fuß seinen Hosenstall streifte. Wie er Annas Bein anhob und die Wunde küsste.

»In Lateinamerika«, sagte die Schwangere ernst, »hat die Bewegung andere Dimensionen.« Sie selbst habe letztes Jahr eine Reise unternommen, zusammen mit Linda, quer durch Chile, von der Wüste Aricas bis zu den Nebelinseln bei Punto Arenas. Auf ihrem Weg habe sie mit Menschen aus allen sozialen Schichten und Altersklassen gesprochen, und alle hätten ihre Unterstützung für die Sache der Studierenden beteuert, vor allem die ArbeiterInnen und die SchülerInnen. »Die ziehen da alle an einem Strang.«

Florian griff wie zufällig nach dem Janun-Flyer und bemerkte, das Logo erinnere ihn an seine Zeit in der Grünen Jugend Niedersachsen. Weder Anna noch die Schwangere reagierten auf seinen Kommentar. In seiner Zeit bei der Grünen Jugend Niedersachsen, sprach Florian weiter, habe er häufig mit den Leuten von Janun zusammengearbeitet. Einmal zum Beispiel hätten sie gemeinsam ein Hip-Hop-Konzert veranstaltet, aus Solidarität mit den mexikanischen Zapatisten.

Endlich griff die Schwangere nach dem Janun-Flyer, warf einen hastigen Blick darauf und sagte: »Alles MilitaristInnen, leider. Kosovo lässt grüßen.« Anna schlug die Beine übereinander.

Anna und die Schwangere unterhielten sich noch eine Weile über einen Workshop zu Demokratietheorien, dann verabschiedete sich die Schwangere mit dem Verweis auf ein Plenum in ihrer Wohngemeinschaft. Kurz darauf sagte Anna, sie müsse jetzt leider auch los. Als Florian anbot, ihren Kaffee und Kuchen zu zahlen, seufzte sie und sagte: »Das schaffe ich gerade noch selbst.«

Gemeinsam liefen sie die vereiste Gießerstraße hinab, quer durch das ehemalige Industriegebiet. Es dämmerte. Um sie herum erkannte Florian die Umrisse leerstehender Fabrikruinen. Die am Straßenrand geparkten Autos waren mit einer dünnen Schicht Pulverschnee überzogen. Florians Nasenspitze war vor Kälte taub.

Vorsichtig schoben sie einen Fuß vor den anderen. Einmal tat Florian so, als verliere er auf dem Glatteis das Gleichgewicht, um einen Vorwand dafür zu haben, Annas Arm zu greifen. Nach ein paar Schritten löste Anna ihren Arm wieder aus Florians Umklammerung, indem sie sich leicht von ihm wegdrehte.

Einen Moment lang überlegte Florian, ob er sich vielleicht tatsächlich fallen lassen sollte. Anna sagte: »Da vorne wollten die mal einen Nettomarkt bauen.« In seiner rechten Jackentasche entdeckte Florian seine Wollmütze. Er setzte sie auf.

»Was machen wir jetzt?«, fragte Florian, als sie das Ende der Gießerstraße erreicht hatten. Was er mache, wisse sie nicht, sagte Anna, doch sie müsse jetzt leider weiter. Sie umarmte ihn. Sie roch nach Kaffee. Er spürte ihren Atem an seinem Hals, der Stoff ihrer Kapuze kratzte über sein Kinn. Er drückte sie fester an sich.

Anna löste sich aus der Umarmung und sagte: »Das war doch ein angenehmer Nachmittag.« Als sie sich von ihm abwandte, ließ Florian sich auf den gefrorenen Bürgersteig fallen. Das Eis schnitt in seine Handflächen.

Anna drehte sich noch einmal zu ihm um und betrachtete ihn. Florian spürte seinen feuchten Hosenboden. Er hielt seine zerschnittenen Hände ins Mondlicht und sagte, es gehe schon, es sei weniger schlimm, als es aussehe.

Sie sehe da gar nichts, sagte Anna und zündete sich eine Zigarette an. »Du guckst nicht hin«, sagte Florian. Er streckte ihr die Hände entgegen. Anna zog an ihrer Zigarette, seufzte erneut und fragte, ob Florian ihr vielleicht irgendetwas sagen wolle.

»Hier«, sagte Florian, »zwei mitteltiefe Schnittwunden. Vielleicht ist sogar die Sehne beschädigt.« Anna bot ihm ein Pflaster an. Es gehe schon, sagte Florian noch einmal. Anna schnippte ihre Zigarette auf die Straße und sagte, ihre Tram komme in drei Minuten.

Florian ließ seine Hände wieder sinken. Er blickte auf den glimmenden Stummel im Schneematsch. Ein dünner Rauchfaden stieg von ihm auf. Anna winkte ihm noch einmal zu, dann drehte sie sich um und ging die Straße hinab, Richtung Haltestelle.

Er saß noch eine Weile auf dem Bordstein. Aus der Ferne war die Tram zu hören, etwas später noch eine, dann noch eine. Dann ging er nach Hause.

Als Florian die Wohnung betrat, saß Stefan allein in der Küche und spielte Supernintendo, *International Superstar Soccer 96*. Florian setzte sich zu ihm und fragte, wie sein Date mit Line gelaufen sei. Stefan reichte ihm einen Controller. »So schlimm?«, fragte Florian und lachte. Stefan presste die Lippen zusammen. Auf dem Bildschirm pfiff der Schiedsrichter eine neue Partie an. Florian war Deutschland, Stefan Brasilien.

Sie spielten schweigend. Nach fünf Minuten schoss Brasilien

das erste Tor, Ronaldo, mit dem Kopf, nach einem Eckstoß von Rivaldo. »Sauber«, rief Florian und wollte Stefan freundschaftlich mit dem Ellbogen in die Rippen knuffen, doch in dem Moment schob Stefan seinen Stuhl ein Stück zur Seite, so dass Florians Arm ins Leere stieß.

In der Halbzeitpause aß Florian eine Scheibe Olivenbrot mit Knoblauch-Paprika-Aufstrich. Stefan sagte, Florian solle aufpassen, er krümle den ganzen Tisch voll. Florian entschuldigte sich, holte einen Lappen und wischte die Krümel vom Tisch. Dann erzählte er von seinem eigenen Date mit Anna, das ja ebenfalls missglückt war. Er lächelte Stefan aufmunternd zu: »Geteiltes Leid, was?« Stefan griff nach seinem Controller und startete die zweite Halbzeit.

Ronaldo schoss drei weitere Tore. Florians Gedanken schweiften ab, zurück zu Anna. Er fragte sich, mit wem sie wohl noch verabredet war. Er stellte sich vor, wie Anna sich mit anderen politisch engagierten Menschen in einer linken Kneipe traf, wie sie gemeinsam diskutierten, zum Beispiel über Geschlechtergerechtigkeit, oder Überwachung, oder Gentrifizierung. Er nahm sich vor, in nächster Zeit wieder mehr linkspolitische Zeitungen und linkspolitische Internetseiten zu lesen, um sich hinterher mit Anna darüber unterhalten zu können.

Ronaldo schoss sein fünftes Tor. »Streng dich mal ein bisschen an, verdammt!«, rief Stefan und stieß Florian mit der Faust in die Rippen. Florian zuckte zusammen.

Stefan stand auf und zog eine Tüte Mais aus dem Regal. Er stellte eine Pfanne auf den Herd, goss Öl hinein, schüttete den Mais hinterher. Er werde jetzt erst einmal Popcorn machen, sagte Stefan. Er stellte eine zweite Pfanne auf eine zweite Platte, gab einen weiteren Schuss Öl und den restlichen Mais hinein. »Süß und salzig.« Er schaltete die Herdplatten an, nahm in jede Hand einen Holzlöffel und begann gleichzeitig in beiden Pfannen den Mais umzurühren.

Florians Blick blieb an dem Plakat der Marxistisch-Leninistischen Partei hängen. Vor einigen Tagen hatte Stefan ihm gestanden, er habe das Plakat nach der letzten Bundestagswahl von einer Laterne geklaut, nur so aus Scheiß und weil er Parteien mit Lenin im Namen grundsätzlich lustig finde.

Für einen Moment hatte Florian das Gefühl, der muskulöse Proletarier habe über Nacht einen ernsteren Gesichtsausdruck bekommen. Noch einmal las Florian den Wahlslogan auf dem Proletarierwaschbrettbauch: »Vertrauen ist gut, Kontrolle ist besser.« Er versuchte, den Spruch auf Situationen aus seinem eigenen Leben anzuwenden, doch ihm fiel keine ein.

Florian steckte sich ein Popcorn in den Mund. Der Geschmack und die Konsistenz erinnerten ihn an Pappe. Stefan sagte mit ruhiger Stimme, übrigens, Line lasse ihn herzlich grüßen. Florian sagte: »Vielen Dank. Gruß zurück.« Mit einem Küchentuch wischte er sich das Öl von den Fingern, dann griff er wieder zu seinem Controller. »Revanche?«

Florian spielte Werder Bremen, Stefan spielte das argentinische Boca Juniors. Nach der ersten Halbzeit stand es eins zu eins. In der Pause nahm Stefan eine Handvoll Popcorn und warf sie Florian ins Gesicht. Einzelne Popcornbrocken blieben in Florians Haaren und an seinem Wollpullover hängen. Stefan schniefte, räusperte sich, atmete tief durch, schniefte erneut, dann drehte er sich zu Florian und sagte mit zittriger Stimme: »Warum, warum bloß, warum hast du mir das angetan, warum bloß?«

Florian zupfte die Popcornbrocken von seinem Pullover. Stefan sprang auf und schüttete den restlichen Inhalt der Schüssel über Florians Kopf aus. Florian spürte, wie ihm das Öl durch die Haare und in den Nacken lief. Er schüttelte sich, so dass die Popcornbrocken in alle Richtungen flogen. Stefan sagte: »Du warst mein Freund.« Florian sagte, er sei müde und werde jetzt besser schlafen gehen.

Als er versuchte, die Küche zu verlassen, versperrte Stefan ihm den Weg. Florian simulierte ein Gähnen und hielt sich eine Hand vor den Mund. Er sagte, es tue ihm leid, doch er glaube, er habe heute Morgen seinen Kaffee vergessen. »Was immer du besprechen möchtest, lieber Stefan, lass es uns auf einen der kommenden Tage verschieben.«

Stefan schubste ihn auf seinen Stuhl zurück, drückte ihm den Controller in die Hand und sagte: »Wir spielen zu Ende.« Dann startete er die zweite Halbzeit.

Kurz vor Abpfiff schoss Florian das zweite Tor, ins lange Eck, mit Mario Basler. Stefan schmiss seinen Controller auf den Fußboden und zertrat ihn mit der Hacke seines rechten Hausschuhs. Er griff nach den zwei Holzlöffeln, die noch immer neben dem Herd lagen, und begann auf Florian einzuschlagen. Florian stand auf und packte Stefan an den Handgelenken. Stefan spuckte ihm ins Gesicht. Florian wischte sich die Spucke an der Schulter ab.

Stefan versuchte, sich aus Florians Griff zu befreien, indem er mit den Holzlöffeln auf Florians Unterarm schlug. Als Florian seinen Griff trotzdem nicht lockerte, begann Stefan zu weinen, Schnodder lief ihm aus der Nase, blieb in seinem Mundwinkel hängen. Er schrie, Line habe ihm alles gestanden, Florian sei ein feiges Arschloch, was habe er sich dabei nur gedacht, wie habe er das nur tun können?

Im Hintergrund liefen die letzten Minuten Werder Bremen gegen Boca Juniors. Da weder Stefan noch Florian ihre Controller bedienten, steuerte der Computer die Spieler beider Seiten. Florian hörte das Gebolze, die Pfiffe des Schiedsrichters, die Fangesänge. Stefan schrie, Florian habe alles kaputt gemacht, alles. Dann versuchte er, Florian noch einmal ins Gesicht zu spucken, doch ihm fehlte der Speichel, so dass Florian an seiner Wange nur ein leichtes Pusten spürte.

Der Schiedsrichter pfiff das Spiel ab. Florian warf einen Seitenblick auf den Bildschirm. Noch immer stand es zwei zu eins. Die Bremer machten einen Eiertanz um die Eckfahne. Die Spieler von Boca Juniors hielten ihre Köpfe gesenkt. Endlich gelang es Stefan, sich aus Florians Griff zu befreien, und bevor Florian reagieren konnte, hatte er ihm mit einem der Kochlöffel ins Gesicht geschlagen.

Florian rammte Stefan ein Knie in den Bauch. Stefan krümmte sich. Florian nahm ihn in den Schwitzkasten. Nach ein paar Sekunden ließ er ihn wieder los und verpasste ihm mehrere Ohrfeigen, dann trat er ihm die Füße weg. Stefan blieb zusammengekauert auf dem Fußboden liegen. Er wimmerte.

Florian spürte seinen Magen rumoren. Er schnitt sich eine weitere Scheibe Olivenbrot ab. Plötzlich, ohne dass er wusste, warum, musste Florian an die Szene aus *Harry Potter und der Stein der Weisen* denken, in der Harry bei seinem ersten Quidditch-Match versehentlich den goldenen Schnatz verschluckt. In der Verfilmung, dachte Florian, hatte das eigentlich recht lustig ausgesehen.

Florian tippte Stefan mit der Fußspitze gegen das Schienbein. Stefan reagierte nicht. Florian sagte: »Wir reden besser später, mhm?« Dann legte er sich ein paar Streifen Nusstofu auf sein Olivenbrot, schaltete das Supernintendo aus und ging in sein Zimmer.

Er saß noch eine Weile am Schreibtisch und versuchte, die Bewerbung für die Studienstiftung des Deutschen Volkes zu beenden. Doch er konnte sich nicht konzentrieren. Er legte sich in sein Bett und las ein paar Abschnitte aus einem Essayband von Montaigne, den er vor einigen Tagen in Stefans Bücherregal entdeckt hatte. Dann holte er sich seinen Laptop ins Bett und googelte nach Gerüchten über J. K. Rowlings nächsten Roman.

Irgendwann schlief er ein, den Laptop auf den Oberschenkeln. Er träumte, er sitze mit seinen Eltern am Küchentisch im Wulsbüttler Pfarrhaus. Die Eltern erzählten, sie hätten eine neue Bekanntschaft gemacht, vorige Woche, beim Grillfest auf dem Hof der Rispes. Florians Mutter verschränkte die Arme und sagte: »Sie kommt immer zu spät.« Florians Vater sagte: »Sie ist eben sehr beschäftigt. Sie muss ständig Autogramme geben.« Kurz darauf betrat die neue Bekannte den Raum, und Florian stellte fest, dass es sich um Frau Rowling höchstpersönlich handelte.

Als er wieder erwachte, lag der Laptop neben dem Bett auf dem Fußboden. Draußen war es noch dunkel. Florian bekam Lust zu onanieren. Er zog den Laptop zurück auf seinen Schoß und googelte nach Bildern von Camila Vallejo. Die meisten Fotos kannte er schon. Er googelte nach Rosa Luxemburg. Dann nach Ulrike Meinhof. Schließlich nach Anna Kuszlak, von der jedoch kein einziges Foto zu finden war.

Er schaltete den Computer aus, griff nach seinem Penis und versuchte, sich einen Dreier mit Camila Vallejo und Anna Kuszlak vorzustellen. Annas Gesicht sah er sofort vor sich, die hellblauen Augen, die Stupsnase, das rötliche Haar, doch das Gesicht von Camila Vallejo blieb verschwommen und blass. Schließlich verbannte er Camila Vallejo aus seiner Phantasie und stellte sich vor, wie er mit Anna schlief, auf dem *Ledersofa* im *Lighthouse*, er oben, sie unten.

Hinterher nickte er sofort ein.

ACHT

Am Tag von Isas Aufnahmeprüfung lag in Wulsbüttel Schnee, zum ersten Mal in diesem Winter. Sie trafen sich zu fünft, Ole, Malte, Florian, Jonas und Isa, bei den Fahrradständern vor dem Edeka. Jedes Mal, wenn sich die Tür des Geschäfts öffnete, drang ein Schwall warmer Luft zu ihnen hinaus, und es roch für einen Moment nach Spekulatius und Lebkuchen.

Ole hatte den Inhalt der Aufnahmeprüfung bis zuletzt geheim gehalten. Florian war davon ausgegangen, dass man Isa zu einem *Warcraft-III*-Match oder einer Runde *Counter-Strike* herausfordern würde. Dann jedoch hatte Ole über den Mailverteiler des Vereins, in der offiziellen Prüfungsankündigung, den Protokollanten und Beisitzern dazu geraten, festes Schuhwerk und Winterkleidung einzuplanen. Im Postscriptum hatte er hinzugefügt: »Keine Fotos.«

Sie liefen die Hauptstraße hinab, vorbei an der Waffelfabrik, an der Volksbankfiliale. Über den Häuserdächern sah Florian die Flügel der Windräder, sie standen allesamt still. Er vermutete, dass es an der Sturmwarnung lag, von der er am Morgen in der Zeitung gelesen hatte. Sie gingen am Straßenrand, einen Fuß im Schnee, einen Fuß im Streusalzmatsch, gelegentlich kam ein

Traktor vorbei, gelegentlich ein Mercedes. Ole und Malte unterhielten sich über ein neues Melkgeschirr aus den Staaten, das angeblich besonders schonend für die Zitzen der Kuheuter war. Ole sagte: »Das würde ich sogar an die Nippel meiner Mutter klemmen.«

Isa fragte den Kratzer unregelmäßige Englischverben ab. Sie war mittlerweile nicht mehr nur seine Kindersitterin, sondern zugleich seine Nachhilfelehrerin, in Ausnahmefällen sogar so etwas wie seine Pflegeschwester. An manchen Tagen, wenn Jonas' Hautausschlag besonders schlimm war, brauchte er jemanden, der ihm im Notfall die Hände festhielt, damit er sich nicht, wie Ole es gesagt hatte, die Haut bis auf die Knochen runterkratzte. Darüber hinaus musste ihn zweimal in der Woche jemand am ganzen Körper mit einer speziellen Kortisoncreme einreiben. Seit die Rispes den Kuhbestand im neuen Stall aufgestockt hatten, blieb ihnen für solche elterlichen Aufgaben nur noch wenig Zeit, weshalb sie immer häufiger auf Isa zurückgriffen.

Die Gruppe bog in einen Feldweg. Isa sagte: »Sleep.« Der Kratzer sagte: »Schlafen. Sleep, slept, slept.« Zwischen den Nebelschwaden, hinter dem vereisten Kartoffelacker, sah Florian das Haus, in dem Udo und sein Vater gewohnt hatten. Die Tür und die Fenster waren mit Brettern verrammelt. Nach Udos Tod hatte sein Vater eine Zeitlang in einer psychiatrischen Anstalt gelebt, danach war er zurück in die Windmühle mit den zerbrochenen Flügeln gezogen. Isa sagte: »Put.« Der Kratzer lachte und rief, das sei einfach. »Legen, stellen, setzen! Put, put, put!«

Sie durchquerten einen dünnen Tannenwaldstreifen und standen vor dem Hof vom alten Krusewitz. Der Kratzer stolperte über eine festgefrorene Treckerspur, taumelte, hielt sich an Isas Arm fest. Sie waren einen Umweg gelaufen, hatten sich dem Hof von hinten genähert und befanden sich jetzt direkt neben dem leeren Kuhstall, an dessen Außenwand der Krusewitz frische Holzscheite gestapelt hatte.

Ole setzte sich auf einen Baumstumpf, stützte sich mit den Ellbogen auf die Oberschenkel und begann mit leiser Stimme, den Blick auf die Tannenwurzeln vor ihm auf dem Waldboden gerichtet, eine längere Ansprache. Er erinnerte an den Tag, an dem es Malte gelungen war, mit dem Luftgewehr seines Vaters einen Fischreiher zu erlegen. Er sprach von dem Sommer, in dem eine Gruppe Uthleder Konfirmanden vergeblich versucht hatte, das Gebiet zu erobern. Er lobte den kameradschaftlichen Geist unter den Vereinsmitgliedern, die bedingungslose Naturliebe.

Der heutige Tag, fuhr Ole mit seiner Rede fort, werde ebenfalls in die Vereinsgeschichte eingehen. Er zog ein Taschenmesser aus seiner Hosentasche und reichte es Isa. »Wir alle wissen«, sagte Ole, »was der alte Krusewitz getan hat.« Florian ging plötzlich eine Melodie durch den Kopf, von der er glaubte, dass sie zu einem berühmten Song der Toten Hosen gehörte. Er versuchte, sich an einzelne Textzeilen zu erinnern, doch es gelang ihm nicht.

»Jeder von uns«, sagte Ole, »könnte der Nächste sein.« Er zog den Kratzer am Jackenkragen zu sich herüber. »Du zum Beispiel, kleiner Bruder.« Jonas schüttelte Oles Hand ab und ging zurück zu Isa. Ole lachte. »Keine Angst, wahrscheinlich hast du zu viele Pickel. Selbst für den alten Mann.«

Ole steckte zwei Finger in den Mund und pfiff. Die Hündin Darla kam hinter dem Kuhstall hervorgehumpelt. Als sie die

Gruppe sah, blieb sie stehen, öffnete ihr Maul und versuchte zu bellen, doch aus ihrer Kehle kam nur ein schleimiges Röcheln. Sie drehte sich um und lief zurück auf den Hof. Ole nickte Isa zu und sagte: »Sobald Darla tot ist, hast du bestanden.« Isa nickte zurück.

Jonas lief vor, um die Lage auszukundschaften. Während sie auf ihn warteten, summte Florian den Song, dessen Melodie ihm nicht mehr aus dem Kopf ging, den anderen vor. Malte sagte, das seien nicht die Toten Hosen, das sei Kate Bush, *Babushka Babushka*. Ole war der Meinung, es handle sich um einen Hit der Neuen Deutschen Welle, irgendwas mit funkelnden Sternen und einem blassen Vollmond. »Was meinst du?«, fragte Florian und blickte zu Isa, die gerade mit dem Taschenmesser einen Stern in einen Tannenbaumstamm ritzte. Isa ließ das Messer sinken. Ihre Stimme zitterte, als sie sagte: »Auf jeden Fall Tote Hosen. Aber keine Ahnung, was.« Jonas kam zurück und sagte, schlechte Nachrichten, der alte Krusewitz sitze hinter dem Küchenfenster und habe den Innenhof voll im Blick.

Malte und Florian erklärten sich bereit, den Krusewitz abzulenken. Sie gingen voran. Darla lag vor ihrer Hundehütte, auf einer zerfransten Wolldecke. Neben ihr stand ein Wassernapf, um den herum die Erde feucht und dunkel war. Im Innenhof lagen Kartoffelschalen, eine zerkaute Plastikpuppe, ein Fußball ohne Luft. Malte trat mit dem Fuß gegen die Plastikpuppe und sagte: »Perverses Schwein.«

Florian klopfte ans Fenster, der Krusewitz öffnete und rief: »Kinder!« Sie traten ein und setzten sich auf die Holzbank in der Küche. Der Krusewitz ging zum Kühlschrank und entnahm ihm eine blecherne Milchkanne. Er zwinkerte ihnen zu und sagte: »Wollen wir einen heißen Kakao mit Sahne und Schokostreuseln? Würde uns das glücklich machen?« Malte stand noch einmal auf und zog die Gardinen zu.

Während die Milch aufkochte, befragte der Krusewitz Florian nach dem Befinden seiner Eltern. Florian erzählte von der Schreibblockade, mit der seine Mutter wie jedes Jahr beim Verfassen der Weihnachtspredigt zu kämpfen habe, von dem neuen Hometrainer, den sich sein Vater gekauft hatte, um sein leichtes Übergewicht zu bekämpfen, von einem Dokumentarfilm über Schneemäuse, den sie zu dritt am letzten Wochenende geguckt hatten. Der Krusewitz stellte Florian und Malte jeweils eine dampfende Tasse Kakao mit Sahne und Schokostreuseln auf den Tisch. Florian presste seine vor Kälte steifen Finger an das Porzellan.

Es sei doch nicht Kate Bush gewesen, sagte Malte plötzlich, Ole habe recht gehabt. Er erinnere sich jetzt sogar an zwei Textzeilen, die ganz sicher zu Florians Melodie gehörten: »Ich frag den Mond am Firmament, ob er deinen Namen kennt.« Und: »Ich frag die Sterne, ob sie wissen, wie sehr wir uns vermissen.«

Der Krusewitz öffnete die Klappe seines Kachelofens und warf ein paar Kohlen nach. Sie tranken ihren Kakao aus und verabschiedeten sich mit festem Händedruck.

Am nächsten Samstag veranstaltete der Verein eine Weihnachtsfeier, die zugleich Isas Willkommensfeier war. Sie trafen sich im Gemeinschaftsraum vom Dreptehof. Ole hatte sich um die Getränke gekümmert. Es gab Cola, Fanta, Apfelsaft, Malzbier, echtes Bier, Rotwein und Wodka. Als ein Junge aus der Parallelklasse

Ole fragte, ob das sein Ernst sei, Rotwein und Wodka, aber keinen einzigen Tropfen Jägermeister, gab es eine kurze Prügelei, die damit endete, dass Ole den Jungen im Gänsegehege einschloss. Bei solchen Dingen, erklärte Ole, müsse man hart bleiben, der Verein sei schließlich nicht die Freiwillige Feuerwehr. Nach fünf Minuten entließ Ole den Jungen wieder aus dem Gehege, er weinte, die Gänse hatten ihm die Unterschenkel zerbissen.

Isa trank Rotwein. Florian trank Bier, später Wodka. Irgendwann saßen sie zu zweit in der Sofaecke und unterhielten sich über die ZDF-Arztserie *In aller Freundschaft*. Isa erzählte, ihre Mutter sei mit dem Schauspieler befreundet, welcher den ehrgeizigen Chirurgen darstelle. »Nicht schlecht«, sagte Florian und legte eine Hand auf Isas Knie. Dann erzählte er von dem Satı-Interview, das sein Vater dem Boulevardmagazin *Blitz* gegeben hatte. Ja, sagte Isa, das habe sie gesehen, und es habe sie sehr berührt. »Mich auch«, sagte Florian und streichelte über Isas Oberschenkel. Sie zog ihr Bein weg und rückte ein Stück von ihm ab.

Florian setzte sein Wodkaglas an die Lippen. Es war leer. Er stellte es zurück auf den Tisch und blickte sich um. Auf der Tanzfläche, neben dem Spieleregal, stand eine Gruppe Realschüler, bei denen Florian nicht sicher war, ob sie Vereinsmitglieder oder bloß Sympathisanten waren. Über ihnen drehte sich die Diskokugel und tauchte den Raum in rotgepunktetes Licht. Ole und Malte standen an der Theke und gossen sich gegenseitig Bier über den Kopf. Aus den Boxen der Musikanlage, die im untersten Fach des Spieleregals standen, kam *Up and Down* von den Vengaboys.

Florian holte eine neue Flasche Wodka aus dem Vorratsraum. Als er zurückkam, war Isa verschwunden. Florian ging zu Ole und Malte. Sie tanzten mit nacktem Oberkörper, ihre Haare waren vom Bier verklebt. Auf der Theke lag eine glühende Zigarette. Florian nahm einen Zug, bekam einen Hustenanfall, trank einen Schluck Wodka, direkt aus der Flasche, dann ging er in den Garten.

Isa stand gemeinsam mit Juria und zwei weiteren Vereinsmitgliedern vor dem Gänsegehege. Über ihnen leuchtete der beinahe volle Mond. Plötzlich war Florian davon überzeugt, es sei lustig, die Gänse aus ihrem Gehege zu befreien. Er öffnete die Holzpforte und rief: »Nak, nak, nak!« Die Gänse reagierten nicht. Noch einmal rief Florian: »Nak, nak, nak!« Dann ging er zurück in den Gemeinschaftsraum.

Kurz nach Mitternacht hielt Isa eine Dankesrede, in der sie den Verein durchgehend als »Grüne Garde Wulsbüttel« bezeichnete. Sie hielt Karteikarten mit den wichtigsten Stichpunkten ihrer Rede in der Hand, doch während sie sprach, schaute sie nur selten nach unten, suchte stattdessen Blickkontakt mit dem Publikum. Über ihr drehte sich die Diskokugel, und die roten Lichtpunkte krochen ihr über das Gesicht. Immer wieder betonte Isa, sie wolle es sich zur Aufgabe machen, das eingeschlafene Umweltbewusstsein der Garde wieder aufzuwecken. Sie redete über die schleichende Verrottung des Gebiets, über Versäumnisse bei der Müllbeseitigung und Pflanzenpflege. Sie behauptete, die Fische seien von Vereinsmitgliedern mit schimmligen Brotkrumen überfüttert worden.

Die meisten Vereinsmitglieder gingen schon vor dem Ende der Rede nach draußen. Die Zurückgebliebenen begannen nach und nach, sich leise zu unterhalten. Nachdem Isa sich bedankt und allen noch eine frohe Party gewünscht hatte, ging Juria zur Musikanlage und legte eine Bravo-Hits-CD ein. Erst lief *Freestyler* von Bomfunk MC, dann *Guildo hat euch lieb* von Guildo Horn. Florian ging wieder nach draußen. Noch immer weigerten sich die Gänse, ihr Gehege zu verlassen. Sie hatten ihre Schnäbel unter das Gefieder gesteckt und die Augen geschlossen.

Florian entschied sich, einen Waldspaziergang zu machen. Er folgte einem Trampelpfad, der sich jedoch bereits nach wenigen Metern auflöste, er lief weiter, die Tannenäste fuhren ihm durch das Gesicht, er schmeckte Blut auf den Lippen. Vor ihm hüpfte ein Kaninchen durch das Gestrüpp, oder ein Fuchs, oder ein Wiesel, genau konnte er das in der Dunkelheit nicht erkennen. Einen Moment lang war er irritiert. Hielten Füchse, Wiesel und Kaninchen zu dieser Jahreszeit nicht Winterschlaf? Udo, dachte Florian, hätte dieses Rätsel jetzt sicherlich lösen können. Es war schade, dass er tot war. Andererseits, dachte Florian weiter, solche Dinge konnte man natürlich genauso gut bei Yahoo nachgucken.

Florian merkte, dass er torkelte. Am Rand einer Lichtung setzte er sich auf einen umgestürzten Baumstamm und atmete tief durch.

Eine Weile betrachtete er den beinahe vollen Mond, dann ging er zurück zum Dreptehof. Eine Gans kam ihm entgegen. Er trat einen Schritt zur Seite, die Gans lief an ihm vorbei, in den Wald hinein. Im Garten, neben dem Gehege, stand Isa und rauchte. Florian stellte sich zu ihr, und ein paar Minuten lang unterhielten sie sich über ihre großen Wünsche und Träume. Isa erklärte, sie wolle später mal zur See fahren, oder Tischlerin werden, oder

Kunstgeschichte studieren. Florian sagte, er wisse noch nicht so genau, was er später machen wolle. Dann gingen sie zurück nach drinnen, um sich noch eine Flasche Becks zu teilen.

Ole und Malte lagen schnarchend auf dem Teppich im Abstellraum. Der Gemeinschaftsraum war leer, nur in der Sofaecke saß noch Juria und blätterte in einem Taschenbuch, Ken Folletts *Der dritte Zwilling*. Das Bier war alle. Sie tranken jeder noch ein Glas Leitungswasser, dann sagte Isa, sie sei müde und fahre jetzt nach Hause. Florian sagte, er sei ebenfalls müde, sie könnten ja ein Stück zusammen fahren. Isa sagte: »In Ordnung.«

Sie fuhren gemeinsam bis zur Kreuzung bei der Waffelfabrik, dann fuhr Isa nach rechts und Florian nach links.

Am nächsten Morgen erwachte Florian mit starken Kopfschmerzen. Sein Vater stand in der Tür und sagte, am Nachmittag werde er den Weihnachtsbaum schmücken. Florian stand auf und ging zur Toilette. Während er sich die Zähne putzte, betrachtete er sein Gesicht im Spiegel. Noch immer hatte er keinen Bart, nicht einmal über der Oberlippe, stattdessen Augenringe und zwei verkrustete Kratzer auf der linken Wange. Versehentlich steckte er sich die Zahnbürste so tief in den Hals, dass er würgen musste.

Nach dem Mittagessen ging Florian ins Gebiet, um durch die frische Luft und die Bewegung seine Kopfschmerzen zu kurieren. Die Teiche waren allesamt zugefroren. Auf dem Eis lagen Äste und Tannennadeln, an den Uferrändern gab es ein paar zarte Risse. Vorsichtig betrat Florian den großen Forellenteich. Er schlug mit der Hacke ein Loch in das Eis und warf ein paar Steine hinein. Braunes Wasser lief über den Rand des Loches, es roch modrig, nach vergammeltem Heu. Florian ging zurück ans Ufer, setzte sich auf die Holzbank und las die ersten paar Seiten von *Harry Potter und die Kammer des Schreckens*. Zum Umblättern musste er jedes Mal einen seiner Fausthandschuhe ausziehen.

Harry Potter beklagte seine große Einsamkeit. Während der gesamten Sommerferien hatte er keinen einzigen Brief von seinen Freunden Ron Weasley und Hermine Granger erhalten, und Harrys Cousin, der dicke Dudley, nahm ihn ständig in den Schwitzkasten oder schubste ihn die Treppe hinunter, was dazu führte, dass sich Harry immer seltener aus seinem Zimmer traute. Den ganzen Tag saß er allein am Schreibtisch, schaute aus dem Fenster, auf den frisch gemähten Rasen des Vorgartens, oder unterhielt sich mit seiner Schneeeule Hedwig.

Florian legte das Buch zur Seite, schloss die Augen und massierte sich die Schläfen. Sonnenlicht drang durch seine Lider, er sah rote, grüne und blaue Flecken, geometrische Formen, vornehmlich Quadrate und Kreise. Von der anderen Seite des Teiches war ein lautes Knacken zu hören. Florian öffnete die Augen, sah die verschwommenen Konturen der blattlosen Ufersträucher, blinzelte, erkannte das Gesicht vom alten Krusewitz.

Er trug eine gelbe Regenjacke, Gummistiefel. In der linken Hand hielt er einen Spaten, in der rechten eine prall gefüllte Plastiktüte mit Edeka-Logo. Er hängte die Tüte an den Ast einer Tanne, lief eine Weile mit gesenktem Kopf am Ufer entlang, blieb schließlich stehen und versuchte, den Spaten in den Boden zu stechen. Der Spaten schleuderte zurück, und der Krusewitz fiel rücklings auf den Hintern. Er stand wieder auf, setzte den Spaten noch einmal an, sprang mit beiden Füßen auf die Spatenspitze, kippte erneut um.

Florian spürte plötzlich einen starken Juckreiz an den Oberschenkeln, und er verfluchte in Gedanken seinen Vater, der ihm am Morgen eine lange Baumwollunterhose neben das Bett gelegt hatte. Der Krusewitz stand wieder auf und verschwand im Gestrüpp. Florian kratzte sich durch seine Hose und Baumwollunterhose hindurch an den Beinen.

Ein paar Minuten später kehrte der Krusewitz mit einer dampfenden Gießkanne zurück. Er schüttete etwas heißes Wasser auf den gefrorenen Waldboden, stellte die Gießkanne zur Seite und setzte noch einmal den Spaten an.

Florian griff wieder nach seinem Buch. Im zweiten Kapitel machte Harry Potter Bekanntschaft mit dem hässlichen Hauselfen Dobby. Dieser warnte ihn vor einer großen Gefahr. Die einzige Möglichkeit, dem sicheren und qualvollen Tod zu entgehen, bestehe darin, der Zauberwelt für immer den Rücken zuzukehren und fortan ein anonymes Leben als gewöhnlicher Muggel zu führen. Eher wolle er sterben, sagte Harry.

Der Juckreiz kam zurück. Florian öffnete die Knöpfe seiner Jeans, schob eine Hand unter die Baumwollunterhose, presste seine Fingernägel in die Haut. Das Jucken wurde von Schmerz verdrängt, Florian atmete tief durch und lehnte sich zurück. Auf der anderen Seite des Teiches hatte der Krusewitz mittlerweile einen kleinen Haufen Erde zusammen. Er steckte den Spaten in den Haufen und ging zurück zu dem Baum, an dem die Edeka-Tüte hing. Er streichelte die Tüte eine Weile, dann begann er zu weinen.

NEUN

Stefan zog zurück in die Campusbibliothek. Florian schrieb die Bewerbung für die Studienstiftung zu Ende und schickte sie an das Sekretariat von Professor Berger. Gelegentlich sah er Line auf dem Campus, doch sie ignorierte ihn. Von einem Kommilitonen erfuhr Florian, dass Line Stefan manchmal am Abend auf seinem Sofa in der Campusbibliothek Gesellschaft leistete und ihn auch hin und wieder für eine Nacht mit zu sich nach Hause nahm.

Nach einer der letzten Tutoriumssitzungen des Semesters versuchte Florian, ein zweites Treffen mit Anna zu vereinbaren. Anna sagte, es tue ihr leid, doch sie wolle ihn gerade nicht sehen, er solle das nicht persönlich nehmen, es habe nichts mit ihm zu tun. Nach der letzten Tutoriumssitzung des Semesters holte Tobi sie im Seminarraum ab. Anna begrüßte ihn mit einem Zungenkuss.

In einem von Stefans Schrankfächern entdeckte Florian einen Gameboy Advance und eine Plastiktüte voller Spielmodule. Die nächsten Tage verbrachte er allein in seinem Bett, vormittags spielte er Tetris, nachmittags Donkey Kong. Gelegentlich stand er auf, um sich eine Schale Müsli zuzubereiten oder Nudeln zu kochen.

Nach einer Woche waren die Batterien des Gameboys leer. Florian stand auf, duschte sich, zog sich an und machte einen langen Spaziergang durch den Clara-Zetkin-Park. Die Sonne schien, es roch nach feuchter Erde und Moos, Parkarbeiter säuberten die Hecken und Blumenbeete. Als Florian zurück in seine Wohnung kam, räumte er sein Zimmer auf, setzte sich an seinen Schreibtisch und begann die längst überfälligen Semesterabschlussarbeiten zu verfassen.

Eines Abends empfing er eine E-Mail von Anna, in der sie ihn zu Tobis Geburtstag einlud, zu Kaffee und Kuchen, am kommenden Mittwoch um drei Uhr nachmittags, in ihrer gemeinsamen Wohnung im Leipziger Osten. Im Postscriptum schrieb sie: »Er ist mein Freund, aber nicht mehr mein FREUND.«

Florian las Annas Nachricht mehrmals Wort für Wort. Den Rest des Abends verbrachte er damit, eine Antwort zu formulieren, die weder zu bedürftig noch zu desinteressiert klang. Am Ende schickte er Anna eine E-Mail mit den Worten: »Liebe Anna, vielen Dank für die Einladung, ich komme gerne. Bis dahin, herzliche Grüße, Florian.«

Am nächsten Mittwoch stand Florian pünktlich um drei Uhr nachmittags vor der gemeinsamen Wohnung von Anna und Tobi. Anna öffnete ihm die Tür. Sie trug Jeans und einen dunkelroten Wollpullover, um ihren Hals hing lose ein Stofftuch mit orientalischem Muster. Sie umarmte Florian, drückte sich dabei so eng an ihn, dass er ihre Brüste durch den Stoff des Pullovers spürte. Dann drehte sie sich um und verschwand im Inneren der Wohnung.

Im Flur hing eine bunte Wimpelgirlande von der Decke. Auf dem Schuhregal stand ein gerahmtes Foto, auf dem sich Anna und Tobi in den Armen lagen und lachten. Auf einem Sideboard neben dem Garderobenständer lagen etwa zwanzig Steine in verschiedenen Farben und Größen. Vor manchen standen kleine Pappschilder. Florians Blick blieb an einem mattgrauen Kieselstein hängen. Auf dem dazugehörigen Schild stand: »Kieselstein von der Terrasse von Annas Großeltern.«

Als Florian in die Küche kam, sprühte Tobi gerade Schlagsahne auf einen dampfenden Apfelkuchen. Er hatte die Ärmel seines weißen Hemdes hochgekrempelt, auf seiner Stirn glänzten Schweißperlen. Florian hielt ihm sein Geschenk entgegen, eine Flasche Weißwein, der er eine rote Schleife um den Hals gebunden hatte. Tobi nickte ihm zu und sagte: »Danke.« Seine Stimme war heiser. Er bat Florian, die Flasche in den Kühlschrank zu stellen. Als Florian den Kühlschrank öffnete, entdeckte er darin zwei weitere Weißweinflaschen, eine mit goldener Schleife, eine mit überklebtem Etikett, auf dem ein mit Filzstift gezeichneter Smiley zu sehen war, darunter die Aufschrift: »Kopf-Hoch-Wein.«

Florian ging zurück in den Flur. Es gab noch drei weitere Türen. Hinter der ersten befand sich das Badezimmer. Er ging zum Waschbecken. Auf der Ablage vor dem Spiegel stand ein pinkfarbener Plastikbecher, aus dem eine zerfranste Zahnbürste ragte. Neben dem Becher stand eine zweite, elektrische Zahnbürste, in ihrem Ladegerät. In der rechten, oberen Ecke des Spiegels klebte eine Postkarte mit der Abbildung einer schreienden Frau und der Aufschrift: »Ich fordere die Freiheit mit Gebrüll!« Am Waschbeckenrand stand ein Mandel-Kokos-Seifenspender.

Florian wusch sich die Hände, dann hörte er, wie jemand seinen Namen rief. Er ging zurück in den Flur und traf Anna, die ihn an der Hand nahm und ins Wohnzimmer zog. Dort stellte sie ihm die Gäste vor. Sie saßen an einem länglichen Tisch mit weißer Tischdecke und metallenen Tischdeckenhaltern. Es waren vor allem Ingenieurswissenschaftsstudenten, von denen die meisten in Begleitung ihrer Freundin gekommen waren, außerdem ein paar Wirtschaftsstudenten und ein junger Mann mit Schnurrbart, der sich als Tobis Arbeitskollege vorstellte. Am hintersten Ende des Tisches saß die hellhäutige Schwangere aus dem *Lighthouse*, daneben saßen die beiden Studentinnen, die zusammen mit Anna zur ersten Hörsaalbesetzung gekommen waren.

Anna bat Florian, ihr mit dem Besteck zu helfen. Florian folgte ihr zu einem Wandschrank. Im Gehen rutschte Anna das Stofftuch mit dem orientalischen Muster von der Schulter. Sie zog es wieder hoch, wickelte es straffer um ihren Hals. Einen Moment lang standen sie schweigend vor dem Wandschrank. Anna pulte an einem Stoffband an ihrem linken Handgelenk.

Schließlich räusperte sie sich und erklärte mit gedämpfter Stimme, Tobis Freunde seien leider alle CDU- oder FDP-Wähler und auch sonst ziemlich beschränkt, deswegen habe sie Florian und auch noch drei weitere Freundinnen eingeladen, um sich zwischen so viel Ignoranz nicht ganz allein zu fühlen. Sie lächelte ihn an und streichelte kurz mit der Hand über seinen Oberarm. »Schön, dass du gekommen bist.« Dann überreichte sie ihm einen Stapel Kuchenteller.

Als sie den Tisch gedeckt hatten, betrat Tobi das Wohnzimmer, in der linken Hand den Apfelkuchen, in der rechten einen aufgeklappten Laptop, den er mit zusammengezogenen Augenbrauen betrachtete. Anna nahm Tobi den Kuchen ab und servierte jedem ein Stück. Tobi setzte sich an die Stirnseite des Tisches, stellte den Laptop vor sich ab und begann zu tippen. Anna fragte: »Muss das jetzt sein?« Tobi sagte: »Der Administrator hat mir gerade eine besonders knifflige Frage zugewiesen.« Anna seufzte und verdrehte die Augen.

Während die Gäste ihren Apfelkuchen aßen, blickte Tobi nicht ein einziges Mal von seinem Laptop auf. Die Gespräche stockten. Nur Annas Freundinnen unterhielten sich lachend über eine gemeinsame Bekannte, die am letzten Wochenende betrunken in der Elster geschwommen war. Anna fragte, ob noch jemand ein Stück Apfelkuchen wolle.

Als niemand antwortete, zuckte Anna mit den Schultern und servierte sich selbst noch ein großes Kuchenstück, dazu zwei Löffel Schlagsahne. Danach schob sie sich den Löffel direkt in den Mund. Einen Moment lang war nur das Klickern von Tobis Tastatur zu hören. Schließlich beugte Anna sich vor und erklärte der Runde, seit einigen Monaten arbeite Tobi als RTL2-SMS-Guru, und da gebe es leider immer sehr viel zu tun.

»Als was?«, fragte einer der Ingenieurswissenschaftsstudenten. Der RTL2-SMS-Guru, fuhr Anna fort, ohne den Studenten anzublicken, sei ein Handyservice, der mit dem Versprechen werbe, auf jede Frage der Welt eine Antwort zu haben. Tobi sei zusammen mit etwa hundert weiteren Mitarbeitern für die Beantwortung der Fragen verantwortlich, die mensch dem RTL2-SMS-Guru für 1,99 Euro pro SMS zuschicken könne.

»Mensch?«, fragte der Ingenieurswissenschaftsstudent. Seine

Freundin erklärte ihm, »mensch« sei der geschlechtergerechte Ersatz für »man«. Der Ingenieurwissenschaftsstudent tat sich jetzt auch noch ein Stück Apfelkuchen auf, lachte und sagte: »Sachen gibt's.«

Der Mann, der sich als Tobis Arbeitskollege vorgestellt hatte, sagte: »Mir schreiben immer nur unglücklich verliebte Teenager.« Florian fragte: »Und was fragen die so?« Tobis Arbeitskollege sagte: »Kriegt man Aids bei Sex mit dem Mund? Wie kann ich mich umbringen, ohne dass es weh tut? Geht die Frisur von Lena auch mit blonden Haaren?« Florian fragte: »Und was antwortest du da so?« Tobis Arbeitskollege sagte: »Nein. Sprich bitte dringend mit deinen Eltern über deine Suizidgedanken. Die Frisur von Lena Meyer-Landrut besticht durch ihre klassische Schlichtheit und ist gerade deshalb für alle Haarfarben prima geeignet.«

Anna holte eine Flasche Sekt aus der Küche und füllte jedem ein Glas ein, dabei ging sie einmal um den Tisch herum. Als sie bei Tobi ankam und er noch immer keine Anstalten machte, seine Arbeit als RTL2-SMS-Guru zu unterbrechen, klappte Anna mit einer raschen Handbewegung den Laptopdeckel herunter. Tobi konnte gerade noch rechtzeitig seine Hände zurückziehen. Er solle endlich aufhören, sich wie ein schmollendes Kind zu benehmen, rief Anna, sie seien hier nicht allein.

Tobi hob den Kopf und ließ seinen Blick über die Runde schweifen. Nach ein paar Sekunden räusperte er sich und sagte: »Freunde, Entschuldigung. Ich bin leider ein wenig durch den Wind in letzter Zeit.« Er lächelte und hob sein Sektglas. Sie stießen an.

Einer der Wirtschaftsstudenten sprach die Freundinnen von Anna an und behauptete, damals in Hörsaal 13 mit dabei gewesen zu sein, allerdings nicht als Besetzer, sondern als Besucher der Vorlesung zur Einführung in die Betriebswirtschaftslehre. Er zog sein Smartphone aus der Tasche und ließ es rumgehen. Es zeigte ein Foto, auf dem erwachende Besetzer die Köpfe aus ihren Schlafsäcken steckten und sich verwirrt umschauten. »Die da hinten bei der Tafel, das seid doch ihr«, rief der Student und lachte.

Ob sie schon gehört hätten, fragte die Freundin von einem der Ingenieurswissenschaftsstudenten, die Sprecherin vom StuRa, Line Weber, sei vorige Woche zurückgetreten. Die Schwangere nickte und sagte: »Damit ist der Bildungsstreik endgültig tot.«

Das sehe er anders, sagte ein Mann mit grünem Pullover, seiner Meinung nach könne es jetzt erst richtig losgehen, die Weber habe einer konstruktiven Unipolitik leider die ganze Zeit im Weg gestanden. »Was weißt du sonst noch so über konstruktive Unipolitik«, fragte die Schwangere, »da können wir bestimmt alle was lernen.« Sie zog ihr T-Shirt ein Stück hoch und pulte sich am Bauchnabel. Florian nahm sich eine der bereitgelegten Stoffservietten und wischte sich damit über den Mund.

Besetzungen, schön und gut, sagte der Mann mit dem grünen Pullover und warf einen kurzen Seitenblick auf den Bauch der Schwangeren, aber das sei hier doch vor allem Selbstinszenierung, und man sei ja auch nicht mehr in den Achtzigern, und sowieso sei der Großteil der Studenten mit Line Webers plumper Konfrontationspolitik nicht einverstanden, schlimmer noch, der Großteil der Studenten habe den Namen Line Weber noch nie zu Gehör bekommen. Er lehnte sich zurück.

»Stimmt«, sagte Tobi, »wer ist das?« Der Mann mit dem grünen Pullover lachte und sagte: »Eigentlich geht es bei solchen Geschichten doch immer nur darum, mal wieder ein großes Matratzenlager aufzubauen und sich revolutionär zu fühlen.« Nach einer kurzen Pause nickte er in die Richtung von Annas Freundinnen, lächelte und sagte: »Nicht persönlich nehmen.«

Die Schwangere und der Mann mit dem grünen Pullover stritten sich noch eine Weile, quer über den Tisch hinweg. Florian hörte nicht zu, beobachtete stattdessen Tobi, der sehr schnell nacheinander drei Gläser Sekt trank, dann eine Weile mit starrem Blick Krümel vom Kuchenblech pickte, dann ein paar Mal erfolglos versuchte, seinen Teelöffel zwischen Oberlippe und Nase einzuklemmen, schließlich seinen Laptop zurück auf den Tisch stellte.

Der Mann mit dem grünen Pullover sagte, er habe übrigens schon mehrere Interviews mit Line Weber geführt, für den *student*, wo er als ehrenamtlicher Redakteur arbeite, und er müsse leider sagen, die Gespräche mit dieser Terrorlesbe seien immer eine Qual gewesen, sowohl fachlich als auch ästhetisch. Was er damit meine, fragte die Schwangere. Der Mann sagte: »Sie ist dumm und hässlich.« Seine Freundin kicherte, hielt sich eine Hand vor den Mund und sagte: »Das ist gemein.«

Aus Tobis Laptopboxen erklang plötzlich eine melancholische Klaviermusik. »Schubert!«, rief sein Arbeitskollege. »Kann sein«, sagte Tobi mit matter Stimme, er habe das Lied bei YouTube gefunden, unter dem Titel *Sad Song that Will Make You Cry*.

Anna ging zu Tobi, setzte sich auf seinen Schoß und umarmte ihn. Tobis Schultern zitterten. Er schluchzte.

Innerhalb weniger Minuten gingen fast alle Gäste nach Hause. Zum Abschied sagten sie Dinge wie, dass es trotzdem sehr schön gewesen sei, dass Tobi und Anna das schon wieder geregelt kriegten, dass sicher auch wieder bessere Zeiten kämen, auch wenn es jetzt nicht danach aussehe. Tobi lag weinend in Annas Armen und blickte nicht einmal auf, als die Gäste den Raum verließen.

Zusammen mit Tobis Arbeitskollege räumte Florian den Tisch ab. Dann verabschiedete sich auch der Arbeitskollege. Florian ging in die Küche und machte den Abwasch. Aus dem Wohnzimmer drangen gelegentlich Dialogfetzen zu ihm herüber, Tobi bat Anna, es doch noch einmal mit ihm zu versuchen, er könne ohne sie nicht leben, er liebe sie.

Florian schaltete das Küchenradio ein. Falco sang: »Amadeus, Amadeus, Amadeus, Amadeus, Amadeus, oh come on rock me Amadeus.« Dann sprach der Moderator eine Weile über den Dresdner Stadtmarathon, bei dem dieses Jahr ein junger Mann namens Matthias Siechert einen neuen Streckenrekord aufgestellt hatte. Matthias Siechert war auch der heutige Studiogast, der Moderator fragte ihn: »Was war dein erster Gedanke, Matthias, als du deine Zeit gesehen hast?« Matthias Siechert sagte: »Na ja, man freut sich natürlich schon ziemlich.«

Als Florian begann, die Kuchenformen abzuwaschen, betrat Anna die Küche und griff nach einem Geschirrhandtuch. Florian reichte Anna die erste frischgespülte Kuchenform und sagte: »Diese Dinge sind niemals einfach, mhm?« Anna schüttelte den Kopf und presste die Lippen aufeinander, ihre Augen glänzten. Im Wohnzimmer zog Tobi die Nase hoch.

Als Florian sie kurz darauf fragte, wo das Besteck hingehöre, sagte Anna, kommende Woche reise sie nach Santiago de Chile, um die dortigen StudentInnenproteste zu unterstützen, und Tobi könne das nicht verstehen. »Er würde mich sogar begleiten, doch ich möchte das nicht. Wir haben uns auseinandergelebt. Ich liebe ihn nicht mehr.« Sie zuckte mit den Schultern und hängte ihr gebrauchtes Geschirrhandtuch über einen Küchenstuhl.

Im Radio kam Reklame, erst für einen lokalen Baumarkt, dann für eine lokale Tankstelle, Anna drehte die Lautstärke runter. Aus dem Wohnzimmer waren wieder Tobis Schluchzer zu hören, begleitet von der melancholischen Klaviermusik, die er anscheinend auf Endlosschleife gestellt hatte. »Messer, Gabeln und Löffel hier«, sagte Anna und öffnete eine Schublade neben der Spüle, »den Rest dort in den Schrank.«

Plötzlich verwandelten sich Tobis Schluchzer in lautes Gelächter. »Kommt mal her und hört euch das an!«, rief er. Sie gingen zurück ins Wohnzimmer. Tobi saß auf dem Sofa, seinen Laptop auf dem Schoß. Soeben habe jemand den SMS-Guru gefragt, ob die Gefahr bestehe, dass er seine Mutter schwängere, wenn er sich in der Badewanne einen runterhole und sie danach dasselbe Wasser nutze. »Ist das nicht lustig?«, rief Tobi. Finde sie eigentlich nicht, sagte Anna und ging zurück in die Küche.

Tobi tippte ein paar Worte in seinen Laptop, dann schlug er mit der flachen Hand auf das freie Sofapolster neben sich und bat Florian, sich zu ihm zu setzen. Florian tat es. Es tue ihm leid, sagte Tobi, dass Florian das hier alles habe mit ansehen müssen, es sei eigentlich halb so schlimm, Anna und er seien gerade in einer schwierigen Phase, aber die gebe es ja bekanntlich in jeder längeren Beziehung.

Er schaltete die melancholische Klaviermusik aus, klappte den Laptop zu und schlug Florian vor, noch gemeinsam einen Film zu gucken, zum Beispiel den Slapstickklassiker *Die unglaubliche Reise in einem verrückten Flugzeug*, den habe er von seinem Kumpel Steffen zum Geburtstag geschenkt bekommen. Florian sagte: »Okay.«

Während des Vorspanns kam Anna zurück ins Wohnzimmer und setzte sich zu ihnen, in die Mitte, und lehnte den Kopf an Tobis Schulter. Tobi streichelte ihr über die Haare. Anna schob seine Hand weg. Als der Protagonist von *Die unglaubliche Reise in einem verrückten Flugzeug* trotz seiner traumatischen Flugangst das Flugzeug bestieg, in dem seine große Liebe als Stewardess arbeitete, sagte Tobi, er könne einen Whiskey vertragen, und ob noch jemand wolle?

Ohne eine Antwort abzuwarten, stand er auf, so dass Annas Kopf abrupt zur Seite knickte, und kam kurz darauf mit einer Flasche irischem Whiskey und drei Ikea-Saftgläsern zurück. Er wolle lieber nicht, vielen Dank, sagte Florian, und auch Anna nippte nur kurz an ihrem Glas und stellte es dann neben sich auf den Parkettfußboden. »Jetzt will ich auch nicht mehr«, sagte Tobi und goss seinen eigenen Whiskey zurück in die Flasche. Der Protagonist von *Die unglaubliche Reise in einem verrückten Flugzeug* hatte eine Panikattacke und begann, exzessiv unter den Achseln zu schwitzen.

Zu Beginn der finalen Szene, während der Protagonist das Flugzeug in den Flughafen von Chicago steuerte, nahm Tobi doch noch einen großen Schluck Whiskey, direkt aus der Flasche. Als der Film zu Ende war, stand er auf und sagte, er müsse heute noch mindestens zweihundert Guru-Fragen beantworten.

Anna rückte ein Stück von Florian weg, zog die Beine an den Oberkörper, stützte das Kinn auf ihr Knie und blickte ihm direkt in die Augen, ernst. Florian senkte den Kopf, betrachtete Annas Füße. Sie trug schwarze Socken, die ihr bis knapp unter die Knöchel reichten. Er nahm sich vor, Anna ein Kompliment zu machen, und ging in Gedanken und zugleich auch mit seinem Blick ihre verschiedenen Körperteile durch. Schließlich sagte er: »Du hast schöne Zeigefinger, auf beiden Seiten.«

Anna lachte, dann sagte sie: »Ich glaube, ich mag dich nur deshalb ein bisschen, weil du nie irgendetwas verstehst.« Aus der Küche war ein lautes Rauschen zu hören. Anna erklärte, das sei die Dunstabzugshaube, Tobi habe die so programmiert, dass sie jeden Abend noch einmal kurz den ganzen Restdunst, der sich im Laufe des Tages in der Küche angesammelt habe, absauge.

Das Rauschen verstummte, Florian rückte näher zu Anna, streichelte ihre Wade, beugte den Kopf vor, sie küssten sich. Nach ein paar Sekunden löste sich Anna von ihm und sagte: »Siehst du, und genau das meine ich.« Sie stand auf und strich sich ihre Hose glatt. »Ich bringe dich noch zur Tür.«

Während Anna die leeren Saftgläser in die Küche brachte, stand Florian im Flur und zog sich seine Jacke an. Die Tür zum Schlafzimmer war nur angelehnt. Dahinter saß Tobi auf der linken Seite eines Doppelbetts, die Beine ausgestreckt, den Laptop auf dem Schoß. Sein Gesicht war vom Bildschirmlicht blass. An der Wand über dem Bett hing das Foto einer großstädtischen Skyline in der Abenddämmerung.

Florian klopfte an die Tür und schob sie zugleich ein Stück weiter auf. Im Zimmer roch es muffig, auf dem Fußboden um das Bett herum lagen Klamotten, die Gardinen vor dem Fenster waren zugezogen. Auf Tobis Nachttisch stand ein Radiowecker, der die Uhrzeit in hellblauen Ziffern an die gegenüberliegende Zimmerwand projizierte. Florian winkte Tobi zu und sagte: »Ich geh dann mal.« Tobi blickte auf, lächelte ihn an und sagte: »Schön, dass du gekommen bist.«

Florian zog die Tür wieder hinter sich zu. Auf dem Sideboard mit den Steinen war eines der Pappschilder umgekippt. Er stellte es wieder auf. Anna kam aus der Küche. Als sie sich zum Abschied umarmten, trat Florian ihr versehentlich auf den Fuß.

Zu Hause aß er noch eine Schale Müsli, dann ging er ins Badezimmer und zog sich seinen Schlafanzug an. Während er sich die Zähne putzte, schlenderte er durch die Wohnung, betrat erst sein eigenes Zimmer, dann die Küche, dann Stefans Zimmer. Es sah noch genau so aus, wie Stefan es am Tag nach ihrem Streit verlassen hatte, nur der Laptop, ein paar Klamotten und ein paar Bücher fehlten.

Florian nahm Stefans lateinische Harry-Potter-Ausgabe aus dem Regal, las den ersten Satz, er lautete: »Dominus et Domina Dursley non sine superbia dicebant se ratione ordinaria vivendi uti neque se paenitere illius rationis.« Zahnpastaschaum tropfte auf das Papier. Florian ging ins Bad und spülte sich den Mund aus.

Bevor er sich schlafen legte, saß er noch eine Weile vor seinem Laptop am Küchentisch und spielte Onlineblitzschach. Nachdem er dreimal hintereinander verloren hatte, googelte er die Preise für Flüge zwischen Leipzig und Santiago de Chile. Sie lagen bei knapp sechshundert Euro. Er spielte noch eine Blitzschachpartie, verlor erneut, ging in sein Zimmer und legte sich in sein Bett.

Als er gerade eingeschlafen war, zuckte ein Muskel in seinem linken Oberschenkel, und er wachte noch einmal auf. Er drehte sich auf die andere Seite und schlief wieder ein.

ZEHN

Während der restlichen Wintermonate ging Florian wieder häufiger ins Gebiet. Gelegentlich joggte er um den großen Forellenteich, setzte sich danach auf das Plumpsklo und rauchte eine Marlboro Light. Einmal baute er zusammen mit Ole und Malte einen Schneemann, der sich mit der Hand zwischen die Beine, also an den oberen Rand der größten Kugel, fasste. Ein anderes Mal schlugen sie drei Löcher ins Eis, zogen sich bis auf die Unterhosen aus und stiegen ins Wasser. Malte kletterte nach zwei Minuten wieder aus seinem Loch und sagte, er sei zu alt für diese Kinderkacke. Florian schaffte vier, Ole neun Minuten.

Dann kam der Frühling. Florian erhielt das beste Schulzeugnis des Jahrgangs, alles Einsen außer in Kunst und Geschichte. Kurz darauf wurde Wulsbüttel erneut in der Tagesschau erwähnt. Im Keller einer zerfallenen Fabrikhalle bei Bad Zwischenahn hatten Bauarbeiter die Leiche des kleinen Sebastian entdeckt. Sie war nur wenige Wochen alt, die Verwesung hatte gerade erst eingesetzt. Bei der Obduktion wurde festgestellt, dass man den kleinen Sebastian zahlreiche Male sexuell missbraucht und schließlich erwürgt hatte.

Einen Monat vor Ostern veranstaltete die Kirchengemeinde

Wulsbüttel unter der Schirmherrschaft von Florians Mutter ein christliches Rockfestival, Kirocko, bei dem insgesamt zehn Bands auftraten. Am Samstagabend spielte Security, eine Männerband aus Oldenburg, auf einer von Florians Vater erbauten Tribüne, direkt vor dem Altar. Im Mittelgang der Kirche tanzte das Publikum, vornehmlich Menschen im Alter von Florians Eltern. Die Stühle standen in den Seitenflügeln. Neben der Orgel gab es einen Getränketisch, an dem Florian Rotwein und Traubensaft ausschenkte.

Während des Konzerts tanzte Florians Mutter nacheinander mit allen Männern des Kirchenvorstands, Florians Vater tanzte zwei Lieder mit Frau Rispe, dann kam er zu Florian an den Tisch und bat ihn um ein Glas Traubensaft. Der Gitarrist von Security zog sich sein T-Shirt aus, sein Oberkörper glänzte. Er sang: »And the wind, and your love, and the wind!« Florians Vater trank seinen Traubensaft aus, dann verabschiedete er sich, er gehe jetzt schlafen.

Während der ersten Zugabe kam Florians Mutter an den Getränketisch und bat ebenfalls um ein Glas Traubensaft. Ihre Augen waren gerötet, sie wippte im Takt der Musik. Als Florian ihr das Glas überreichte, rief sie: »Mein Sohn!« Die Tanzfläche hatte sich geleert, im Seitengang saß eine Gruppe Bauern und spielte Karten. In der Pause zwischen der ersten und der zweiten Zugabe, während die Bühnenbeleuchtung leicht gedimmt war, stützte sich Florians Mutter mit einer Hand auf den Getränketisch, blickte Florian in die Augen und fragte: »Was hältst du eigentlich von Papa?«

Security kam zurück auf die Bühne. Der Sänger entschuldigte

sich und sagte, sie hätten leider schon alle ihre Songs einmal gespielt, und wenn jetzt wirklich noch jemand eine zweite Zugabe wolle, dann könnten sie lediglich anbieten, noch einmal ihren Hit *Raven* zu spielen. Florians Mutter stellte ihr Glas ab, steckte sich ihre Zeige- und Mittelfinger in den Mund, pfiff und rief: »*Raven!* Yeah, yeah, yeah!« Auch die Bauern pfiffen und klatschten und trampelten mit den Füßen. Florians Mutter wandte sich wieder an Florian: »Findest du, Papa ist dir ein gutes Vorbild? Findest du ihn –« , sie zögerte, »männlich?«

Florian nahm ein Glas in die Hand, betrachtete es einen Moment, stellte es zurück auf den Tisch. Die Musik setzte wieder ein. Florians Mutter ging zurück auf die Tanzfläche. Als das Konzert zu Ende war, kam sie erneut zum Getränketisch und entschuldigte sich bei Florian, sie habe zu tief ins Weinglas geschaut, das seien keine Fragen, die man seinem Sohn stelle. Sie strich ihm über den Kopf und sagte: »Mein Kleiner.«

Nachdem alle Besucher gegangen waren, sammelten Florian und seine Mutter noch gemeinsam die leeren Weingläser ein, dann gingen sie schlafen.

In den Osterferien fuhr Florians Mutter für ein paar Tage zu ihrer jüngeren Schwester, die als Yogalehrerin im bayrischen Landau lebte. Florians Vater und Florian machten Urlaub auf der Nordseeinsel Baldrum, wo sie in einem Dreisternehotel mit Blick auf das Meer wohnten. Fast den ganzen Tag saßen sie am Strand und spielten Schach. Florians Vater brachte Florian die sizilianische Verteidigung bei. Florian gewann etwa fünfundzwanzig Prozent aller Partien.

Am ersten Schultag nach den Ferien erzählte Ole, er habe letzte Woche beinahe eine französische Hure gefickt, sich dann aber doch zu sehr vor ihren schiefen Zähnen geekelt. Florian erzählte einen Witz, den er von einem Eingeborenen aus Baldrum hatte: »In Baldrum ist man bald rum.«

Da sie zwei Freistunden hatten, fuhr Florian mit einem früheren Bus nach Hause. Dort saß er zunächst eine Weile vor dem Fernseher und guckte eine alte *Simpsons*-Folge, dann ging er die Treppe hinauf, um vor dem Mittagessen noch eine schnelle Runde *Warcraft III* zu spielen, Untote gegen Nachtelfen. Er hatte sich in Baldrum eine neue Taktik ausgedacht, bei der das Volk der Untoten ganz auf die Produktion von Ghuls verzichtete und stattdessen von Anfang an mit Gruftbestien und Totenbeschwörern angriff. Er hatte diese Taktik bereits erfolgreich gegen einen Computergegner der Schwierigkeitsstufe mittel und gegen einen Computergegner der Schwierigkeitsstufe schwer angewendet. Nun wollte er versuchen, einen Computergegner der Schwierigkeitsstufe sehr schwer zu besiegen.

Als er über den Flur lief, hörte er aus dem Bad ein Quieken. Er ging in sein Zimmer und schaltete seinen Computer an. Während der Computer bootete, ging Florian noch einmal in den Flur und spähte durch das Schlüsselloch der Badezimmertür. Florians Vater stand nackt vor dem Spiegel und onanierte. In der rechten Hand hielt er seinen Penis. Vor ihm, auf dem Waschbeckenrand, lag ein Foto, dessen Motiv Florian nicht erkennen konnte, weil sich in ihm das Licht der Deckenlampe spiegelte.

Eine Weile betrachtete Florian den auf- und abwippenden Bauch seines Vaters, die zuckenden Oberschenkel, die vor- und zurückschnellende Vorhaut, dann wurde er vom Klang der Windows-Startmelodie darauf aufmerksam gemacht, dass sein Computer hochgefahren war. Er ging zurück in sein Zimmer und startete *Warcraft III*. Es gelang ihm, seine neue Taktik auch gegen einen Computergegner der Stufe sehr schwer erfolgreich anzuwenden.

Am Nachmittag durchsuchte Florian die Schubladen des Badezimmerschranks und fand, in einer Klarsichtfolie im Reisenecessaire seines Vaters, drei Fotos. Das erste zeigte Florians Mutter im schwarzen Talar, auf der Kanzel der Wulsbüttler Kirche. Den rechten Arm hatte sie zum Segen erhoben. Auf dem zweiten Foto saß Florians Mutter mit übereinandergeschlagenen Beinen und gekreuzten Armen auf einem Schaukelstuhl, von dem Florian glaubte, dass er ihn einmal im Wohnzimmer seiner Großeltern gesehen hatte. Sie hatte die Lippen aufeinandergepresst und die Augenbrauen zusammengezogen. Das dritte Foto war bereits etwas verblasst. Auf ihm sah Florians Mutter deutlich jünger aus, hatte kaum Falten im Gesicht, stattdessen Sommersprossen. Sie trug einen dunkelblauen Badeanzug und eine knallgrüne Baseballkappe. Sie stand neben einem Strandkorb, lachte und hatte die Hände in den Himmel gestreckt. Im Hintergrund war das Meer zu sehen.

Als Florian auf der nächsten LAN-Party versuchte, seine Gruftbestientaktik in einem Match gegen Oles Orks einzusetzen, misslang sie gründlich. Kaum hatte er eine Handvoll Kampfeinheiten produziert, als Ole auch schon mit seinem Tautorenhäuptling und einer übermächtigen Armee von Speerwerfern Florians Lager stürmte.

Wie immer in den letzten Monaten fand die LAN-Party im Gemeinschaftsraum der Dreptefarm statt. Sie waren nur zu fünft, Ole, Malte, Florian, der Kratzer und dessen Kumpel Dirk. Die restlichen Vereinsmitglieder hatten abgesagt, weil sie zu der Geburtstagsparty einer Klassenkameradin eingeladen waren.

Nach ein paar Runden *Warcraft III* spielten sie den Rest der Nacht Shooter, erst *Counter-Strike*, dann *Battlefield*. Zwischendurch kam der bärtige Rupert herein und stellte jedem von ihnen eine Schale Haribo-Colaflaschen neben die Tastatur. Nachdem Ole vier Stunden lang ununterbrochen die Liste mit den Kills angeführt hatte, den normalen und den Headshots, zog er sich die Kopfhörer von den Ohren, blickte mit weit aufgerissenen Augen in die Runde und rief, das sei ja nicht mit anzusehen, dieses orientierungslose Herumgeballere, eine Schande für den Verein.

Eine Weile nervte er die Gruppe, indem er sich seine rechte Hand zuerst vorne in die eigene Hose steckte und dann einem der anderen Vereinsmitglieder dicht vor die Nase hielt. Dabei rief er »Achtung, Sackgeruch!« oder »Pipialarm!« oder »Mjam, mjam, Eichelkäse!«. Er ging reihum, ließ nur seinen kleinen Bruder aus, so dass dieser in kurzer Zeit auf der Kills-Liste vom letzten auf den zweiten Platz stieg, übertroffen nur noch von Malte, der sich von Oles stinkender Hand nicht ablenken ließ.

Am Morgen brachte der bärtige Rupert ein Tablett mit frisch geschmierten Marmeladen- und Honigbrötchen. Malte, Jonas und Dirk frühstückten, ohne vom Bildschirm aufzublicken. Florian und Ole saßen eine Weile zusammen mit Rupert in der Sofaecke. »Früher«, sagte Rupert, »waren die Kinder verschmitzter.« Florian fragte, wie er das meine. Rupert sagte: »Ihr guckt ja den ganzen Tag nur auf die Glotze!«

Als Rupert wieder gegangen war, sagte Ole: »Der könnte es natürlich auch gewesen sein.« Florians Blick blieb an Maltes Towergehäuse hängen. Er hatte es an der Seite aufgeschraubt, um den Prozessorlüfter nicht zu überlasten. Auf dem Motherboard blinkten drei grüne Dioden. Auf dem CD-Laufwerk klebte ein Sticker mit der Aufschrift: »ENTER THE HELL OF GAMING.«

Ole sagte, vielleicht seien der Krusewitz und Rupert auch Komplizen gewesen und hätten den kleinen Sebastian immer abwechselnd gefickt. Florian steckte sich den Rest seines Honigbrötchens in den Mund. Draußen schnatterten die Gänse, doch durch das Fenster sah Florian, dass sie sich bloß über das Futter freuten, welches Rupert ihnen gerade ins Gehege schüttete.

Gegen Mittag lief das Kühlgel aus Jonas' Kühlgelmousepad. Er beschuldigte Malte, mit seinem Schraubenzieher absichtlich ein Loch in das Mousepad gerissen zu haben, um ihn vom Spielen abzulenken. Malte versicherte, er habe nichts mit der Sache zu tun, doch als er kurz darauf zur Toilette ging, nutzte der Kratzer die Gelegenheit, um auf Maltes Computer ein Programm zu installieren, welches ihm erlaubte, von seinem eigenen Computer aus Maltes Mausbewegungen zu kontrollieren.

Bis Malte gemerkt hatte, warum er in den nächsten *Counter-Strike*-Runden die Köpfe seiner Gegner ständig um Zentimeter verfehlte, war er bereits auf den vorletzten Platz zurückgefallen. Er war so beleidigt, dass er seinen Computer abbaute und sich von seiner Mutter vorzeitig abholen ließ.

Die anderen spielten noch weiter bis zum frühen Abend, dann brannte bei einer der Steckerleisten die Sicherung durch. Als sie keine Ersatzleiste fanden, entschlossen sie sich, die LAN-Party ausnahmsweise schon vor der zweiten Nacht abzubrechen.

Gelegentlich traf Florian Isa vor dem Haus der Rispes, wo sie mit dem Kratzer Verstecken oder Ticken spielte. Einmal, als Florian an einem besonders warmen Maisonntag den Hof betrat, saßen Isa und Jonas gemeinsam in einem Planschbecken neben dem kleinen Kuhstall und bespritzten sich gegenseitig mit Wasserpistolen. Isa trug einen Bikini, ihre Haut war blass und voller Leberflecken. Der Kratzer trug eine Badeshorts. Über seinen nackten Oberkörper zogen sich rote Striemen. Plötzlich schmiss er die Wasserpistole in Richtung Kuhstall, schrie auf und rief: »Es juckt so!« Isa griff nach seinen Armen. Der Kratzer versuchte, sich aus ihrem Griff zu befreien, zappelte mit den Beinen. Florian musste einen Schritt zur Seite treten, um nicht nass zu werden.

Auch die Kühe bekamen Wasser ab. Sie muhten und wichen vom Stallrand zurück. Obwohl Florian es ihnen nicht ansah, wusste er, dass sie allesamt hochträchtig waren. Die Rispes nutzten den kleinen Stall als eine Art Geburtenklinik, da er sich in unmittelbarer Hörweite des Schlafzimmers von Oles Eltern befand. Jeden Tag wurden hier, wie Ole gerne betonte, durchschnittlich zweieinhalb Kälber geboren. Im Normalfall brauchten die Kühe beim Gebären keine Hilfe, und es war eine Sache von zehn Minuten. Falls es doch einmal Probleme gab, vornehmlich bei Zwillingen oder bei Kälbern, die mit den Hinterhufen zuerst rauswollten, stieß die Kuh so lange Schmerzensschreie aus, bis ihr jemand zu Hilfe kam. Fast immer kam jemand. Nur ganz selten wollte es der Zufall, dass sich weder ein Rispe noch einer der angestellten Melker in der Nähe befand. Dann starb die Kuh einen qualvollen Tod, und ihr Kalb natürlich auch.

Der Kratzer erzählte, er gehe nächste Woche zum Maibaumfest, da gebe es Wackelpudding und Bockwurst und Colabier. Heute sei ein wilder Tag, sagte Isa, man erwarte noch mindestens drei Kälber. Der Kratzer nickte und sagte: »Heute kalbt Verona.« Florian betrachtete Isas Oberkörper. Ihre nassen Schultern glänzten in der Sonne, an ihrem linken Handgelenk hing ein zerfranstes Stoffband. Verona, sagte der Kratzer, sei seine Lieblingskuh. Er habe sie nach Verona Feldbusch benannt, die finde er geil.

Florian betrachtete die Kühe. Sie standen eng beisammen, in der Stallmitte, und starrten auf das Planschbecken. Eine Kuh setzte sich hin, stand wieder auf. Eine zweite Kuh lief ein paar Meter von den anderen weg und begann im Laufen zu pinkeln. Zwischen ihren Hinterbeinen schoss ein gartenschlauchdicker Strahl hervor, plätscherte ins Stroh. Isa sagte: »Florian, du kannst dich gerne zu uns ins Planschbecken setzen, wenn du magst.« Jonas rief: »Nein!« Eine dritte Kuh roch einer vierten Kuh am Hintern. Irgendwo zwitscherte ein Vogel.

Florian zog sich bis auf die Unterhose aus und stieg zu Isa und dem Kratzer ins Planschbecken. Das Wasser war kälter, als er erwartet hatte, auf seinen Unterarmen bildete sich eine Gänsehaut. Der Kratzer zog sich eine Schwimmbrille über den Kopf, tauchte unter und krabbelte in Isas Richtung. Der Boden des Planschbeckens war mit dem großformatigen Foto eines Korallenriffs bedruckt. Isa sagte: »Er will immer spielen.«

Der Kratzer biss Isa in den linken großen Zeh, sie kreischte und zog die Beine an den Oberkörper. Als er wieder auftauchte, sagte der Kratzer, er habe seit Wochen kein Fleisch mehr gegessen, wegen seiner blöden Haut, aber auf dem Maibaumfest werde er sich den Wanst vollschlagen, selbst wenn er danach tagelang im Planschbecken liegen müsse. Ob das überhaupt gut sei, Wasser bei Hautproblemen, fragte Florian. Isa zuckte mit den Schultern und sagte: »Ist schön kühl.«

Eine Weile sprachen sie über den Verein, die Grüne Garde Wulsbüttel. Isa erzählte, sie kenne ein paar Leute von der Linksjugend Lübberstedt, bei denen gebe es Rotationsprinzip und Frauenquote, und das könne man für die Grüne Garde doch auch einmal besprechen. Jonas bespritzte Florian mit seiner Wasserpistole. Isa sprach von einem Bauernaufstand im Süden Mexikos, vom Welt-Aids-Tag, von Mülltrennung. Florian nahm den Kratzer in den Schwitzkasten und drückte seinen Kopf unter Wasser. Während er in Gedanken bis sechzig zählte, fuhr einer der polnischen Melker mit dem Rasenmähertrecker quer über den Hof.

Als Florian den Kratzer wieder hoch ließ, war dieser bereits ein wenig blau im Gesicht, versicherte jedoch sofort, er hätte es locker noch einmal so lange ausgehalten. Der rechte Träger von Isas Bikinioberteil war ihr über die Schulter gerutscht, sie zog ihn wieder hoch.

Die Kuh, die der Kratzer als Verona bezeichnet hatte, kam an den Stallrand gelaufen, muhte, ihre Vorderbeine zitterten, knickten ein, sie kippte zur Seite. Der Kratzer, der mit dem Rücken zum Stall saß, klatschte mit den Händen auf die Wasseroberfläche, es spritzte in alle Richtungen. Verona stand wieder auf, und

Florian sah, dass ihr eine hellrote Flüssigkeit an den Beinen hinablief.

Der Kratzer setzte sich zwischen Isa und Florian, um einen guten Blick auf den Stall zu haben. Veronas Hinterkörper zitterte. Der Kratzer streckte die Arme aus, ballte die Hände zu Fäusten, rief: »Komm schon, mein Baby, komm schon, du schaffst das!« Verona muhte, und kurz darauf glaubte Florian, an ihrem Hintern einen mit einer weißen Blase überzogenen Kalbskopf und die zwei Vorderhufe zu sehen. In solchen Momenten, sagte Isa, spüre sie in sich ein Gefühl unendlicher Glückseligkeit. Allerdings sei sie trotzdem für Abtreibung.

Florians Nase juckte. Er blinzelte, nieste. Erst jetzt bemerkte er den intensiven Gülle- und Strohgeruch. Das neue Kalb, sagte der Kratzer, solle Gabi heißen. »Wieso Gabi?«, fragte Florian. »Meine Oma heißt Gabi«, sagte der Kratzer. Als Florian seine Füße über den Boden des Planschbeckens schob, spürte er, wie sich Sand zwischen seinen Zehen sammelte. Isa fragte den Kratzer, wie er das Kalb nennen wolle, wenn es ein Junge werde. Michael, sagte Kratzer. »Nach wem?«, fragte Isa. Einfach so, sagte der Kratzer, er finde den Namen schön. Verona muhte erneut, diesmal lauter, und stieß dann mehrmals mit dem Kopf gegen das Eisengitter. Allerdings, sagte der Kratzer, wenn das Kalb ein Junge werde, komme es nächste Woche zum Schlachter. Florian lehnte sich zurück und legte seine Arme auf den Planschbeckenrand.

Noch einmal rammte Verona ihren Kopf gegen das Eisengitter, es knallte, und aus den Augenwinkeln sah Florian, wie Isa zusammenzuckte. Der Kratzer sprang auf und lief zum Stallrand. Verona hob ihren Kopf über das Gitter und schnupperte an der

Schwimmbrille, die dem Kratzer noch immer um den Hals hing. Neben dem Planschbecken huschte eine Maus durchs Gras. Isa lehnte ihren Kopf an Florians Schulter und sagte, sie müsse oft an die Hündin vom alten Krusewitz denken. Manchmal besuche Darla sie in ihren Träumen. Florian drehte den Kopf zur Seite.

Während der Kratzer Verona immer wieder über den Kopf und den Hals strich und ihr Worte ins Ohr flüsterte, die Florian nicht verstand, erzählte Isa, ihr Vater arbeite seit Kurzem in der Wulsbüttler Waffelfabrik, als leitender Angestellter. Sie strich mit dem Zeigefinger über die nassen Härchen an Florians Unterarm. Alle in ihrer Familie seien jetzt irgendwie in das Waffel- oder Speiseeisgeschäft involviert, doch sie selbst habe da keine Lust drauf, sie wolle mehr vom Leben, sie sei nun einmal eine Träumerin. Isa lachte und zupfte sanft an einem etwas längeren Härchen, das aus einem Leberfleck an Florians Handgelenk ragte.

An Veronas Hintern sah Florian jetzt ganz deutlich den blutverschmierten Kalbskopf, außerdem zwei dünne Vorderbeine, die sich bereits bewegten, es schien Florian, als wolle das Kalb direkt aus der Mutter herausmarschieren. Isa griff nach der Wasserpistole, die vor ihnen durch das Planschbecken trieb. Der Kratzer kletterte über das Stallgitter, stellte sich hinter Verona und umfasste den Kalbskopf mit beiden Händen. Verona lief Speichel aus dem Maul, doch sie hatte aufgehört zu muhen.

Der Kratzer stemmte sein rechtes Bein gegen Veronas Oberschenkel und begann, am Kopf des Kalbes zu zerren. Isa öffnete den Plastikverschluss der Wasserpistole. Eine frische Brise wehte über den Hof, Florians Kiefer zitterte, seine Zähne schlugen aufeinander. Der Kratzer rutschte ab und stürzte ins Stroh. Verona setzte sich, so dass Florian den Hals recken musste, um weiterhin einen guten Blick auf ihr Hinterteil zu haben. Isa nahm ihren Kopf von seiner Schulter und füllte die Wasserpistole. Es blubberte.

Mit zwei kräftigen Stößen presste die sitzende Verona den gesamten Kalbskörper hinaus. Er war mit einer glänzenden Schleimschicht überzogen, an den Hinterbeinen hingen noch Fetzen der Fruchtblase. Beim dritten Stoß kamen Teile der silbern glänzenden Nabelschnur, außerdem einige blassrote und weiße Hautbeutel, von denen Florian nicht genau wusste, wozu sie da waren.

Isa schoss mit ihrer Wasserpistole senkrecht in den Himmel und versuchte, den Strahl mit dem Mund wieder aufzufangen. Das neugeborene Kalb lag reglos im Stroh, und erst als der Kratzer es mit dem Gartenschlauch bespritzte, zuckte es ein paar Mal mit dem Kopf. Der Wind wurde stärker, drängte Isas Wasserstrahl ab, so dass sie sich weit über Florians Oberkörper lehnen musste, um ihn zu erreichen.

Schon nach wenigen Minuten machte das Kalb erste Gehversuche. Es sei ein Mädchen, rief der Kratzer, Gabi, sie habe elf weiße Flecken, einen davon mitten auf ihrer süßen Stupsnase. Isa schoss Florian den Wasserstrahl direkt ins Gesicht, Florian versuchte, ihr die Pistole aus der Hand zu schlagen. Isa zog ihren Arm zurück und lachte. Mit zittrigen Schritten schaffte es Gabi bis zum Stallrand. Dann kippte sie um, stand jedoch sofort wieder auf.

Einen Monat vor dem Jahrestag von Sebastians Verschwinden wurde sein Entführer in einer Sozialwohnung bei Doggenheim am Jadebusen von der Polizei gestellt. Im Verhör gestand er nicht nur den Mord am kleinen Sebastian, sondern außerdem den Mord an Peter aus Stade, Michelle aus Cartes bei Strasbourg, Ricardo aus Gent und Anna-Lena aus Wunstdorf bei Hannover. Aus der *Nordseezeitung* erfuhr Florian, dass der Entführer mit Vornamen Jochen hieß, dass sein Nachname mit dem Buchstaben T begann, dass er dreiundvierzig Jahre alt war und bis zu seiner Verhaftung als freiberuflicher Zimmermann gearbeitet hatte.

Mit dem Jahrestag von Sebastians Verschwinden näherte sich auch Florians sechzehnter Geburtstag, und seine Eltern baten ihn um einen Wunschzettel. Eine Zeitlang überlegte er, ob er sich eine neue Grafikkarte wünschen sollte, entschied sich jedoch dagegen. In letzter Zeit waren die LAN-Partys immer stärker von klassischen Partys mit Alkohol, Tanzen und Mädchen verdrängt worden. Schließlich füllte Florian seinen Wunschzettel mit zahlreichen Film- und Buchtiteln, unter anderem mit *The Old Man and the Sea*, *Clockwork Orange*, *Die Ärzte Live – Die Bademeister Tour*, *Kafka – Die Tagebücher*. Außerdem wünschte er sich die Maxi-CD von Stefan Raabs Kulthit *Maschendrahtzaun*.

ELF

Die Fahrt vom Flughafen in die Innenstadt von Santiago de Chile dauerte eine knappe Stunde. Der Bus war bis auf den letzten Platz besetzt, Florian saß ganz hinten, seinen Reiserucksack auf dem Schoß. Sie fuhren der Morgensonne entgegen. Neben der Zubringerstraße standen Wohnhauskomplexe mit grauen Fassaden. Hin und wieder sah Florian Werbeplakate, die ein Open-Air-Konzert von Enrique Iglesias ankündigten, hin und wieder sah er ein paar gekrümmte und blattlose Bäume.

An der Haltestelle Santa Lucía wurde Florian von seinem Couchsurfer-Gastgeber abgeholt. José Fondacaro trug ein schmutziges T-Shirt mit der Aufschrift »Puerto Madryn Sol«, Hafen Madryn Sonne, hatte einen Dreitagebart und schwarze Locken, die ihm zu allen Seiten vom Kopf abstanden. Während Florian sich den Reiserucksack auf den Rücken hievte, betrachtete José ihn mit verschränkten Armen. Dann reichte er ihm die Hand und sagte auf Spanisch: »Du kannst mich Golpe nennen.«

Der Weg zu Golpes Wohnung führte durch eine überfüllte Fußgängerzone voller Klamottengeschäfte und Bankfilialen. Alle hundert Meter saß ein Anzugträger mit einer Zeitung auf einem Stuhl und ließ sich von einem alten Mann die Lederschuhe putzen. Vor einem Sportgeschäft stand die lebensgroße Bronzestatue eines uniformierten Generals, in ihrem Schatten lagen zwei abgemagerte Straßenhunde.

Sie kamen an einem Café mit dunkel getönten Scheiben vorbei, in dessen Innerem Florian eine mit Bikini bekleidete Blondine erkannte, die gerade ein Tablett mit zwei Kaffeetassen auf einem Stehtisch abstellte. Ihre Kunden, zwei weitere Anzugträger, waren in ein Gespräch vertieft und nickten ihr nur kurz zu, als sie ihnen die Tassen vorschob.

Hinter der nächsten Kreuzung wurde die Fußgängerzone zu einer Autostraße. Der Bürgersteig war verstopft, immer wieder musste Florian vor den entgegenkommenden Passanten für ein paar Schritte in den Rinnstein ausweichen.

Das Hochhaus, in dem Golpe ein Apartment bewohnte, wurde von einem alten Pförtner bewacht, der hinter einer Marmortheke saß und gerade einen breiigen Fleischsalat aus einer Tupperdose löffelte, als sie eintraten. Auf der Theke stand eine Zimmerpalme, daneben lag eine Besucherliste, in die sich Florian eintragen musste, Name, Nationalität und Personalausweisnummer.

Als Golpe feststellte, dass der Fahrstuhl kaputt war, forderte er den Pförtner auf, Florians Gepäck in die Wohnung im siebzehnten Stockwerk zu tragen. »Natürlich, Señor«, sagte der Pförtner, kam hinter der Marmortheke hervor und schloss die Haustür. Er trug eine dunkle Pagenuniform, an seiner Brust pinnte ein Namensschild. Er hatte einen schmächtigen Oberkörper und war kaum größer als der Reiserucksack, den Florian neben sich an die Theke gelehnt hatte. Als er versuchte, sich den Rucksack aufzusetzen, taumelte er nach hinten und stieß gegen die Theke. Golpe stützte ihn und hielt ihm den zweiten Rucksackträger.

Der Pförtner stapfte los. Florian und Golpe folgten ihm durch das Treppenhaus. An den Wänden hingen gerahmte Kopien von Kunstfotografien und Gemälden, im ersten Stockwerk Warhol, im zweiten Picasso. Im dritten machte der Pförtner die erste Pause, zerrte sich den Rucksack vom Rücken und setzte sich auf eine Stufe. Sein Gesicht war blass, auf seiner Oberlippe glänzten Schweißperlen.

Florian bot an, sein Gepäck die restlichen Stockwerke selbst zu tragen, doch Golpe und auch der Pförtner betonten, das komme überhaupt nicht in Frage, Florian sei ihr Gast, und in Lateinamerika werde Gastfreundschaft großgeschrieben. Nach einer kurzen Verschnaufpause lief der Pförtner mit hastigen Schritten, indem er teilweise zwei Stufen auf einmal nahm, die nächsten fünf Stockwerke hoch. Dann setzte er sich wieder, schloss die Augen und stützte den Kopf gegen das Treppengeländer. Unter den Achseln und am Kragen seiner Uniform hatten sich Schweißflecken gebildet.

Golpe seufzte und schlug Florian vor, zu zweit vorzugehen, er könne ihm schon einmal die Wohnung zeigen. Der Pförtner nickte, ohne die Augen zu öffnen. »Aber nichts stibitzen, Jorge«, sagte Golpe, gab dem Pförtner einen Klaps auf den Rücken und ging die nächste Treppe hinauf.

Als er merkte, dass Florian ihm nicht folgte, kam Golpe zurück und versicherte, Florian brauche keine Angst zu haben, der gute Jorge werde den Rucksack nicht öffnen, der gute Jorge sei ein Ehrenmann, und wenn er es doch tue, dann werde er, Golpe, höchstpersönlich dafür sorgen, dass der gute Jorge seinen Job verliere.

»Hören Sie, Jorge?«, rief Golpe. Der Pförtner öffnete die Augen und sagte mit matter Stimme: »Aber das ist doch selbstverständlich, Señor, ich bitte Sie.« Er griff nach dem Geländer und versuchte, sich hochzuziehen. Auf seinem mit Altersflecken übersähten Handrücken hoben sich Sehnen und bläuliche Adern.

»Das habe ich doch gar nicht gemeint«, rief Florian, »ich dachte nur, sollen wir Sie wirklich hier allein lassen, Señor Jorge? Geht es Ihnen gut?« Der Pförtner löste seine Hand wieder vom Geländer, ließ sich zurück auf die Treppenstufe sinken. Er starrte auf die goldgerahmte Kopie eines Dali-Gemäldes, die vor ihm an der Wand hing.

»Alles gut, mein Sohn, alles gut«, nuschelte er und machte eine abwehrende Handbewegung, »gehen Sie nur, gehen Sie, ich bestehe darauf.«

In Golpes Wohnung gab es nur wenige Möbel, ein schwarzes Ledersofa, einen Glastisch, drei Metallstühle, eine Musikanlage mit zwei kniehohen Boxen, ein Regal voller Bücher, eine Küchenzeile. Die Tür zum Schlafzimmer war verschlossen.

Florian blickte aus dem Fenster, in der Hoffnung, die schneebedeckten Anden zu sehen, die laut seinem Reiseführer unmittelbar an den östlichen Stadtrand von Santiago grenzten, doch er sah nur die bläulich schimmernde Fassade des gegenüberliegenden Hochhauses. Darin spiegelten sich die Fassaden weiterer Hochhäuser, Bürokomplexe und frisch renovierte Wohnhäuser mit Außenbalkonen.

Golpe rauchte eine Zigarette, dann ging er duschen. Während Florian am Glastisch saß und auf den Pförtner wartete, schrieb er eine Kurznachricht an Anna Kuszlak, ironisch-leidenschaftlich, mit zwei Ausrufezeichen hinter jedem Satz und der Bitte um ein rasches Treffen.

Seit Tobis Geburtstag hatten Anna und Florian sich nicht mehr gesehen, aber einander beinahe jede Woche geschrieben oder miteinander telefoniert. Anfang März war Anna nach Santiago gereist. Ein paar Tage später hatte sie in einer Rundmail angekündigt, das gesamte Sommersemester in Chile bleiben zu wollen, um die Proteste zu unterstützen. Sie berichtete von einem Skiausflug in die Anden, den sie zusammen mit dem sozialistischen Politikwissenschaftler Bernardo Goldapfel unternommen habe, von einem Hungerstreik der Mapuche, von einem Carabinero, der während einer Bildungsdemonstration von seinem Pferd gefallen sei, und davon, wie sie dann zusammen mit ein paar anderen DemonstrantInnen das Pferd geklaut habe.

Fünf Minuten später hatte Florian von Anna noch eine zweite Mail empfangen, diesmal nur an ihn adressiert. Sie vermisse ihn, seine »kaputte Art«, seinen »Hundecharakter« und auch, mit ihm zusammen durch die Straßen zu laufen und Fahnen abzureißen, und auch seinen treudoofen Blick aus der ersten Reihe im Logiktutorium. Florian schrieb zurück, ob das eine Einladung sei? Anna schrieb: »Warum nicht?« Und kurz darauf eine weitere Mail, hastig getippt, mit mehreren Rechtschreibfehlern, sie könne ihm bloß keinen Schlafplatz anbieten, denn sie wohne bei einer Freundin, Punkt, Punkt, Punkt.

Am nächsten Tag buchte Florian einen Flug nach Santiago de

Chile. Seinen Eltern sagte er, es sei für einen Sprachaufenthalt, woraufhin sie sich bereit erklärten, die Hälfte des Flugpreises zu bezahlen. Eine weitere Woche später saß er im Flugzeug über dem Atlantik und guckte auf dem in die Sitzlehne seines Vordermanns eingelassenen Bildschirm alle drei *Terminator*-Filme hintereinander.

Zwischendurch bat er die Stewardess um einen Cocktail, doch die Stewardess entgegnete, Cocktails gebe es nur in der Ersten Klasse.

Florian stand vom Glastisch auf, ging zum Regal und zog wahllos eines von Golpes Büchern heraus. Es war *La novela luminosa*, der leuchtende Roman, von Mario Levrero. Florian setzte sich wieder an den Tisch und begann zu lesen. Der erste Teil des Buches hieß *El diario de la beca*, das Stipendientagebuch, und handelte von einem Autor, der eine Schreibblockade hatte und sich jetzt, in seinem Tagebuch, über seine Schreibblockade beklagte. Florian blätterte nach hinten. Der erste Teil umfasste knapp vierhundert Seiten. Der zweite und letzte Teil, *La novela luminosa*, der leuchtende Roman, umfasste lediglich fünfzig Seiten.

Im Badezimmer stellte Golpe die Dusche ab. Florian legte das Buch zur Seite und blickte auf die Uhr. Seit sie den Pförtner im Treppenhaus zurückgelassen hatten, waren mehr als zwanzig Minuten vergangen.

Er stand wieder auf, öffnete die Wohnungstür und blickte in den Hausflur. Der Pförtner saß auf der letzten Treppenstufe, unter dem Gemälde eines Rosengartens. Sein Oberkörper war zusammengesackt, der Kopf auf die Brust gerutscht. Sein rechter

Arm hing schlaff in der Trägerschlaufe von Florians Rucksack, der neben dem Pförtner an der Wand lehnte.

Florian ging zu Señor Jorge und legte ihm eine Hand auf den Arm. Señor Jorge schreckte hoch, stemmte sich den Rucksack auf die Schultern und stapfte die letzten Schritte bis zur Wohnung, wo er den Rucksack an den Türrahmen lehnte. Er verabschiedete sich mit einer angedeuteten Verbeugung.

Florian schloss die Wohnungstür. Er ging zur Küchenzeile und nahm sich ein Glas aus dem Schrank. An der Innenseite der Schranktür klebte ein Post-it-Zettel mit der Aufschrift: »Sos bueno asi tal como sos«, du bist gut so, wie du bist. Florian goss sich Leitungswasser in sein Glas und trank es in wenigen Zügen aus. Es schmeckte nach Kalk. Er griff wieder nach dem Buch von Levrero, las einen der Tagebucheinträge. Der Erzähler klagte über seinen zu hohen Blutdruck, einhundertfünfzig zu einhundert, direkt nach dem Frühstück.

Florian ging zurück in den Hausflur. Die Schritte des Pförtners hallten noch durch das Treppenhaus. Zwei Stockwerke weiter unten hatte Florian ihn eingeholt. Señor Jorge blickte ihn erstaunt an. Florian steckte die Hände in die Hosentaschen, kratzte sich durch den Stoff hindurch an den Oberschenkeln. »Ich dachte«, sagte Florian, »vielleicht möchten Sie sich kurz in der Wohnung ausruhen, bevor Sie wieder an die Arbeit gehen.«

Señor Jorge lächelte, tippte mit dem Zeigefinger der rechten Hand auf eine imaginäre Uhr am linken Handgelenk und sagte, er müsse leider zurück zum Eingang. Bevor Florian etwas erwidern konnte, hatte er sich umgedreht und war hinter der nächsten Ecke verschwunden. Einen Moment lang war an der

Wand noch sein vom hellen Deckenlicht scharf konturierter Schatten zu sehen.

Als Florian zurück in die Wohnung kam, stand Golpe mit Boxershorts und nacktem Oberkörper vor dem Ledersofa. Auf dem Arm hielt er einen Dackel mit zerzaustem Fell und eitrigen Augen. Das sei Popi, sagte Golpe. Er griff nach einer von Popis Pfoten und simulierte ein Winken. Florian winkte zurück. Golpe ging zur Kochnische, zog einen Butterkeks aus einer Schublade und hielt ihn Popi vor die Schnauze. Popi drehte den Kopf zur Seite. Noch einmal hielt Golpe ihr den Butterkeks vor die Schnauze, noch einmal wandte der Dackel sich ab.

»Sie ist krank«, sagte Golpe, »isst nichts und kotzt trotzdem den ganzen Tag. Guck mal.« Er wiegte Popi auf seinem Arm hin und her, nicht besonders schnell, doch sofort begann die Hündin zu rülpsen, und kurz darauf lief ihr eine gelbe Flüssigkeit aus dem Maul und tropfte auf Golpes nackten Oberschenkel.

Mit dem Daumen wischte Golpe seiner Hündin die hängengebliebenen Speichel- und Kotzefäden von der Schnauze. Seinen Daumen wiederum wischte er an seiner Boxershorts ab.

Zum Mittagessen ließ Golpe von einem Bringdienst Empanadas kommen, mit Hühnchen und Hackfleisch gefüllte Teigtaschen. Sie aßen direkt aus der Pappverpackung, dazu tranken sie Rotwein aus Plastikbechern. Golpe erzählte, er sei in der argentinischen Kleinstadt Playa Unión geboren, seine Mutter sei Spanischlehrerin, sein Vater bis vor Kurzem einer von fünf argentinischen Schachgroßmeistern gewesen. Jetzt allerdings sei er tot. Herzversagen. Golpe zuckte mit den Schultern. Außerdem habe er noch einen Bruder, aber was der mache, sei wirklich nicht interessant, irgendetwas mit Recht und Wirtschaft und Kultur, ganz genau verstehe er das selbst nicht.

Florians Handy vibrierte. Anna schrieb: »Morgen Mob beim Gomez-Millas-Campus. Treffen um drei am Palmenkiosk. Bist du dabei? Kuss, Anna.« Florian steckte sein Handy zurück in die Hosentasche. Dann zog er es wieder heraus und las die Nachricht noch einmal. Er schrieb: »Bin dabei. Kuss, Florian.« Dann löschte er den Text wieder und schrieb: »Okay, bis morgen.«

Golpe warf die letzten zwei Empanadas vor Popi auf den Fußboden. Popi ignorierte sie.

Am Nachmittag kam Golpes Mutter auf Kaffee und Kuchen zu Besuch. Bertha Fondacaro war klein und dick, ihr Gesicht und ihre Hände waren aufgequollen. Am Nacken hatte sie mehrere fingerkuppengroße Leberflecken, die sich nach außen wölbten. Nach dem Tod ihres Mannes, Roberto Fondacaro, war sie aus dem argentinischen Patagonien ihrem Sohn José hinterhergezogen und hatte in Santiago de Chile ein Apartment gekauft, das wenige Straßen von Golpes Wohnung entfernt lag.

»Wir kümmern uns umeinander«, sagte Bertha und tätschelte ihrem Sohn den Handrücken. Golpe zog seinen Arm zurück. Bertha lachte und streichelte ihm über die Wange. Golpe wich ihr aus und sagte: »Ständig musst du alle Leute anfassen.« Bertha lachte erneut und kratzte sich am Ellbogen. Dann stand sie auf und räumte das Geschirr ab.

Sie kam zurück und wischte mit einem feuchten Lappen über

die Glasplatte. An manchen Stellen musste sie länger reiben, um die eingetrockneten Kaffeeflecken zu lösen. Sie atmete schwer, ihr Gesicht und ihre Arme glänzten. Florian blickte zur Seite und sah, an der Außenwand des Bücherregals, einen weiteren Post-it-Zettel: »Hoy es un buen día«, heute ist ein guter Tag.

Nach dem Kaffee begleitete Florian die Familie Fondacaro auf eine Shoppingtour in die Mall El Lobo, der Wolf, im Stadtteil Las Condes. Sie fuhren mit dem Taxi über die Alameda, eine vierspurige Autobahn, neben der sich ein ausgetrocknetes Flussbett befand, in dem verdreckte Kinder Fußball spielten. Hinter dem Flussbett, zwischen den Hochhäusern, sah Florian einen mit Sträuchern und Bäumen bewachsenen Hügel, auf dessen Spitze eine weiße Marienstatue stand. Die Statue wurde nur noch von einer danebenstehenden Fernsehantenne überragt, an der ein Licht abwechselnd rot und grün blinkte. Der Himmel war grau und die Sonne nirgends zu sehen, trotzdem war es so hell, dass Florians Augen schmerzten.

Die Mall El Lobo war ein gigantischer Gebäudekomplex. Sie kamen an einem containergroßen Aquarium vorbei, an einer Hüpfburg, einem Autoscooterareal, einem Fachhändler für Wundsalbe und fünf verschiedenen Teppichhändlern, die ihre Teppiche teilweise auf den Gängen ausgelegt hatten, so dass manchmal das Klappern der Absätze und das Quietschen der Turnschuhsohlen für einen Augenblick verstummte.

Golpe verschwand mit Popi in einem Tierwarengeschäft, Florian begleitete Bertha zu Media Markt, wo sie nacheinander ihre Finger über die Touchpads aller ausgestellten Laptops fahren ließ. Besonders begeistert war sie vom Touchpad eines Toshiba-

Laptops, das kleine Noppen hatte, die man an den Fingerkuppen spürte. Bertha rief: »Das kitzelt richtig!« Sie forderte Florian auf, es auch einmal auszuprobieren, also legte Florian ebenfalls seinen Zeigefinger auf das Touchpad, schob ihn ein wenig hin und her und sagte: »Sie haben recht, Señora Fondacaro, es kitzelt tatsächlich ein wenig.« Spontan kaufte sich Bertha einen kleinen Sony-Laptop, der sie vor allem deshalb überzeugte, weil er beim Einloggen einen Gesichtsscan mit der eingebauten Digitalkamera vornahm, anstatt nach einem Passwort zu fragen.

Später lud Bertha Florian und Golpe zu Hühnchenempanadas in der Fast-Food-Meile ein. Während sie aßen, fand ihnen gegenüber, vor dem JUMBO-Supermarkt, eine studentische Protestaktion statt. Drei junge Männer, in weiße Roben gekleidet, knieten sich vor den Supermarktkassen nieder, hoben und senkten die Arme und riefen: »Oh, heiliges Kapital, wir beten dich an!« Neben ihnen stand eine Studentin und spielte Mundharmonika, daneben stand noch eine Studentin und las etwas von einem Zettel ab.

»Liebes Chile«, begann sie. Bertha, Florian und Golpe lauschten eine Weile, dann lachte Bertha, klatschte in die Hände und erklärte, die Frau rezitiere ein Gedicht von Pablo Neruda, mit abgewandeltem Text. Statt den Faschismus beklagten die jungen Leute die Privatisierung der chilenischen Bildungslandschaft. Florian versuchte, dem Inhalt des Gedichts zu folgen, doch die Frau sprach sehr schnell und nuschelte, so dass er nur einzelne Satzfetzen verstand, »tiefe Sehnsucht«, »unendliche Sehnsucht«, »Sehnsucht nach dir«, »du, meine entblätterte Rose«.

Die vorbeigehenden Passanten beachteten die Gruppe nicht.

Nur ein alter Mann mit zerfurchtem Gesicht und abgerissenen Klamotten näherte sich einem der betenden Studenten, tippte ihm auf die Schulter und fragte, ob die Studenten ihm eine Tüte Milch kaufen könnten, aus Solidarität. Der betende Student hielt kurz in seiner Bewegung inne, dann sagte er, ohne den Mann anzublicken, selbstverständlich werde er dem Herren eine Tüte Milch kaufen, doch der Herr solle sich bitte noch einen Augenblick gedulden. Der Student hob erneut die Arme und rief: »Konsumgott, wir beten dich an!«

Golpe griff nach seiner letzten Empanada, biss hinein und legte sie vor sich auf das Tablett. An der Bissstelle lief von Hackfleisch durchsetzter Schmelzkäse heraus. »Dabei fällt mir ein«, sagte Golpe und griff nach der Handtasche seiner Mutter, »ich brauche noch Geld, Lebenshaltungskosten.« Er zog ein Lederportemonnaie aus der Handtasche, doch Bertha entriss es ihm. Sie presste die Lippen zusammen und schüttelte den Kopf. Einer ihrer sichelförmigen Ohrringe verhakte sich in ihren Haaren. Behutsam löste sie ihn wieder.

Golpe fragte seine Mutter, ob sie etwa wolle, dass er sich mit billigem Fast Food das Herz vergifte, so wie Roberto. Bertha entgegnete, er gebe das Geld ohnehin nur für Getränke aus, und sie zahle ihm schon jetzt mehr als doppelt so viel Unterhalt wie seinem Bruder. Golpe beendete die Diskussion, indem er Bertha das Portemonnaie aus der Hand riss und sich zwei große Scheine herauszog.

Der alte Mann rüttelte den betenden Studenten an der Schulter und schrie ihm ins Ohr, ob es noch lange dauere, er habe Durst! Der Student schlug den Arm des Mannes zur Seite. Florian griff nach seiner eigenen letzten Empanada. Eine Serviette war am Teig festgeklebt. Als er sie abzog, blieben ein paar weiße Fetzen an der Empanada hängen.

Golpe trug die Tabletts zur Ablage, dann brachen sie auf. Während sie auf den Fahrstuhl warteten, sah Florian, wie der Mann ein drittes Mal zu dem betenden Studenten ging und ihn umschubste. Der Student sprang auf, die anderen kamen ihm zu Hilfe, und gemeinsam zerrten sie den Mann quer durch die Einkaufspassage bis zur nächsten Rolltreppe. Als sie ihn losließen und zurückgingen, kam er ihnen sofort wieder hinterhergelaufen.

Die Fahrstuhltür öffnete sich, und Florian folgte Bertha, Golpe und Popi in die Kabine. Golpe nahm Popi auf den Arm und gab ihr einen Nasenstüber. Popi nieste, ihr fauliger Mundgeruch drang bis zu Florian.

Golpe bat seine Mutter, ihm noch etwas mehr Geld zu geben, er wolle im Erdgeschoss noch schnell ein paar Bücher kaufen, Gombrowiczs *Ferdydurke*, Airas *Ich war eine verheiratete Frau*, Bolaños *Telefongespräche* und Puigs *Der Kuss der Spinnenfrau*. Bertha blickte auf den Boden der Fahrstuhlkabine, ihre Augen glänzten. An der Außenseite ihrer Sandale klebte ein rosafarbenes Kaugummi. Bertha hielt sich mit der rechten Hand an Golpes Oberarm fest, hob den Fuß und zog das Kaugummi ab.

»Nein«, sagte sie mit fester Stimme, als sie wieder auf beiden Beinen stand, »keinen einzigen Peso mehr kriegst du heute, José.« Sie zog ein Taschentuch aus ihrer Handtasche und wickelte das Kaugummi darin ein.

»Ach, Mutter«, sagte Golpe. Er riss ihr die Tasche von der Schulter und griff nach dem Portemonnaie, doch bevor er sich die Scheine nehmen konnte, schlug Florian ihm mit der Handkante auf den Unterarm. Golpe schrie auf und ließ das Portemonnaie fallen.

Florian hob es wieder auf und reichte es Bertha. Sie lächelte ihn dankbar an, als sie es entgegennahm. Golpe grinste und zuckte mit den Schultern.

Am Abend saßen Florian und Golpe lange gemeinsam auf dem schwarzen Ledersofa und tranken Rotwein. Er habe selbst eine Zeitlang Philosophie studiert, erzählte Golpe, doch es habe ihn zu sehr gelangweilt. Denn wenn man es mal bedenke, letztlich sei Philosophie nicht mehr als ein paar Quadrate und Pfeile auf einem weißen Blatt Papier, und Kant zu lesen, das sei wie trockenen Kot essen.

Nach dem dritten Glas traute sich Florian, Golpe auf die Post-its anzusprechen. Er hatte noch zwei weitere Zettel entdeckt, am Badezimmerspiegel, »Hoy es el primer día del resto de tu vida«, heute ist der erste Tag vom Rest deines Lebens, und in Golpes Schlafzimmer, an der Wand über dem Nachttisch: »Tus pensamientos determinan tus sentimientos«, deine Gedanken bestimmen deine Gefühle.

Das sei so ein alberner Vorschlag von seinem Therapeuten, sagte Golpe, angeblich helfe das gegen Melancholie und Suizidgedanken, und sogar gegen Potenzprobleme. Golpe trank den Rest seines Glases in einem Zug aus und sagte, in Wirklichkeit helfe es gegen gar nichts.

– – – – – –

Am nächsten Tag begleitete Golpe Florian zum besetzten Campus Gomez Millas, wo er sich mit Anna Kuszlak treffen wollte. In der U-Bahn erklärte ihm Golpe, ihr vereinbarter Treffpunkt, der sogenannte Palmenkiosk, sei ein Süßwarenautomat, den man vor einem Jahr an der Stelle aufgestellt hatte, wo zuvor der Kiosk von Señora Quintana gestanden habe. Señora Quintana sei pleitegegangen und an Darmkrebs erkrankt, oder umgekehrt, an Darmkrebs erkrankt und folglich pleitegegangen, jedenfalls gebe es beim Palmenkiosk jetzt nur noch Snickers, Mars und Bounty.

»Du bist sehr schön«, sagte die dunkelhäutige Sicherheitsbeamtin am Haupteingang des Campus, »hast du eine Freundin?« Florian schüttelte den Kopf. Die Sicherheitsbeamtin tippte auf ihr Smartphone. Sie trug eine blaue Uniform, die an den Oberschenkeln und an den Schultern spannte. »Hallo Carla«, sagte Golpe, »wir müssen da rein.«

Florian stellte sich auf die Zehenspitzen. Hinter dem Gitter sah er einen in grellem Orange gestrichenen Turm mit außen angebrachter Wendeltreppe. Die Sicherheitsbeamtin fragte: »Du kommst aus Deutschland, oder? Hast du ein Handy? Gibst du mir deine Telefonnummer? Hast du Facebook?«

Florian nannte der Sicherheitsbeamtin einen falschen Facebook-Namen. Sie versprach, ihn gleich nach der Arbeit zu adden, dann öffnete sie eine Pforte neben der Einfahrt und ließ die beiden passieren.

Sie gingen über einen mit verdorrtem Gras bewachsenen Hügel auf eine Terrasse, die unmittelbar an den orangefarbenen Turm grenzte. Das Geländer der Wendeltreppe war behängt mit Transparenten, »Educación gratuita«, kostenlose Bildung, »El pueblo unido jamas será vencido«, das vereinte Volk kann niemals besiegt werden, »Allende vive«, Allende lebt. Auf dem obersten Plakat befanden sich die Zeichnungen eines erigierten Penis und eines *Simpsons*-Milhouse, dem Sperma über das Gesicht und die Brille lief, außerdem ein Text, von dem Florian sich nicht sicher war, ob er ihn richtig verstand: »No chupamos más«, wir lutschen nicht mehr.

Um sie herum saßen chilenische Studenten in Hartplastikstühlen an Hartplastiktischen und aßen zu Mittag. Vor der Essenstheke, die von mehreren dunkelhäutigen Frauen in weißen Kitteln und mit Mundschutz betreut wurde, hatte sich eine Menschenschlange gebildet. Als Florian daran vorbeiging, fiel ihm auf, dass die Studenten ihm fast alle nur bis zur Schulter reichten.

Sie kamen zu einem Amphitheater, dessen Stufen mit konturlosen Graffiti übersäht waren. Florian zählte sieben Che Guevaras und vier Anarchismus-As. Auf dem Betonkreis in der Mitte befand sich ein mehrere Quadratmeter großes Salvador-Allende-Portrait, darunter stand: »Nunca olvidamos el 11 de septiembre«, niemals vergessen wir den elften September. Florian überlegte, was die chilenische Studentenbewegung mit den Anschlägen auf das World Trade Center zu tun habe und ob der Slogan wohl Solidarität mit den USA oder mit deren Feinden ausdrücken solle.

Golpe begleitete Florian noch bis zum Süßwarenautomaten, der sich am Rande eines betonierten Fußballfeldes direkt hinter dem Amphitheater befand, dann ging er zurück zur Terrasse, wo er sich mit einem Freund zum Schach spielen verabredet hatte.

Es war zwei Minuten vor drei. Florian betrachtete die Auslage im Automaten. Es gab nicht nur Snickers, Mars und Bounty, sondern auch kleine in Plastik verschweißte Schinkensandwichs, kalte Empanadas, Coca-Cola, Bifi, Capri-Sonne. Gleich fünf Fächer wurden von einem chilenischen Schokoriegel namens El Gordo, der Dicke, belegt.

Florian lehnte sich an den Getränkeautomaten und verschränkte die Arme. Er senkte den Kopf. Vor ihm, schon halb in den Boden gestampft, lag eine zerbrochene Plastikgabel, daneben das vergammelte Kerngehäuse eines Apfels. Als er wieder aufblickte, sah er Anna. Sie schlenderte ihm entgegen, die Hände in den Taschen. Sie trug eine Stoffhose mit Gummibund, ein loses Achselshirt, das an den Seiten den Blick auf ihren BH offenbarte. Ihre Haare hatte sie sich bis auf wenige Zentimeter abgeschnitten. Sie lächelte.

Schnell löste Florian seine Arme wieder und streckte den Rücken durch. Er dachte, dass er Anna für ihre neue Frisur ein Kompliment machen sollte, er dachte, so schön habe selbst Anna Kuszlak nie zuvor ausgesehen, so ergreifend schön, dass Florian flau im Magen wurde. Doch es war sicherlich platt und vielleicht sogar sexistisch, Anna das zur Begrüßung so direkt ins Gesicht zu sagen. Florian fasste sich mit der Hand an den Hals.

Ein paar Schritte von ihm entfernt blieb Anna stehen, stützte die Hände in die Hüften und sagte: »So viel politisches Engagement hätte ich dir wirklich NIEMALS zugetraut, Florian Berg.« Sie lachte, griff nach den Strippen seines Kapuzenpullovers, zog ihn zu sich heran und küsste ihn mit einem lauten Schmatzer auf die Wange. Florian streckte einen Arm aus, ertastete mit der

Hand Annas Hüftknochen unter dem Achselshirt, ließ sie wieder los.

Sie machten einen Spaziergang über den Campus. Anna zeigte Florian die verschiedenen Fakultäten. Der orangefarbene Turm gehörte den Philosophen, darüber hinaus gab es Gebäude für Geschichte, Kunst, Medien, Pädagogik und Anthropologie. Alle waren bunt gestrichen, mal lila, mal grün, mal rot, alle hatten mindestens eine Salvador-Allende-Fassade, und alle waren behängt mit Transparenten. Trotz der offiziellen Besetzung waren nicht nur die Mensen, sondern auch die Sekretariate geöffnet, und auf der Toilette im Institut für Pädagogik traf Florian sogar eine Putzfrau, die gerade das Waschbecken säuberte.

Anna erklärte, die Vollversammlung habe nach langer Diskussion beschlossen, die Angestellten der Universität ihre Arbeit machen zu lassen, da diese sonst Probleme mit ihren jeweiligen externen ArbeitgeberInnen bekämen und womöglich sogar für die Zeit der Besetzung Hunger leiden müssten. Während Anna sprach, betrachtete Florian sie von der Seite. Ihre Wangen waren gerötet.

Sie gingen zurück zum Philosophieinstitut. Anna bestieg die Treppe an der Außenfassade, Florian folgte ihr. Im zweiten Stock betraten sie das Gebäude, durchquerten mehrere schlecht ausgeleuchtete Gänge, deren Decken teilweise so tief hingen, dass Florian sich bücken musste, erreichten schließlich einen verstaubten Dachboden und kletterten von dort über eine Holzleiter weiter nach oben.

Das Institutsdach war ein riesiges Matratzenlager, an dessen

Rändern zwei Hauszelte standen, daneben einige lange Biertische und -bänke. Vereinzelt lagen Studenten auf den Matratzen, in der Hand ein Buch oder ein Tablet. Eine Studentin lag regungslos auf dem Rücken, das Gesicht zur Sonne gerichtet. Sie trug einen Bikini mit Blumenmuster, ihre Haut glänzte, ihre Brüste waren platt und lagen weit auseinander, es schien Florian, als könnten sie jeden Moment am Rand ihres Körpers hinabrutschen.

Über eine eingeklappte Bierbank war das Dach des Philosophieinstituts mit dem Dach des benachbarten Pädagogikinstituts verbunden. Auf dem Pädagogikdach, das nur wenige Quadratmeter groß war, stand ein Sofa, mit zwei leeren Bierkisten als Fußstützen. Anna kletterte auf allen vieren über die Bierbankbrücke hinüber zum Pädagogikdach, ließ sich dort in das Sofa sinken und rief Florian zu, er solle zu ihr kommen, von hier aus habe mensch eine traumhafte Aussicht über den Campus.

Florian setzte eine Hand auf die Bierbank, dann die andere, dann ein Knie, dann das zweite, und langsam zog er sich hinüber, im Augenwinkel den Abgrund, im Fokus die Holzmaserung der Bierbank. Er hangelte sich von Jahresring zu Jahresring, und schließlich war er drüben und saß neben Anna auf dem Sofa. Anna drängte sich an ihn, er spürte ihre Hand an seiner Hüfte, durch den Kapuzenpullover, das T-Shirt, das Unterhemd. Mit zwei Fingern folgte sie einer imaginären Linie, Florians Hüftknochen entlang, bis zu seinem Steißbein.

Florian hielt ganz still. Er sah hinunter auf den Campus. Auf dem Fußballfeld hatten sich ein paar Studenten versammelt und beschossen lustlos eines der Tore, dahinter, auf dem Dach der Kunstfakultät, stand ein Mann mit nacktem Oberkörper vor einem glühenden Grill. Dahinter endete der Campus, und bis zum grauen Horizont waren nur noch einstöckige Häuser mit Flachdächern zu sehen, zwischen denen kahle Bäume hervorragten.

Während sie mit den Fingern Kreise um Florians Steißbein zog, erzählte Anna, sie habe sich gestern per Skype mit ihrem Exfreund Tobi unterhalten, beziehungsweise, unterhalten sei zu viel gesagt, Tobi habe ununterbrochen geweint, hin und wieder habe er sich vorgebeugt und Rülpsgeräusche gemacht, wie ein Baby kurz vor dem Bäuerchen, sie habe die ganze Zeit befürchtet, er werde sich übergeben.

Nach und nach wurden die Kreise, die Anna auf Florians Rücken zeichnete, größer, weitere Finger kamen hinzu. Dann zog Anna ihre Hand abrupt zurück, beugte sich vor und sagte, Tobi habe sich letztlich zum Glück doch nicht übergeben, zumindest nicht während ihres Gespräches, was aber vermutlich auch damit zusammenhänge, dass er seit Wochen kaum noch feste Nahrung zu sich nehme.

Sie rutschte ein Stück von Florian ab, verschränkte die Arme und begann, von den Protesten zu sprechen, von Zugeständnissen, die der chilenische Präsident den Studierenden gemacht habe, die den Studierenden jedoch nicht ausreichten, die ohnehin nur ein Bündel falscher Versprechungen seien. Florian nickte und überlegte, warum Anna ihren Arm zurückgezogen habe und was er sagen könne, damit sie ihre Hand wieder an seinen Rücken legte.

Sie schwiegen eine Weile, dann zog Florian ein zerknautschtes Päckchen aus seiner Gesäßtasche und überreichte es Anna. Er hatte sich vorgenommen, mit der Übergabe bis zu einem besonders romantischen Moment zu warten, doch er hielt das Schweigen nicht mehr aus, und vielleicht war dies hier ja sogar ein besonders romantischer Moment.

»Übertreib's nicht«, murmelte Anna, als sie das Päckchen sah, aber dann lächelte sie und löste behutsam den Tesafilm vom Geschenkpapier. Als der gelbe Stoff zum Vorschein kam, erklärte Florian, kurz nach Annas Abreise seien in Leipzig wieder vermehrt Deutschlandfahnen gezeigt worden, vielleicht wegen der olympischen Winterspiele, da habe Deutschland ja dieses Mal einiges abgeräumt.

Anna zog ein gelbes Zopfband aus dem Päckchen. Florian fuhr fort, er habe die Gelegenheit genutzt, um noch ein paar gelbe Streifen zu sammeln, und aus den Streifen habe er dann, weil Anna ja so gerne Zopfbänder trage ... Er stockte. Anna lachte. Sie wickelte sich das Band um ihr Handgelenk und sagte: »So geht's ja auch.«

Sie schwiegen erneut, länger als zuvor. Schließlich sagte Anna, sie habe gar nicht gewusst, dass das so schlimm sei, Deutschlandfahnen jetzt auch schon für die olympischen Winterspiele? Florian, der die gelben Streifen in Wahrheit nicht von Leipziger Autos abgerissen hatte, sondern von eigens zu diesem Zweck bei Amazon bestellten Deutschlandfahnen, nickte und sagte, ja, das sei schlimm.

Anna deutete mit dem Finger in die Ferne. Dort seien die Anden, direkt vor ihnen, selbst im Sommer schneebedeckt, ob Florian sie sehe? Doch Florian sah nur eine graue, undurchdringliche Smogwand.

Auf dem Fußballfeld unter ihnen schoss ein Student einem anderen Studenten den Ball in die Magengrube. Der angeschossene Student schrie auf und krümmte sich. Alle lachten und klopften ihm auf den Rücken.

Am Abend nahm Anna Florian und Golpe mit zu dem angekündigten Flashmob, dem sogenannten Marathon der Liebe. Sie trafen sich auf dem Plaza Ñuñoa, wenige Meter vom Campus entfernt. Es drängten sich so viele Studenten auf den Platz, dass einige auf die Gartenanlagen ausweichen mussten und dort die Blumenbeete zertrampelten. Es dämmerte, soeben hatten sich die Straßenlaternen eingeschaltet.

Während sie sich durch die Menschenmenge schoben, mussten sie immer wieder anhalten, weil Anna Bekannte traf, eine Frau mit Totenkopftattoo auf dem Unterarm, einen bärtigen Biologiestudenten, einen älteren Mann mit grauem Seitenscheitel und randloser Rundbrille.

Sie blieben am Rand eines Spielplatzes stehen, neben einem verwitterten Plastikelefanten, in dessen Hinterteil eine Leiter eingelassen und dessen Rüssel eine kurvige Rutsche war. »Gleich geht's los«, sagte Anna und griff nach Florians Hand, »du bist mein Partner. Und du«, sie wandte sich an Golpe, »guck dich mal da vorne um.« Sie deutete zum Klettergerüst, wo jemand ein Schild mit einem rosafarbenen Herz und der Aufschrift »Solteros«, Singles, hochhielt.

Irgendwo ertönte ein Gong. Die Gespräche verstummten. Anna zog Florian zu sich heran, legte ihren Arm um seinen Hals und küsste ihn. Aus den Augenwinkeln sah Florian, dass im gleichen Moment zahlreiche Pärchen um sie herum dasselbe taten. Annas Zunge drängte sich zwischen seine Lippen, ihre Hand fuhr ihm durch die Haare. Einen Moment lang dachte er darüber nach, ob er sich heute Morgen geduscht und ob er dabei Shampoo benutzt hatte oder ob seine Haare möglicherweise verfilzt und strohig waren. Er konnte sich nicht erinnern.

Hinter Anna drängte sich ein Student mit solcher Wucht an seine Partnerin, dass sie stolperte und beinahe stürzte. Die Studentin hatte sich mit einer Sicherheitsnadel ein Pappschild hinten an den Rucksack geheftet, darauf stand: »Endeudado, pero enamorado«, verschuldet, aber verliebt.

Links von ihnen war ein leises Pfeifen zu hören, und als sich Florian und Anna, ohne die Lippen voneinander zu lösen, zur Seite drehten, sah Florian neben dem Schaukelgerüst drei junge Männer in bunt bestickten Ponchos, die klobige Holzflöten in den Händen hielten. Das Pfeifen entwickelte sich zu einer zittrigen Melodie, Florian erkannte den *Titanic*-Soundtrack, »My Heart Will Go On«.

Eine durch ein Megaphon verstärkte Stimme erklärte den vorbeilaufenden Passanten, was auf dem Plaza Ñuñoa vor sich ging. Der Marathon der Liebe, das sei kreativer Protest für freie Bildung, mehr als zweihundert Pärchen hätten sich heute hier zusammengefunden, um gemeinsam eintausendundachthundert Sekunden lang für Chiles Zukunft zu knutschen, eine Sekunde für jede Pesomillion, die dem chilenischen Bildungssystem fehle.

Nach und nach drängte sich die Dunkelheit auf den Platz, das Laternenlicht machte die Gesichter blass. Florians Zunge wurde steif. In der Ferne heulte eine Polizeisirene.

»Noch fünfzehn Minuten«, murmelte Anna irgendwann, ohne dabei die Lippen von Florians Mund zu lösen. Es regnete.

Fünf Minuten bevor sie die eintausendundachthundert Sekunden geschafft hatten, bat Florian Anna um eine Verschnaufpause. Seine Lippen waren wund, und Annas Zunge fühlte sich in seinem Mund an wie ein Stück Schmirgelpapier. Noch immer flöteten neben ihnen die Mapuchemusiker, sie wurden jetzt unterstützt durch einen Maultrommelspieler und eine Sängerin.

Golpe saß neben ihnen auf der Spitze des Elefantenrüssels. Er hatte am Singlestand eine Forstwirtschaftsstudentin zugeteilt bekommen, sich aber noch vor dem ersten Kuss mit ihr zerstritten. Florian hatte nicht genau verstanden, worum es bei dem Streit gegangen war, anscheinend hatte Golpe sich abwertend über ihr Studienfach geäußert, Bäume studieren, das sei keine Wissenschaft, so oder so ähnlich.

Als Florian sich nun von Anna löste, bot Golpe an, ihn für die letzten paar Minuten zu ersetzen. Bevor Florian reagieren konnte, war Anna schon zu Golpe gelaufen. »Keine Zeit verlieren«, rief sie und kicherte, »jede Sekunde zählt.« Florian sah ihre Silhouetten, Anna setzte sich auf Golpes Schoß, nahm seinen Kopf in die Hände, presste ihren Oberkörper an seinen, so dass er sich mit den Armen auf der Rüsselrutsche abstützen musste, um nicht nach hinten zu kippen.

Florian blickte zu den Mapuchemusikern. Der Maultrommelspieler hatte seine Maultrommel wieder eingesteckt und hielt nun zwei Regenschirme über die Köpfe der anderen. Florian selbst war bis auf die Unterhose durchnässt. Der Regen prasselte so laut auf den Asphalt, dass der *Titanic*-Soundtrack nur noch fetzenweise an sein Ohr drang, »you're here, there's nothing I fear, you are safe in my heart, and my heart will go on«.

Der Gong ertönte zum zweiten Mal, Anna löste sich von Golpe und kam zurück zu Florian. Golpe blieb noch einen Moment auf der Rüsselrutsche sitzen.

Als sie den Platz verließen, trafen sie wieder auf den alten Mann mit der randlosen Rundbrille. Er stand allein an einem unbesetzten Taxistand der Firma Taxi Chile. Seine durchnässten Haare klebten ihm an der Stirn. Anna stellte ihn Florian und Golpe vor. Der Mann hieß Bernardo Goldapfel und hatte bis vor Kurzem Politikwissenschaft und Philosophie an der Universidad de Chile gelehrt, war dann jedoch aus dem Lehrbetrieb entlassen worden, während der letzten großen Protestwelle, Anna zufolge »aus politischen Gründen«.

Während Bernardo immer wieder vergeblich versuchte, ein Taxi heranzuwinken, erzählte Anna, Bernardo gebe gelegentlich Wochenendseminare in seinem Haus in den Anden, zu kontroversen Themen, die in den offiziellen Lehrplänen der Universitäten tabu seien. Letzte Woche beispielsweise habe er ein Seminar über die angeblich islamistisch motivierten Anschläge auf das World Trade Center am elften September angeboten. Sie hätten dort aufschlussreiche Texte von J. D. Horvard gelesen, welcher die Ansicht vertrete, die USA hätten die Anschläge selbst inszeniert, damit die Weltöffentlichkeit das eigentliche Trauma des elften Septembers vergesse, nämlich den Tag im Jahre 1973, an dem die USA den chilenischen Diktator Augusto Pinochet an die Macht putschten und den demokratisch gewählten Präsidenten Salvador Allende liquidierten.

Wieder fuhr ein Taxi vorbei. Anna stellte sich vor Bernardo auf den Bordsteinrand und schirmte ihn dadurch von der Straße ab. Sie fragte: »Haben Sie auch protestiert?« Bernardo zog eine Taschenuhr aus seiner Sakkotasche, ließ sie aufklappen und betrachtete mit zusammengezogenen Augenbrauen das Zifferblatt. Er versuchte, Anna auszuweichen und die Straße zu überqueren, um den Taxistand der Konkurrenzfirma Santiago Taxi zu erreichen, doch Anna hielt ihn am Ärmel seines Jacketts fest. »Haben Sie heute gar nicht protestiert, Professor?«

Er sei diesmal nur als moralischer Beistand angereist, sagte Bernardo, doch es sei bewundernswert, was die jungen Menschen heutzutage auf die Beine stellten. »Wirklich bewundernswert«, murmelte er, zog sich die nassen Hosenbeine von den Oberschenkeln und trat vom Bürgersteig auf die Straße. »Aber der Marathon«, rief Anna und lachte, »der Marathon, Profe, Sie müssen doch mitmachen, wir brauchen doch Ihre Unterstützung.«

Anna hob die Hand und zupfte ein Haar aus Bernardos Bart, dann küsste sie ihn auf den Mund. Bernardos Kopf zuckte zurück. Er stieß sie weg, dann taumelte er selbst ein paar Schritte nach hinten, auf die Straße. Ein Auto hupte.

Anna lachte, warf Bernardo eine Kusshand zu und rief: »Venceremos!«

Später am Abend saßen Florian und Golpe wieder gemeinsam am Glastisch im Wohnzimmer, tranken Wein und rauchten. Als Popi angehumpelt kam und sich an Golpes Schienbein schmiegte, hob er sie hoch und setzte sie auf die Tischplatte. Eine Weile vertrieben sie sich die Zeit damit, Popi auf der glatten Tischplatte hin- und herlaufen zu lassen und beim Ausrutschen zuzugucken. Irgendwann trat Popi in eine von Golpe am Tischrand abgelegte glimmende Zigarette und fing an, laut zu fiepen. Golpe füllte einen Eimer mit kaltem Wasser und kühlte darin Popis verbrannte Pfote.

Florian schaltete das Radio an, eine tiefe Männerstimme sang: »No sé lo que quiero, pero lo quiero ya«, ich weiß nicht, was ich will, aber ich will es sofort. Golpe wippte mit dem Kopf und sagte, das sei Sumo, eine argentinische Kultband aus den Achtzigern, südamerikanische Doors. Über Sumos Schlagzeuger, sagte Golpe, gebe es eine lustige Geschichte zu erzählen, ob Florian sie hören wolle? Er ließ Popi ganz in den Wassereimer sinken. Sie planschte fröhlich herum.

Die Band habe sich einmal zum Nintendospielen getroffen, erzählte Golpe, in einer Wohnung in Buenos Aires. Sie hätten ein Rennspiel gespielt, und der Schlagzeuger habe immer verloren, und schließlich habe er gesagt: Wenn ich die nächste Runde wieder verliere, springe ich aus dem Fenster! »Ach ja«, sagte Golpe, »das habe ich vergessen: Sie befanden sich im zehnten Stockwerk.«

Golpe zündete sich eine neue Zigarette an, aschte auf den Glastisch und schob die Asche mit den Fingern zu einem kleinen Häufchen zusammen. Dann fuhr er fort, auch die nächste Runde habe der Schlagzeuger natürlich verloren, und dann sei er tatsächlich aus dem Fenster gesprungen und gestorben.

Florian beugte sich vor und pustete in die Richtung von Golpes Aschehaufen, ganz leicht, so dass sich nur ein paar Krümel bewegten.

Nachdem sie auf dem schwarzen Ledersofa mehrere eingetrocknete Flecken entdeckt hatten, Reste von Popis Erbrochenem, bot Golpe Florian an, bei ihm im Bett zu schlafen. Da auch Florians Schlafsack Flecken abbekommen hatte, teilten sie sich Golpes Bettdecke. Golpe setzte sich seine Schlafmaske auf, steckte sich Ohropax in die Ohren und war nach fünf Minuten eingeschlafen.

Florian lag noch lange wach und betrachtete Golpe, der ihm das Gesicht zugewandt hatte. Golpes Oberkörper war nur spärlich von der Decke bedeckt, über seinen rechten Oberarm zog sich eine lange Narbe, so dick, dass Florian sie selbst im Halbdunkel gut erkennen konnte. Beim Ausatmen gab Golpe leise Pfeifgeräusche von sich.

Auf einmal sah Florian Anna ganz deutlich vor sich, ihr rundes Gesicht, die hellblauen Augen, ihre verwuschelte Kurzhaarfrisur, die selbst der strömende Regen nicht hätte plätten können, er sah, wie sie lachend zur Rüsselrutsche rannte und sich auf Golpe stürzte, wie Golpe seine Zigarette zur Seite warf und Anna umarmte.

Florian stand auf und ging ins Wohnzimmer. Er setzte sich an den Glastisch und blätterte durch *La novela luminosa*. Das Buch erschien ihm plötzlich wie eine Ansammlung von Banalitäten. Die meiste Zeit berichtete der Erzähler, ein etwa sechzigjähriger männlicher Schriftsteller, von seiner Computerspielesucht und von seinen Schlafstörungen. Immer wieder gab es in dem fiktiven Tagebuch Einträge wie: »Den ganzen Tag Computer gespielt. Dabei wollte ich doch schreiben.«

Florian ging zum Fenster. Auch jetzt, mitten in der Nacht, spiegelten sich Laternenlichter und blinkende Autoscheinwerfer in der gegenüberliegenden Hochhausfassade. Er blickte hinab auf die Straße. An der Kreuzung standen ein Mann und eine Frau eng umschlungen vor der Jalousie einer Modeboutique. Die Frau hatte ihre Stirn an die Schulter des Mannes gelehnt.

Auf einmal drückte der Mann die Frau gegen die Jalousie, sie schrie und versuchte, sich aus dem Griff des Mannes zu lösen. Der Mann küsste sie und knallte dabei ihren Hinterkopf mehrmals gegen die Jalousie. Sie sackte in seinen Armen zusammen. Florian blickte sich um. Die Fenster der Hochhäuser um ihn herum waren dunkel. Er schaltete auch seine eigene Deckenlampe aus.

Ein paar Minuten beobachtete Florian den Mann dabei, wie er im Stehen auf den Brüsten und dem Unterleib der leblosen Frau herumdrückte. Dann kam ein Carabinero aus einer Seitenstraße. Sofort ließ der Mann die Frau los, ihre Beine knickten weg und sie stürzte auf den Bürgersteig. Wild gestikulierend redete der Mann auf den Carabinero ein. Der Carabinero sprach in sein Funkgerät.

Kurz darauf erschien auf der Kreuzung ein Polizeitransporter mit vergitterten Fenstern und eingeschaltetem Blaulicht. Der erste Carabinero half der Frau auf und geleitete sie zur Fahrerkabine. Der zweite Carabinero legte dem Mann Handschellen an und stieg zusammen mit ihm hinten ein.

Florian legte sich wieder ins Bett. Golpe lag jetzt zusammengekrümmt wie ein Fötus da, sein Kiefer zitterte, er knirschte mit den Zähnen. Florian nahm sich aus dem Nachttisch ein zweites Paar Ohropax.

ZWÖLF

Die Reporter der *Nordseezeitung* kehrten noch einmal nach Wulsbüttel zurück, nachdem Ole an einem Sonntagmorgen vor der Kirche auf eine Deutschlandfahne gepinkelt hatte. Der Verein hieß mittlerweile Ortsgruppe Grüne Jugend Wulsbüttel-Osterholz, Ole war nicht mehr Vorsitzender, sondern Sprecher, Isa war Sprecherin, Florian Schatzmeister. Jeden Mittwochabend trafen sie sich zum Plenum im Gemeindehaus. Vom Landesverband Grüne Jugend Niedersachsen, der seinen Sitz in Hannover hatte, bekamen sie monatlich fünfzig Euro, die sie vornehmlich für den Kauf von Filzstiften und Transparenten ausgaben.

Auf dem Foto, das die *Nordseezeitung* zusammen mit einem Artikel über die Verbreitung von jugendlichem Linksextremismus in ländlichen Regionen veröffentlichte, hatte Ole einen schwarzen Balken vor den Augen, der jedoch so dünn war, dass man seine dunklen Tränensäcke und die Narbe über der linken Braue deutlich erkannte. Mit der rechten Hand, die von der Überschrift verdeckt wurde, lenkte er den Urinstrahl, die linke hatte er zur Faust erhoben. Die Deutschlandfahne lag zu seinen Füßen, im Rosenbeet an der Friedhofsmauer.

Beim nächsten Plenum kam es zum Streit zwischen Fundis

und Realos. Die Fundis, zu denen sich auch Florian zählte, waren von Oles Aktion begeistert. Sie betonten den Nutzen der medialen Aufmerksamkeit und die moralische Unhaltbarkeit des deutschen Staates. Die Realos, zu denen unter anderem Isa, Malte und Juria gehörten, fanden die Aktion zu krass. Deutschland sei doch gar nicht so schlimm, eigentlich, sagte Malte. »Deutschland ist schon schlimm«, sagte Isa, »doch es geht um die Vermittelbarkeit.«

Ole zog die verdreckte Fahne aus einer Plastiktüte und hängte sie an eines der Gemeindehausfenster, neben die Jesus-Buntstiftzeichnungen aus dem Kindergottesdienst. Sofort war der ganze Raum von beißendem Uringeruch erfüllt.

Isa nahm die Fahne wieder ab und bat Ole, nicht albern zu sein. Ole lachte und stopfte die Fahne zurück in die Plastiktüte.

Zu seinem siebzehnten Geburtstag bekam Florian von seinen Eltern, entsprechend seiner Wunschliste, eine rot-schwarz-gestreifte Stoffhose, fair gehandelt und bio, einen Wollpullover mit Lamamotiven und Jürgen Trittins *Ökologische Globalisierung*. Außerdem, von seinen Großeltern, ein Tischgedeck aus Porzellan. Florians Patenonkel schickte eine Karte mit zwei tanzenden Teddybären, dazu eine Packung Kondome.

Als Florians Eltern die Kondome sahen, baten sie Florian, sich einmal kurz zu ihnen an den Wohnzimmertisch zu setzen. Florians Vater räusperte sich und fragte: »Weißt du, was das ist, mein Sohn?« Florian sagte: »Ja.« Florians Mutter sagte: »Wenn du irgendwelche Fragen hast, ist dein Vater gerne bereit, dir weiterzuhelfen.« Eine Weile betrachtete Florian das Muster der

Tischdecke, blaue Wellenlinien, auf beigen Stoff gestickt, dann sagte seine Mutter: »Wenn du willst, kann er dir auch bestimmte Dinge zeigen.« Florian stand auf und sagte, es sei schon in Ordnung.

In der Schule bekam er weitere Geschenke. Von Juria ein Buch über berühmte Zirkusclowns, von Malte einen Stoffbeutel mit der Aufschrift »Stacheln zeigen!« und der Zeichnung eines wütenden Igels, dem Wappentier der Grünen Jugend. Von Ole einen Joint, von Isa einen veganen Apfelkuchen mit siebzehn Wunderkerzen. Florians Religionslehrerin, die seine Eltern aus dem Kirchenvorstand kannte, übergab ihm nach dem Unterricht die soeben neu erschienene Bibelübersetzung in geschlechtergerechter Sprache.

Am Nachmittag trafen sich Florian und Ole beim größten Forellenteich, um gemeinsam den Joint zu rauchen. Ole erzählte, am Tag nach dem Erscheinen des Deutschlandfahnenartikels habe er vom Bundesvorstand der Grünen Jugend eine E-Mail erhalten, mit der Einladung zur Teilnahme am Arbeitskreis Antirassismus, kurz AK AntiRa. Florian zog den Joint aus seiner Hosentasche. Er hatte einen leichten Knick in der Mitte. Solange das Papier nicht reiße, sagte Ole, sei das kein Problem. Dann jedoch stellten sie fest, dass sie beide kein Feuerzeug dabeihatten. Sie redeten noch eine Weile über die kommende Landtagswahl. Als die Dämmerung einsetzte, gingen sie nach Hause.

Zwei Wochen vor jeder Kommunal-, Landtags- oder Bundestagswahl wurden in Wulsbüttel die Plakate an die Laternenpfeiler gehängt. Es waren immer dieselben zeitlosen Motive, SPD, Weiß auf rotem Grund, CDU, Weiß auf schwarzem Grund. Keine Slogans, keine Personenfotos, nicht einmal bei der lokalen Bürgermeisterwahl, bei der allerdings ohnehin immer Herr Tietjen von der CDU gewann. Plakate anderer Parteien hatte Florian in Wulsbüttel noch nie gesehen.

Die Ortsgruppe Grüne Jugend Wulsbüttel-Osterholz wollte das ändern. Bereits zwei Monate vor der Landtagswahl stellte Florian deshalb eine schriftliche Anfrage beim Wulsbüttler Rathaus und erfuhr, zu seiner eigenen Überraschung, dass weder die SPD noch die CDU ihre Wahlplakatsplätze ordentlich anzumelden pflegte. Er nutzte die Gunst der Stunde und ließ sich die gesamte Hauptstraße und damit alle Laternenpfeiler des Dorfes für Bündnis 90 / Die Grünen reservieren.

Einen Monat vor der Wahl fuhren Ole, Isa und Florian auf ihren Fahrrädern in die Kreisstadt Hagen und besuchten den dortigen Ortsverband von Bündnis 90 / Die Grünen. Er bestand aus einer sechzigjährigen Anwältin und deren zwei Söhnen, die gemeinsam eine Glasbläserei leiteten. Nachdem sie eine Weile bei Kaffee und Kuchen im Wohnzimmer der Anwältin gesessen hatten, holten die Söhne einen Stapel alter Europawahlplakatpappen aus dem Keller und überreichten sie Florian. Als er die Plakatpappen durchzählte, bemerkte er, dass sie allesamt die lächelnde Europaparlamentskandidatin Rebecca Harms zeigten.

Mehr sei leider für Wulsbüttel nicht drin, wahlkampftechnisch, sagte die Anwältin und zuckte mit den Schultern, es tue ihr leid. Ole, Isa und Florian bedankten sich, verteilten die Pappen auf ihren Gepäckträgern und fuhren zurück nach Wulsbüttel.

Rebecca Harms war bereits seit über einem halben Jahr Mitglied des Europaparlaments und hatte natürlich nicht viel mit der niedersächsischen Landtagswahl zu tun. Doch sie hatte ein herzliches Lächeln, und über ihrem Kopf stand »WUMS«, die Abkürzung für »Wirtschaft, Umwelt, Menschlichkeit und Soziales«. In der linken unteren Ecke befand sich das Logo der Europäischen Grünen, das genau wie das Logo der Deutschen Grünen eine Sonnenblume war, allerdings mit nur acht anstatt zwölf Blütenblättern.

An einem sonnigen Samstagnachmittag luden Florian, Isa und Ole die Plakatpappen auf einen Bollerwagen, zusammen mit einer Trittleiter, einer Rolle Draht, einer Rolle Kreppapier und einer Zange. Sie begannen beim Laternenpfeiler vor dem Edeka. Beim ersten Versuch zog Ole den Draht nicht fest genug, so dass die Pappe den Pfeiler hinabrutschte. Isa und Florian schoben das Plakat wieder hoch. Isa reichte Ole die Zange und sagte, er solle den Draht hinten nicht zuknoten, sondern zusammenzwirbeln. Ole sagte: »Wollte ich eh gerade probieren.«

Innerhalb von einer Stunde schafften sie die ersten fünf Laternenpfeiler. Auf der Wiese vor der Volksbank machten sie eine kurze Verschnaufpause. Isa legte sich ins Gras, streckte die Arme und Beine aus. Sie trug ein Kleid. Florian betrachtete ihre nackten Waden, sie waren blass und haarlos. Zwei Hauptschüler kamen aus der Volksbank und beschimpften sie als dreckige Hippies. Ole warf die Zange nach ihnen, sie sprangen zur Seite und lachten.

Bis zum Einbruch der Dämmerung hatten sie neun weitere Plakate angebracht und damit alle Laternenpfeiler besetzt. Ole schlug vor, das letzte Plakat über das Wulsbüttler Dorfeingangsschild zu hängen, doch auf Florians Genehmigungsschreiben war ausdrücklich vermerkt, dass das Aufhängen von Plakaten weder an Ampeln noch an Verkehrs- noch an Dorfeingangsschildern gestattet war. »Scheiß auf das Genehmigungsschreiben!«, rief Ole. »Na ja«, sagte Florian und wiegte den Kopf hin und her. Schließlich einigten sie sich auf den Vorschlag von Isa, das Plakat an einen Baum bei den Forellenteichen zu befestigen.

Auf halbem Weg ins Gebiet klingelte Oles Handy. Seine Mutter bat ihn, sofort nach Hause zu kommen, ein Melker hatte sich den Knöchel angeknackst und Ole sollte als kurzfristiger Ersatz einspringen. Isa und Florian gingen allein weiter. Als Isa über Fußschmerzen klagte, bot Florian ihr an, sie könne sich in den Bollerwagen setzen. Isa lachte und willigte ein.

Er zog sie eine Weile schweigend über die Feldwege. Der Geruch von frisch gemähtem Gras stieg ihm in die Nase, er musste niesen. Isa wünschte ihm Gesundheit, dann fragte sie, ob er sich eigentlich noch an Paul erinnere. Florian schniefte und sagte: »Logo.« Nachdem Paul aus dem Verein geflogen war, hatte Florian ihn noch gelegentlich beim Edeka getroffen. Ein Jahr später war er mit seinen Eltern nach Stotel bei Bremerhaven gezogen, und Florian hatte nie wieder etwas von ihm gehört.

Isa sagte: »Er war der erste Junge, den ich je geküsst habe. Und meine erste große Liebe.« Das linke Hinterrad vom Bollerwagen blieb in einer Vertiefung stecken, Isa musste aussteigen und schieben. Als der letzte Feldweg zu Ende war, ließen sie den Bollerwagen stehen und liefen mit dem Plakat, der Zange und dem Draht zum großen Forellenteich, quer durch die Dornensträucher.

Florian deutete auf einen der wenigen Apfelbäume, die sich

zwischen den Tannen gehalten hatten, und fragte: »Geht der in Ordnung?« Isa nickte, dann fragte sie: »Wer war deine erste große Liebe, Florian Berg?« Florian zuckte mit den Schultern und bat Isa, ihm die Zange zu reichen. Er brach ein paar Äste ab, damit man das Plakat auch von der gegenüberliegenden Uferseite aus gut erkennen konnte.

Drei Tage später waren zwei Drittel aller Rebecca-Harms-Plakate wieder von den Laternenpfeilern verschwunden. An ihrer Stelle hingen die alten CDU- und SPD-Schriftzüge. Florian rief beim Rathaus an, um sich zu beschweren. Seltsam, sagte die Sekretärin, das könne eigentlich gar nicht sein. Außer Florian habe niemand eine Genehmigung zum Plakataufhängen beantragt. Sie versprach, der Sache auf den Grund zu gehen und ihn dann sofort zu benachrichtigen. Zwei weitere Tage später waren auch die restlichen Grünen-Plakate von den Laternenpfeilern verschwunden. Das Plakat beim Forellenteich hing noch, aber jemand hatte Rebecca Harms die Augen ausgestochen.

Die Ortsgruppe Grüne Jugend Wulsbüttel-Osterholz traf sich zu einem Sonderplenum im Gemeindehaus. Es waren nur noch knapp drei Wochen bis zur Landtagswahl. Ole schlug vor, zunächst einmal die SPD- und CDU-Plakate abzureißen. Malte und Isa fanden das undemokratisch. In der Abstimmung verfehlte Oles Vorschlag knapp die erforderliche absolute Mehrheit. Isa schlug vor, eine schriftliche Beschwerde an das Rathaus zu schicken, womit alle einverstanden waren. Den Rest der Sitzung verbrachten sie mit Abstimmungen über die Formulierungen der einzelnen Sätze des Beschwerdeschreibens.

Als sie eine Woche später noch immer keine Antwort erhalten hatten, rief Florian erneut im Rathaus an. Es tue ihr leid, sagte die Sekretärin, aber sie könne da gar nichts machen. Laut ihren Unterlagen gebe es in Wulsbüttel überhaupt keine CDU- oder SPD-Plakate. Florian sagte: »Seien Sie nicht albern, Frau Sekretärin. Die Plakate hängen direkt vor Ihrem Rathaus.« Es tue ihr leid, sagte die Sekretärin noch einmal, sie könne da gar nichts machen. Dann legte sie auf.

Beim nächsten Plenum stellte Ole seinen Antrag erneut, und diesmal bekam er eine klare Mehrheit. Bis zur Wahl war es nur noch eine knappe Woche, doch da sich niemand dazu bereiterklärte, die Plakate allein abzureißen, mussten sie noch drei weitere Tage warten, bis sie einen Abend fanden, an dem alle Zeit hatten. Als sie sich schließlich, ausgerüstet mit einer Trittleiter und einer Drahtschere, an die Arbeit machten, stellten sie fest, dass man die SPD-Plakate bereits wieder abgehängt hatte. Es blieben ihnen fünf CDU-Plakate, die sie innerhalb von einer halben Stunde von den Laternenpfeilern schnitten und an der Feuerstelle beim mittleren Forellenteich verbrannten. Beinahe flogen Florian ein paar glühende Papierfetzen ins Gesicht.

Wie bei jeder vorherigen Wahl holte die CDU in Wulsbüttel auch dieses Mal eine absolute Mehrheit. Für Bündnis 90 / Die Grünen stimmten acht Prozent, zwei Prozent mehr als bei der letzten Landtagswahl.

Als Florian am Tag nach der Wahl aus der Schule kam, saß sein Vater auf dem Sofa im Wohnzimmer und klagte über Magenkrämpfe. Vom Erbsencurrykartoffelauflauf, den Florians Mutter servierte, aß er nur wenige Bissen, dann zog er sich zu einem längeren Mittagsschlaf zurück.

Am späten Nachmittag betrat der Vater Florians Zimmer und sagte, es gehe ihm schon wieder viel besser. Florian las gerade im *IGEL*, der Mitgliederzeitschrift der niedersächsischen Junggrünen, einen Artikel über Politbuttons. Sein Vater setzte sich auf Florians Bett und sagte, er habe geträumt, er springe eine steile Felsklippe hinab.

Florian legte den *IGEL* auf den Schreibtisch. Florians Vater sagte: »Wir haben viel gemeinsam, mein Sohn. Ich sehe es in deinen Augen.« Er nahm seine Brille ab, steckte sich den linken Bügel in den Mundwinkel, zog ihn wieder raus. Eine Weile saßen sie schweigend beisammen, dann begann der Vater, von seiner Zeit im Christlichen Verein Junger Menschen, kurz CVJM, zu erzählen.

In seiner Jugend, sagte der Vater, habe er sich beinahe täglich mit Birte, Alfred, Rita, Steffen, Thorsten und Jochen im Gemeindehaus oder im Christlichen Jugendzentrum Oyten-Vegesack getroffen. Häufig hätten sie gemeinsam Tischtennis gespielt, gelegentlich hätten sie über ihren Glauben diskutiert, hin und wieder hätten sie auch einfach nur stumm dagesessen, im Kreis, auf dem Fußboden, und sich an den Händen gehalten. Er habe damals, sagte Florians Vater, eine so tiefe Verbundenheit mit der Welt gespürt wie nie zuvor und nie mehr danach.

Nach einer kurzen Pause sagte Florians Vater noch einmal: »Wir haben so viel gemeinsam, Florian. Genau wie ich bist du einer von den Rastlosen. Einer von denen, deren Seele nie zur Ruhe kommt. Es tut mir leid, dass ich dir dieses Laster vererbt habe.« Florian nahm einen Bleistift aus seiner Federmappe und malte damit einige Linien und Quadrate auf seine Schreibtischunterlage.

Im Herbst wurden sowohl der Kratzer als auch der alte Krusewitz ernsthaft krank. Der Kratzer bekam hohes Fieber, der Ausschlag in seinen Arm- und Kniekehlen begann zu eitern. Sein Hausarzt verordnete ihm absolute Bettruhe für die nächsten vier Wochen. Der alte Krusewitz bekam eine Lungenentzündung und starb nach zwei Tagen auf der Intensivstation.

Florian verbrachte die meiste Zeit mit Hausaufgaben und der Vorbereitung auf die Klausuren. Er war jetzt in der zwölften Klasse, und am Ende des Schuljahres würde er seine Abiturprüfungen ablegen müssen. Er hatte sich für schriftliche Prüfungen in Mathematik, Biologie und Spanisch angemeldet, sowie für die mündliche Prüfung in Politik. Bereits jetzt war er sich sicher, dass er wieder das beste Zeugnis des Jahrgangs bekommen würde.

Hin und wieder traf Florian sich mit Ole, um gemeinsam eine Partie Scrabble oder Siedler von Catan zu spielen. Manchmal schaute er bei diesen Gelegenheiten im Zimmer vom kranken Kratzer vorbei. Jonas Rispe hatte dunkle Augenringe, eingefallene Wangen, ein spitzes Kinn. Am Hals traten seine Sehnen hervor. Ihm war ein Oberlippenbart gewachsen, die Haare auf seiner Kopfhaut waren bis auf wenige Millimeter abrasiert.

Meistens schlief er, wenn Florian das Zimmer betrat. Florian klatschte dann ein paar Mal in die Hände oder schüttelte den Kratzer am Oberarm. Jonas öffnete die Augen, sie unterhielten sich über den neuen *Jackass*-Film oder die hohe Stimme von Hagrid in den deutschen Harry-Potter-Hörbüchern. Wenn der

Kratzer den Mund öffnete, strömte Florian ein leichter Fäulnisgeruch entgegen, und er fragte sich, ob der Kratzer womöglich von innen verrottete oder ob er sich lediglich aufgrund seiner krankheitsbedingten Zerstreutheit seltener die Zähne putzte.

Manchmal, wenn Florian das Zimmer vom Kratzer betrat, saß Isa auf einem Stuhl am Kopfende des Bettes. Ihre Hand lag auf dem kahlen Haupt vom Kratzer oder auf dessen Schulter oder auf dessen Unterarm. Der Kratzer hatte die Augen geschlossen, lächelte.

Kurz nach dem Tod vom Krusewitz begann Florians Vater mit seinen Wanderungen. Zunächst machte er noch längere Spaziergänge durch das Dorf, zum Edeka, zur Waffelfabrik, zu den Windrädern und immer wieder ins Gebiet. Am Abend berichtete er Florian und seiner Mutter von den Dingen, die er auf seinen Wanderungen erlebt hatte. Einmal erzählte er von einer Wühlmaus, die vor seinen Augen ein Kabel angefressen habe. Er sei sich nicht sicher, sagte Florians Vater, was das für ein Kabel gewesen sei, vermutlich Telefon oder Internet, obwohl, es habe da einfach quer auf dem Weg gelegen und in den Wald geführt, das sei ja auch irgendwie komisch.

Florians Mutter fragte Florians Vater, ob er eigentlich keine Arbeit zu tun habe. »Ja«, sagte Florians Vater mit ruhiger Stimme, »Arbeit, Arbeit, Arbeit.« Florians Mutter erzählte von der Beerdigung des Krusewitz, bei der sie die Predigt gehalten hatte. Es sei schrecklich leer gewesen, nur drei alte Frauen und der junge Herr Krusewitz hätten am Grab gestanden. Der junge Herr Krusewitz sei übrigens so jung auch nicht mehr, über vierzig mindestens, obwohl er angeblich noch immer Agrarwissenschaft in Bremen studiere.

Je kälter es wurde, desto häufiger verlegte Florians Vater seine Wanderungen in geschlossene Räume. Er verbrachte ganze Nachmittage damit, zwischen dem Bücherregal im Flur im ersten Stockwerk und dem Bücherregal im Wohnzimmer im Erdgeschoss hin- und herzulaufen. Meistens betrachtete er nur die Buchrücken, fuhr mit den Fingern darüber und murmelte ein paar Worte in seinen täglich länger werdenden Bart. Nur ganz selten zog er eines der Bücher aus dem Regal, meistens Hesse oder Kierkegaard.

Florian hatte Hesse gelesen, war allerdings von ihm eher gelangweilt gewesen. Kierkegaard kannte er nicht, doch die Titel seiner Werke, *Furcht und Zittern* beispielsweise oder *Die Krankheit zum Tode*, fand er beunruhigend. Eine Zeitlang schaffte es Florian, mit Hilfe von Ohropax, den auf dem Flur herumtapsenden Vater einfach zu ignorieren und sich auf seine Schulaufgaben zu konzentrieren. Doch dann begann sein Vater wieder, Florian regelmäßig in seinem Zimmer zu besuchen, um ihm eine aus seiner Sicht besonders berührende oder treffende Passage vorzulesen, und Florian entschied, dass sich etwas ändern musste.

Um den Vater von seinen dunklen Gedanken abzubringen, stellte Florian Reclam-Bändchen aus der Reihe *Glück leben* in die Regale, unter anderem Bertrand Russels *Die Eroberung des Glücks* und Senecas *Vom glücklichen Leben*. Doch sein Vater schien die neuen Bücher einfach zu übersehen. Und dann, an einem Samstagabend im November, als Florian spät in der Nacht, leicht angetrunken, von einem Scrabble-Abend nach Hause kam, trat er ins Wohnzimmer und sah seinen Vater weinend auf dem Sofa sitzen.

Vor ihm, auf dem Couchtisch, stand eine noch beinahe volle Weißweinflasche, daneben ein leeres Glas. Das Gesicht des Vaters war aufgequollen. Er machte sich keine Mühe, die Tränen, die ihm über die Wange liefen und dann im Bart verschwanden, vor Florian zu verstecken. Florian setzte sich auf den Schaukelstuhl, dem Vater gegenüber. Ein paar Sekunden saßen sie schweigend beisammen, die Stille wurde nur vom Schniefen und den gelegentlichen Schluckaufhicksern des Vaters unterbrochen. Florian stand noch einmal auf, holte sich aus der Küche ein Glas, kam zurück, goss sich einen Schuss Weißwein ein, setzte sich wieder auf den Schaukelstuhl.

Der Vater räusperte sich, öffnete den Mund, sagte »Es ist …« und bekam einen Weinkrampf. Er versuchte es noch einmal, und noch einmal, immer wieder setzte der Vater zum Sprechen an, sagte »Du musst verstehen …«, »Es tut mir leid, dass …«, »Sicher denkst du jetzt …« und unterbrach sich dann jedes Mal selbst mit einem neuen Weinkrampf. Als Florian sein Glas ausgetrunken hatte, spürte er, wie sein Kopf und seine Augenlider schwer wurden. Er schaukelte ein wenig mit dem Schaukelstuhl hin und her, um wieder fit zu werden, doch es half nichts. Schließlich schlug er dem Vater vor, ein anderes Mal zu reden. Der Vater nickte und wischte sich mit dem Handrücken über die Nase. Florian klopfte dem Vater auf die Schulter, dann ging er schlafen.

Am zweiten Advent feierte der Kratzer seinen vierzehnten Geburtstag. Den ganzen Nachmittag saßen Florian, Ole, Isa, Herr und Frau Rispe und ein paar Klassenkameraden vom Kratzer, die Florian nicht kannte, gemeinsam im Krankenzimmer und spielten Gesellschaftsspiele. Anfangs versuchte der Kratzer noch, mitzuspielen, doch immer wieder schlief er unvermittelt ein, oder seine Hände zitterten so sehr, dass ihm die Rommé-Karten aus der Hand fielen.

Im Zimmer roch es, wie immer, nach der Hautcreme und dem Schweiß vom Kratzer. Von draußen war hin und wieder das Geblöke einer der trächtigen Kühe zu hören. Herr Rispe erzählte, man erwarte heute noch mindestens zwei Kälber. Erst vor wenigen Wochen hatte Gabi, die Tochter von Verona, ihr erstes Kalb zur Welt gebracht. Es hatte keinerlei Komplikationen gegeben. Das Kalb allerdings war ein Junge gewesen, und folglich hatte man es direkt zum Schlachter gekarrt.

Im Laufe des Nachmittags spielten sie Rommé, Scrabble, Siedler von Catan mit Seefahrererweiterung, Siedler von Catan mit Händlererweiterung, Domino, Hotel und Looping Louie. Am Abend brachte Frau Rispe die Klassenkameraden vom Kratzer mit dem Auto nach Hause, kurz darauf piepte Herr Rispes Pieper, er stand auf und sagte, er müsse noch einmal rüber zum Melkstall, die 307 habe sich das Euter entzündet.

Florian, Isa und Ole saßen noch eine Weile beim schlafenden Kratzer. Ole erzählte, der Sprecher der GJ Niedersachsen, Simon, habe ihn gestern in einer E-Mail gefragt, ob er sich vorstellen könne, als sein Nachfolger zu kandidieren. »Du, als Sprecher der GJ Niedersachsen?«, fragte Isa. »Sage ich doch«, sagte Ole. Der Kratzer grunzte im Schlaf, Isa strich ihm mit der Hand über die Stoppelhaare. Florian stand auf und trat ans Fenster. Im Stall brannte noch Licht, die zwei trächtigen Kühe standen stumm vor dem Wassertrog und starrten in die Dunkelheit.

Außerdem, sagte Ole, habe Simon angefragt, ob der Ortsgruppe Wulsbüttel-Osterholz ausreichend Ressourcen zur Verfügung stünden, um die nächste LMV, also Landesmitgliederversammlung, auszurichten. »Eine Landesmitgliederversammlung hier in Wulsbüttel?«, rief Isa und schnappte nach Luft. Alles noch unverbindlich, natürlich, sagte Ole, der Landesvorstand habe ebenfalls Gifhorn und Lübberstedt angefragt, und Leer, und so wie er das verstanden habe, sei Leer im Moment die erste Wahl.

Der Kratzer öffnete die Augen und bat Florian, ihm ein Taschentuch zu reichen. Florian sagte, er habe leider gerade kein Taschentuch dabei, doch wenn Jonas wolle, könne er kurz ins Badezimmer gehen und ein paar Streifen Klopapier holen. Der Kratzer sagte: »Ist schon okay.«

Zu Weihnachten kam Florians Onkel Reinhard zu Besuch. Er litt seit über fünfzehn Jahren an einer schizophrenen Störung, die ihn glauben machte, ein däumchengroßer Journalist der Wochenzeitung *Die Zeit* sitze in seinem Ohr und flüstere ihm Befehle zu. Meistens hatte er sich dank Psychopharmaka recht gut im Griff, doch gelegentlich konnte es passieren, dass er zum Beispiel ohne ein Wort zu sagen vom Kaffeetisch aufstand, die Wohnung verließ und erst drei Stunden später mit einem großen Strauß selbstgepflückter Blumen zurückkehrte. Dass er in einer Buchhandlung plötzlich auf die Idee kam, die gesamte Bestsellerliste aufzukaufen. Dass er sich selbst eine Ohrfeige verpasste.

Am ersten Weihnachtsfeiertag machten Florian, Florians Vater und Onkel Reinhard einen Spaziergang um den größten Forellenteich. Es schneite, der Teich war zugefroren. Vor dem Grab von Darla, an dem mittlerweile ein kleiner Stein mit ihrem eingemeißelten Namen lag, machten sie eine kurze Pause. Onkel Reinhard erzählte, es sei traurig, aber wahr, er sei leider im letzten Jahr zum Alkoholiker geworden. Wenn er nicht täglich mindestens eine Flasche Wein trinke, bekomme er Schlafstörungen, Kopfschmerzen, manchmal Magenkrämpfe, und er könne seine verfluchten Hände nicht mehr still halten.

Florian brach einen Ast von einer Tanne und warf ihn auf das Eis. Onkel Reinhard erzählte von seiner Zeit in Südamerika. Nachdem er sein Romanistikstudium in Bielefeld im dritten Semester abgebrochen hatte, war er mit Hilfe des von seinen Eltern angelegten Studiensparkontos nach Buenos Aires ausgewandert. Dort hatte er eine Weile als Sprachlehrer gearbeitet, dann seine Chefin vom Goethe-Institut geheiratet und mit ihr ein Kind bekommen. Wenige Tage vor seinem ersten Geburtstag war das Kind an einer Lungenentzündung gestorben, Onkel Reinhard und seine Chefin hatten sich wieder getrennt, und er war zurück nach Deutschland gegangen.

Onkel Reinhard sprach von einer Reise ins südliche Patagonien, die er kurz nach seiner Ankunft in Argentinien unternommen hatte. Er sagte: »Die unendliche Weite der Steppe, der eisige Wind in meinem Gesicht, zum ersten Mal habe ich gefühlt, was es heißt, ein Mensch zu sein.« Florians Vater krempelte die Ärmel seiner Jacke hoch. Irgendwo knackte ein Ast.

Als sie bei der morschen Holzbank ankamen, sagte Reinhard, er müsse mal eben aufs Plumpsklo, das sei hier doch irgendwo, nicht wahr? »Gleich da hinten, bei den Jungfichten«, sagte Florians Vater und deutete in Richtung des kleinen Forellenteichs.

Behutsam setzten Florian und sein Vater sich auf die Bank, sie knarzte, hielt jedoch stand. Sobald Reinhards Schritte nicht mehr zu hören waren, legte der Vater Florian einen Arm um die Schulter, zog ihn ruckartig und mit ungewohnter Kraft zu sich heran und sagte: »Na, wir zwei beide hier, was?« Von der Autobahn drang plötzlich lautes Gehupe zu ihnen herüber. Florian sagte: »Viel Raserei während der Brückentage.«

Der Vater erzählte von seiner Studienzeit in Tübingen. Während der ersten Semester, sagte der Vater, sei er jeden Morgen um halb sechs aufgestanden, sei mit seinem Mitbewohner und damals besten Kumpel Wilfried einmal um den Wittelsee gejoggt, habe kalt geduscht, gefrühstückt, Nussmüsli mit Kokosstückchen, um dann, noch vor dem ersten Seminar, ein wenig in der Bibel zu lesen, meistens einen der kleinen Propheten, Maleachi zum Beispiel, oder Joel, viel zu häufig die Klagelieder, den Prediger natürlich, nur selten das Neue Testament.

Der Vater atmete tief ein und aus, rückte ein Stück von Florian ab, verschränkte die Arme vor dem Bauch, fuhr fort. Das fünfte und sechste Semester habe er in Marburg verbracht, dort habe der große Professor Huber gelehrt, außerdem der große Professor Krause, und der große, aber zugleich auch irgendwie verrückte Professor Koch. Und dort, sagte der Vater, habe er die Erika, Florians Mutter, kennengelernt.

Aus dem Wald war Reinhards Stimme zu hören, er könne das Plumpsklo nicht finden. Florian lief hinüber zu Reinhard und zeigte ihm, wo genau das Plumpsklo stand, dann ging er zurück zu seinem Vater. Jedenfalls, sagte der Vater, als Florian sich wieder zu ihm gesetzt hatte, das alles sei ja auch gar nicht so wichtig, und er wisse auch nicht, warum er heute in eine solche Plauderstimmung gerate, und eigentlich habe er etwas ganz anderes sagen wollen, na ja.

Florian schob seine kalten Hände unter die Oberschenkel. Am Ufer auf der anderen Seite des Teiches, in der Nähe von Darlas Grab, rutschte ein größerer Schneeblock von einem Tannenast, fiel auf das Eis, zerstäubte. Florians Vater drehte seinen Kopf zu Florian, lächelte und sagte: »Ich habe lange mit mir gehadert, doch jetzt geht es mir gut. Ich bin jetzt mit mir im Reinen. Ich werde mich von deiner Mutter trennen.«

Sie schwiegen eine Weile, dann kam Reinhard zurück und setzte sich zu ihnen, stand jedoch sofort wieder auf. Im Stehen, die Hände in den Jackentaschen, erzählte er, trotz seiner Alkoholabhängigkeit sei er geistig so fit wie noch nie. Er habe sogar wieder zu lesen begonnen, Handkes *Versuch über die Jukebox*, und täglich im ZDF-Videotext den Spruch des Tages. Florians Vater räusperte sich.

Den Spruch des Tages, fuhr Reinhard fort, lese er immer sofort nach dem Aufstehen, so habe er etwas, worüber er während des Frühstücks nachdenken könne. Zumeist stamme der Spruch des Tages von einem berühmten Philosophen oder Dichter, manchmal von einem Naturwissenschaftler, gelegentlich aber auch von einem Sänger oder sogar einem Fußballspieler. Der heutige Spruch des Tages stamme von Kurt Tucholsky, doch er könne sich jetzt nicht mehr genau daran erinnern.

Nach den Weihnachtsferien war der Kratzer wieder kräftig genug, um in die Schule zu gehen. Außerdem kam er jetzt regelmäßig zu den Treffen der Ortsgruppe. Schnell bemerkte Florian, dass der Kratzer sich, stärker noch als sein älterer Bruder, dem Fundi-Lager zurechnete. Er stimmte kategorisch gegen jede Kooperation mit der Evangelischen Jugend und weigerte sich, der Grünen Altpartei beizutreten.

Als die Ortsgruppe Grüne Jugend Leer die Ausrichtung der Frühlings-LMV kurzfristig absagte, weil ihre Sprecherin an Leukämie erkrankt war, fragte der Landesvorstand erneut in Wulsbüttel an. Ole und Florian verfassten einen zehnseitigen hypothetischen LMV-Ablaufplan, der vorsah, die Grundschule als Kongresszentrum zu nutzen und die dazugehörige Turnhalle als Schlafsaal. Bereits wenige Stunden nachdem sie den Plan an den Landesvorstand geschickt hatten, kam eine E-Mail zurück, deren Betreffzeile lautete: »Wir kommen vorbei!!!!«

Im nächsten Ortsgruppenplenum gaben sowohl Ole als auch Isa bekannt, sie würden auf der LMV für den freien SprecherInnenposten kandidieren. Sie führten einen längeren Schlagabtausch, dem Florian jedoch nicht zuhörte.

DREIZEHN

Zum Frühstück servierte Golpe harten Toast mit einer süßlichen Karamellcreme, die er als »Dulce de Leche« bezeichnete, dazu für jeden eine Tasse Kaffee mit zwei Löffeln Milchpulver. Nach dem Frühstück spazierten sie mit Popi eine Weile durch einen dünnen Parkstreifen, vorbei an ausgetrockneten Springbrunnenanlagen und verrosteten Heldenstatuen. Gelegentlich mussten sie Popi vor den Straßenhunden verteidigen. Einmal wurden sie von vier Hunden zugleich umzingelt. Golpe nahm Popi auf den Arm und schrie auf die Straßenhunde ein, trat nach ihnen, spuckte sie an, so lange, bis sie sich winselnd zurückzogen.

Auf Golpes Vorschlag hin legten sie sich am Nachmittag wieder ins Bett und guckten Werner Herzogs *Grizzly Man*, einen Dokumentarfilm über einen leidenschaftlichen Tierschützer, der von seinem Lieblingsgrizzlybären aufgefressen wird. Zwischendurch empfing Florian eine Kurznachricht von Anna, in der sie ihn und Golpe zu Professor Goldapfels sechzigstem Geburtstag einlud, in dessen Haus in den Anden.

Florian verschwieg Golpe die Einladung und verließ am frühen Abend, während Golpe unter der Dusche stand, heimlich das Haus.

Er traf sich mit Anna an der U-Bahn-Station Las Reinas, Die Königinnen, von dort fuhren sie weiter mit dem Bus bis zur Haltestelle El Arbol, Der Baum, wo sie Bernardo mit seinem grünen Passat erwartete. Anna setzte sich auf den Beifahrersitz, Florian nach hinten. Sie fuhren über eine geteerte Straße, steil bergauf. Bernardo saß leicht vorgebeugt, den Kopf über dem Lenkrad, beim Schalten gab er immer schon Gas, bevor er einen neuen Gang eingelegt hatte, so dass der Motor regelmäßig laut aufheulte.

Sie befanden sich im östlichsten Viertel der Stadt, unmittelbar am Fuße der Anden. Links und rechts der Straße sah Florian dichten Tannenwald, nur hin und wieder eine Villa, einmal sogar ein kleines Schloss. Hinter einer Kurve tauchte eine Windmühle auf, ohne Flügel, mit eingefallenem Strohdach und verstaubten Fenstern.

Bernardo erzählte, in dieser Mühle habe sich während der Militärdiktatur Pablo Neruda vor den Faschisten versteckt. Später habe ein mit Bernardo befreundeter Maler das Gebäude gekauft und in ein Atelier verwandelt, und er selbst, Bernardo, habe sich in der obersten Etage ein kleines Arbeitszimmer eingerichtet, es sei alles noch ein wenig rustikal, aber zugleich sehr inspirierend, er habe sich über den Schreibtisch ein paar Gedichte gehängt.

An der nächsten Ampel suchte Bernardo durch den Rückspiegel Blickkontakt mit Florian und sagte auf Deutsch, er habe einige Jahre in Freiburg gelebt, kurz nach der Wende, und dort eine Promotion verfasst mit dem Titel *Perspektiven des Sozialismus oder Sozialismus ohne Perspektive?* Danach habe er viele Jahre zu Proudhon und Lafargue geforscht. Florian nickte und sagte: »Spannend.«

Die Ampel sprang auf Grün, sie fuhren weiter, bogen auf einen Feldweg ab und hielten vor einem verrosteten Eisentor, an dem ein Strauß bunter Luftballons befestigt war.

Er folgte Bernardo und Anna über einen Trampelpfad, der sie in einen von Gaslaternen erhellten Garten brachte. Es gab ein Buffet, mehrere Sitzecken, ein Lagerfeuer. Bernardo führte Florian und Anna einmal durch alle Gruppen, um sie vorzustellen. Die meisten Gäste waren Männer in Bernardos Alter, die genau wie er in Deutschland promoviert hatten, in Heidelberg, Tübingen, Konstanz, über Heidegger, Nietzsche, Jaspers. Alle sprachen Florian und Anna auf Deutsch an, wobei sie Ausdrücke benutzten wie »Gnädige Frau« und »Fabelhaft«, und immer wieder entschuldigten sie sich für den Zustand ihres Landes, Chile sei leider barbarisch, Chile habe keine Kultur, die Chilenen säßen zu viel vor dem Fernseher.

Als Letztes trafen sie Bernardos Ehefrau Emiliana, eine Grundschullehrerin aus der Hafenstadt Valparaíso, und Bernardos geistig behinderte Tochter, die siebzehnjährige Irena. Nachdem sie ihren Namen und ihr Alter aufgesagt hatte, ballte Irena ihre Hand zur Faust und steckte sie sich fast vollständig in den Mund. Ihre Mutter zog ihr die vom Speichel glänzende Faust wieder aus dem Mund und sagte: »Möchtest du deine Ih-Ih-Handschuhe tragen, mein Mäuschen?« Irena presste die Lippen zusammen und schüttelte den Kopf.

Neben dem Garten stand das Haus der Familie Goldapfel, eine dreistöckige Villa, an deren Außenfassade das Laternenlicht die Schatten der Geburtstagsgäste warf. Anna und Florian liefen eine Steintreppe hinauf zur Terrasse, auf der zwischen mehreren Buddha-Statuen und menschengroßen Kakteen eine brummende Gefriertruhe stand. Anna öffnete die Truhe und zog eine Flasche Sekt heraus.

Sie setzten sich auf die Treppenstufen. Von hier aus hätte man einen Großteil der Stadt überblicken können. Doch die Stadt wurde eingehüllt von der grauen, undurchdringlichen Smogwolke, die auch noch in der späten Dämmerung deutlich zu erkennen war. Erst gestern, dachte Florian, hatten Anna und er diese Wolke von der anderen Seite, von unten betrachtet.

Anna öffnete die Sektflasche, nahm einen Schluck und reichte sie Florian. Schnell waren sie beide angetrunken. Anna erzählte, sie hätte letzte Nacht erneut mit ihrem Exfreund geskypt, er sei bekifft gewesen. Ihre Liebe für Tobi sei jetzt endgültig verschwunden, sie verspüre nur noch Abscheu und Ekel, und vielleicht ein kleines bisschen Mitleid, wenn sie an ihn denke.

Florian starrte auf die Smogwolke, deren Konturen sich immer mehr in der Dunkelheit auflösten. Er setzte noch einmal die Flasche an die Lippen, der Sekt schmeckte warm und hatte kaum noch Sprudel. Florian kratzte mit dem Fingernagel ein Loch in das Silberpapier am Flaschenhals. Er wandte den Kopf zu Anna, drehte ihn wieder nach vorne. Dann sagte er: »Warum sprichst du überhaupt noch mit Tobi?«

Als Anna nicht sofort antwortete, entschuldigte sich Florian und sagte: »Ist ja eigentlich auch egal.« Anna drehte sich eine Zigarette. »Ist ja wirklich egal«, sagte Florian noch einmal, und ob sie ihm auch eine Zigarette drehen könne?

Nachdem sie aufgeraucht hatten, gingen sie zurück in den Garten, zu Irena, die allein an einem Steintisch in der Nähe des Lagerfeuers saß und einen Pinsel in der Hand hielt. Auf dem Steintisch lagen frisch bemalte Muscheln, in mehreren Reihen nach Größe und Farbe sortiert. Anna nahm eine der Muscheln in die Hand, betrachtete sie eine Weile und lobte dann Irena für ihre sauberen Pinselstriche. Irena starrte regungslos zu den Flammen des Lagerfeuers. Ihr Gesicht glänzte.

Neben ihnen begann ein dicker Mann mit kariertem Hemd Bernardo ein Geburtstagslied zu singen, die typische Happy-Birthday-Melodie mit spanischem Text. Nach und nach stimmten alle anderen Geburtstagsgäste in den Gesang ein. Bernardo wedelte mit den Armen und rief immer wieder dazwischen, man solle sich keine Umstände machen, doch je länger er protestierte, desto lauter wurde der Gesang, ein paar Leute klatschten und trampelten mit den Füßen.

Zu Beginn der zweiten Strophe trat Emiliana an Irenas Steintisch, beugte sich zu ihr hinab und flüsterte ihr etwas ins Ohr. Irena quiekte, presste die Lippen zusammen und nickte. Emiliana nahm eine der noch glänzenden Muscheln und legte sie in Irenas zittrige Hand. Zögernd erhob sich Irena, und mit gesenktem Kopf, die Muschel wie eine Reliquie vor sich her tragend, bahnte sie sich ihren Weg durch die singenden Geburtstagsgäste, hin zu Bernardo.

Als sie ihm die Muschel überreichte, verstummte der Gesang. Bernardo küsste Irena auf die Wange, dann begann er zu weinen. »Das macht er immer«, sagte Emiliana in brüchigem Deutsch, »er ist eben nah am Wasser gebaut, mein lieber Schatz.«

Irena verschwand im hinteren Teil des Gartens, um mit ihrer Hündin Rita zu spielen. Ein paar Minuten später lockte Ritas Bellen die Gäste an. Von Irena fehlte jede Spur.

In alle Richtungen strömten die Gäste aus, riefen oder lallten Irenas Namen, stolperten durch das Gestrüpp und Gehölz, das den Garten umgab, immer tiefer hinein in den Gebirgswald. Florian und Anna folgten Emiliana zur verrosteten Eisenpforte, liefen gemeinsam den Feldweg hinab, bis zur Straße. Emiliana schluchzte. Sie stützte sich mit einer Hand auf Florians Schulter, um sich ihre Stöckelschuhe auszuziehen, dann hastete sie barfuß bergauf und rief Anna und Florian hinterher, sie sollten es in der anderen Richtung versuchen.

Anna seufzte und sagte, während des Seminars zum 11. September sei Irena auch ständig weggelaufen. Emiliana sei dann jedes Mal in Tränen ausgebrochen und habe alle SeminarteilnehmerInnen zum Mitsuchen gezwungen. Irena sei jedoch immer schon nach wenigen Minuten unversehrt wieder aufgetaucht.

Sie liefen ein Stück die Straße hinunter. Teilweise ging es so steil bergab, dass Florian unfreiwillig in einen leichten Laufschritt verfiel. Anna schlenderte ihm hinterher, die Sohlen ihrer Turnschuhe scheuerten über den Asphalt. Der Geruch des Waldes vermischte sich mit dem Geruch von sonnenerhitztem Teer. Irgendwo uhute ein Uhu.

Als die Straße eine scharfe Kurve machte, rannte Florian beinahe gegen eine Leitplanke, hinter der es steil in die Tiefe ging. Oh, sagte Anna, hoffentlich sei Irena hier nicht irgendwo von einer Klippe gestürzt, das sei dann vielleicht wirklich ein bisschen gefährlich.

Sie streunten durch den Wald, Anna voran. Immer wieder schlugen Florian zurückschnellende Äste ins Gesicht. Die Bäume standen dicht beieinander, wenig Mondlicht drang durch die Baumkronen. Florian merkte, dass er torkelte. Der Trampelpfad, dem sie folgten, wurde zunehmend sumpfiger.

Hinter einer Biegung blieb Anna abrupt stehen, drehte sich zu Florian und zog ihn zu sich heran. Als er sich vorbeugte, legte sie den Kopf in den Nacken, so dass er mit dem Mund gegen ihr Kinn stieß. Anna lachte und sagte, eigentlich sei sie ziemlich müde, aber wenn Florian müsse, dann okay, sie habe nichts dagegen einzuwenden. »Wenn ich was muss?«, fragte Florian, woraufhin Anna entgegnete: »Es kann ja durchaus ganz schön werden.«

Sie lehnte ihren Kopf gegen seine Schulter, schob ihre Hände unter sein T-Shirt, strich mit den Fingerspitzen über seinen Bauch. Florian spürte, wie sich sein Penis aufrichtete, so schnell, dass er schon nach wenigen Sekunden gegen den Hosenstall drückte und schmerzte. Er küsste Anna und schob eine Hand unter ihre Bluse, griff nach ihrer linken Brust, drückte sie ein paar Mal, durch den BH hindurch, und versuchte dabei, den Rhythmus von Annas Atem zu berücksichtigen.

Eine Weile standen sie eng umschlungen beieinander, küssten sich auf Mund, Hals, Nase, Wangen, streichelten und bedrückten gegenseitig ihre Oberkörper, einmal biss Florian Anna ins Ohrläppchen, einmal kitzelte sie ihn am Bauchnabel. Zwischendurch rückte Florian unauffällig seinen Penis so zurecht, dass er nicht mehr schmerzte und aufrecht stand, sanft eingeklemmt vom Hosenbund.

Auf einmal juckte Florians Nase so stark, dass er sich kurz

von Anna lösen musste, um sich zu kratzen. Anna wartete mit verschränkten Armen, bis Florian sich zu Ende gekratzt hatte, dann küsste sie ihn, biss ihm dabei in die Unterlippe und knöpfte zugleich seine Hose auf. Sie streichelte seinen Penis, während Florian wieder mit beiden Händen auf ihre Brüste drückte. Sie ließ sich nach hinten sinken, legte sich mit dem Rücken auf den sumpfigen Trampelpfad, und Florian beugte sich über sie.

Er rieb seinen Penis eine Weile an ihrem Oberschenkel, dann versuchte er, ihre Jeanshose zu öffnen und hinabzuziehen, doch der Reißverschluss klemmte, weshalb Anna schließlich nachhalf. Florian zog erst seine eigene, dann Annas Hose und Unterhose bis zu den Knöcheln, dann wollte er sich wieder auf sie legen, doch Anna schob ihn zur Seite, zog sich Schuhe, Socken, Hose und Unterhose ganz aus und hängte sie neben sich an einen Ast. Florian machte es ihr nach.

Anna reichte ihm ein Kondom, er öffnete es und rollte es über seinen Penis. Dann, so langsam und gefühlvoll wie möglich, schob er seinen Penis in Annas Vagina. Mit den Ellbogen stützte er sich im Matsch ab, seine Oberarme zitterten, er spürte ein Kribbeln in seinen Hoden, zog seinen Penis noch einmal ein Stück aus Anna heraus, um nicht sofort zu ejakulieren. Anna sagte: »Hinterher müssen wir mal nach Zecken gucken, die sind hier ziemlich gefährlich.« Florian schob seinen Penis wieder in Annas Vagina, stieß ein paar Mal kräftig zu, dann noch ein paar Mal nicht ganz so kräftig, Annas Becken zuckte.

Zurück im Garten trafen sie auf Bernardo, der gerade versuchte, sich im Licht einer Gaslaterne ein Pflaster auf eine Schürfwunde am linken Schienbein zu kleben. Die Wunde war so groß, dass Bernardo die Klebeabschnitte des Pflasters direkt auf das noch glänzende Blut drücken musste, was dazu führte, dass das Pflaster immer wieder an Bernardos verschwitzter Hand hängen blieb. Er knüllte das Pflaster zusammen und warf es in Richtung Lagerfeuer, wo es wenige Zentimeter neben den Flammen, in der Ritze eines zerbrochenen Ziegelsteins, liegen blieb.

Bei der Suche nach Irena sei er gegen einen Feuerwehrhydranten gestoßen und habe sich das Bein aufgeratscht, sagte Bernardo, den einzigen Feuerwehrhydranten weit und breit, der stehe mitten im Wald, warum auch immer. Florian blickte sich um. Die meisten Gaslaternen waren erloschen, fast alle Gäste waren gegangen, am Steintisch hinter dem Lagerfeuer saß Irena und zählte ihre Muscheln.

Neben ihr saß Emiliana und tätschelte ihrer Tochter die Schulter. Sie lächelte, ihre Augen glänzten im Schein der Lagerfeuerflammen.

Bernardo war zu betrunken, um sie zurück zur Haltestelle zu fahren, und Emiliana hatte keinen Führerschein. Da in der Villa alle Gästezimmer besetzt waren, schlug Bernardo vor, Anna und Florian könnten sich in seinem Arbeitszimmer in der Nerudamühle einquartieren. Emiliana holte ihnen aus der Villa frische Handtücher, Seife und Zahnbürsten. Bernardo reichte Anna einen verrosteten Schlüssel, an dem ein mit bunten Muscheln verzierter Schlüsselanhänger baumelte.

Nach zwanzig Minuten Fußweg erreichten sie die Mühle. Bernardos Arbeitszimmer befand sich im zweiten Stockwerk. Es gab einen Schreibtisch, ein Bücherregal und ein schmales Feldbett, auf dem eine Wolldecke lag. Neben der Tür hing ein verkalktes Waschbecken.

Während sie sich die Zähne putzten, liefen sie mit gesenkten Köpfen im Zimmer umher. Anna putzte vorbildhaft, so wie es Zahnärzte kleinen Kindern beibringen, eine Zahnreihe nach der anderen, vom Zahnfleisch in die Mitte, und auch die Innenseiten nicht vergessen. Florian wartete, bis sie sich den Mund ausgespült hatte, dann beugte er sich selbst über das Waschbecken und spuckte den Schaum in den Abfluss.

Ohne die Bluse zu öffnen, löste Anna ihren BH und zog ihn oben aus dem Kragen heraus. Sie zog sich die Hose aus und legte sich unter die Wolldecke, mit dem Gesicht zur Wand. Florian schaltete das Licht aus, zog sich selbst bis auf die Unterhose aus und legte sich zu ihr, umfasste ihre Hüfte und küsste ihre Haare, ihr Ohrläppchen, ihren Nacken. Sie roch nach Hautcreme, ihr Körper war warm.

Sie griff nach seiner Hand und zog ihn fester an sich. Sie flüsterte: »Wenn ich dich schlage oder trete in der Nacht, dann ist das nicht persönlich gemeint.« Florian streichelte mit den Fingern über Annas Handgelenk, die Handinnenfläche, ihre Haut war rau. Sie habe in letzter Zeit ständig Alpträume und wache häufig mit blauen Flecken auf, sagte Anna, Anzeichen dafür, dass sie wieder vermehrt um sich schlage im Schlaf, aber kein Grund zur Sorge, sie kenne das aus ihrer Kindheit, da hätten ihre Eltern sie manchmal sogar ans Bett fesseln müssen.

Sie drehte sich zu ihm, er sah das Weiß in ihren Augen, die Umrisse der Harry-Potter-Narbe auf ihrer Stirn, und obwohl Florian an diesem Abend mehr als einen Liter Sekt getrunken hatte und obwohl er eben im Treppenhaus Probleme gehabt hatte, den Abstand zwischen den Stufen richtig einzuschätzen, fühlte er sich auf einmal wieder vollkommen nüchtern. Er sagte: »Ich halte dich einfach ganz fest.« Anna lachte und sagte: »Das wird nicht reichen.«

Sie küsste ihn, schloss die Augen, und kurz darauf war sie eingeschlafen. Florian blieb wach und wartete auf die Schläge und Tritte, doch Anna zuckte nur ein paar Mal mit dem Bein. Florians Schulter schmerzte, er hätte sich gern für einen Moment auf die andere Seite gelegt, doch er fürchtete, danach würde Anna in einer Position liegen, in der er nicht mehr ihre Hand halten könnte.

Als die Morgendämmerung einsetzte, rückte Anna ein Stück von ihm ab. Florian verbrachte die nächste Viertelstunde damit, wieder in ihre Nähe zu rücken, Zentimeter für Zentimeter. Als er angekommen war, fuhr er mit der freien Hand über Annas Lippen, dann über die Harry-Potter-Narbe auf ihrer Stirn, von der er jetzt erkannte, dass sie kein Blitz, sondern bloß ein zittriger Strich war. Anna öffnete die Augen, betrachtete ihn, ernst, ohne das Gesicht zu verziehen, schloss die Augen wieder.

Sie dösten eine Weile vor sich hin, dann erwachte Florian, weil Anna begonnen hatte, unter der Wolldecke seinen Penis zu streicheln. Sie war nackt. Florian versuchte, mit der Hand Annas Vagina zu erreichen, doch Anna hielt ihre Beine fest zusammengepresst, so dass Florian nur über ihren Bauch und ihren Oberschenkel streicheln konnte. Anna zog Florians Unterhose bis in die Kniekehlen und streifte ein Kondom über seinen Penis.

Sie setzte sich auf ihn, führte sich seinen Penis ein und begann, erst langsam, dann immer schneller, auf und ab zu wippen.

Florian schlüpfte ganz aus seiner Unterhose, sie fiel neben dem Feldbett auf den Fußboden. Als Anna ihn ansah, drehte er den Kopf zur Seite, weil er fürchtete, aus Annas Perspektive ein leichtes Doppelkinn zu haben. Anna japste, presste ihr Becken auf seinen Penis, zog seinen Kopf zu sich heran. Sie fuhr ihm mit der Hand durch die Haare, drückte sein Gesicht gegen ihren Oberkörper.

Nach ein paar Minuten stieg sie von ihm herunter. Sie drehte sich auf den Bauch, und Florian nahm sie von hinten. Einen Moment lang hatte er Mühe, seine Ejakulation zurückzuhalten. Er versuchte, sich mit Kinderreimen abzulenken, der Hahn ist tot, der Hahn ist tot, er kann nicht mehr kräh'n, kokodi, kokoda, als auch das nicht half, zählte er in Gedanken Zementsäcke, ein Sack Zement, zwei Sack Zement, drei Sack Zement, dann ging es wieder, Anna stöhnte, Florian streckte den Rücken durch. Im Zimmer war es jetzt ganz hell, draußen schien die Sonne.

Florian beugte sich vor, Anna griff nach seiner Hand und drückte sie gegen ihre Brüste. In dieser Position blieben sie eine Weile, im immer gleichen Rhythmus, und irgendwann dachte Florian, dass er jetzt vielleicht doch ejakulieren sollte, aber bevor er sich dazu durchringen konnte, sackte Anna unter ihm zusammen, küsste ihn auf den Unterarm und drehte sich zur Seite.

Florian hockte noch einen Moment auf allen vieren über ihr, dann legte er sich neben sie. Anna sagte: »Das war doch schön.« Florian sagte: »Ja, das fand ich auch.« Sie stand auf und verließ das Zimmer. Florian zog sich das Kondom von seinem Penis und schmiss es in den Mülleimer, der am Fußende des Bettes stand. Dann nahm er es wieder aus dem Mülleimer, knüllte es zusammen und schob es in die Gesäßtasche seiner Jeanshose.

Anna kam zurück ins Zimmer. Während sie sich die Zähne putzte, lief sie vor dem Bücherregal auf und ab. Florian schob sich die Wolldecke über die Hüfte. Dann schob er die Wolldecke wieder zur Seite, stand auf und ging zum Waschbecken. Versehentlich drückte er sich zu viel Zahnpasta auf seine Zahnbürste.

An der Engstelle zwischen Bett und Bücherregal stießen sie mit den Hüften aneinander. Florian nahm die Zahnbürste aus dem Mund und entschuldigte sich. Anna lächelte ihn an, Schaum tropfte aus ihrem Mundwinkel auf den Fußboden. Sie bückte sich und wischte den Schaum mit der Handkante auf.

Als sie kurz darauf vor dem Fenster stehen blieb, umarmte Florian sie von hinten und stützte sein Kinn auf ihre Schulter. Im Garten stand ein Rasenmähertrecker, dessen roter Lack von Vogelkot und Rost zerfressen war.

Während sie auf den Bus warteten, saßen sie auf der Terrasse einer noch geschlossenen McDonalds-Filiale und beobachteten die vorbeifahrenden Autos. Es waren vor allem Jeeps mit breiten Reifen und getönten Scheiben. Zwischendurch zog Florian unauffällig das zusammengeknüllte Kondom aus seiner Gesäßtasche und warf es in einen Mülleimer.

Anna schob zwei Finger unter das Deutschlandfahnenzopfband an ihrem Handgelenk. Sie klang aufrichtig verblüfft, als sie sagte: »Mein Fluchtinstinkt ist verschwunden.« Sie zog das Zopfband vom Arm, spannte es und schoss es in Florians Richtung. Er wehrte es mit der Hand ab. Anna lachte. »Es ist ja doch ganz passabel in deiner Gegenwart.«

Sie nahm ihm das Zopfband ab und zog es wieder über ihr Handgelenk. In der McDonalds-Filiale stellte ein Mitarbeiter die Stühle von den Tischen. Florian kratzte sich am Kinn. Ein paar Schulkinder liefen den Bürgersteig hinab. Sie kicherten und öffneten einander immer wieder ihre Rucksackschnallen.

Ein doppelstöckiger Reisebus brachte sie zurück in die Innenstadt. Er kam aus dem argentinischen Mendoza, von der anderen Seite der Anden. Seine Fassade war besprenkelt mit Schlammspritzern, unter den Scheibenwischern klemmten Eisklumpen. Er hatte schon zwölf Stunden Fahrt hinter sich, als Anna und Florian einstiegen.

Drinnen war es fast leer. Die wenigen Fahrgäste lagen quer auf den Sitzen und schliefen. Florian und Anna setzten sich auf die untere Rückbank, Florian rutschte ans Fenster, Anna legte den Kopf auf seine Oberschenkel und streckte die Beine über die restlichen Sitze aus. Als der Bus anfuhr, steckte sie den Kopf unter Florians Pullover und schmiegte sich an ihn.

Obwohl noch immer die Sonne schien, schlugen Regentropfen gegen das Fenster und zogen sich in langen Fäden die Scheibe entlang. Florian folgte einem der Fäden mit dem Zeigefinger. Durch den Stoff hindurch klang Annas Stimme dumpf, als sie sagte: »Ich hoffe, ich habe letzte Nacht nicht zu viel herumgezappelt.«

Der Bus fuhr an einer Mauer vorbei, in dessen obere Kante bunte Glasscherben eingelassen waren. Dahinter drehte sich der zuckende Strahl eines Rasensprengers. »Ehrlich gesagt, wenn ich neben einem anderen Menschen liege, ist es besonders schlimm«, Anna sprach jetzt leise, flüsterte fast, »bei Tobi hat es Monate gedauert, bis wir nebeneinander eine ganze Nacht durchschlafen konnten.« Nach einer kurzen Pause fügte sie hinzu: »Mit dir wird das hoffentlich schneller gehen.«

Florian spürte, wie sich ein Lächeln auf sein Gesicht drängte, er dachte, gut, dass Annas Kopf noch immer unter seinem Pullover steckte, denn von außen sähe das jetzt aus wie ein dümmliches und ziemlich unattraktives Grinsen, er lachte, ballte seine linke Hand zur Faust, stieß sie ein paar Mal zaghaft in die Luft, nickte der Rückenlehne seines Vordersitzes zu. Ja, dachte Florian, ja, ja, ja.

Er hob den Pullover an und küsste Annas sauber ausrasierten Nacken. Er sagte: »Viermal hast du mit dem linken Bein gezuckt, einmal hast du dich auf den Rücken gelegt, nach ein paar Minuten wieder zurück auf die Seite. Sonst ist mir nichts aufgefallen.« Anna kicherte und sagte: »Ein guter Anfang.«

Es ging jetzt steil bergab, die Häuser am Straßenrand wurden kleiner, genau wie die Gärten und die Mauern und Hecken, die sie umgaben. Dann wurden die Häuser wieder größer, riesige Wohnkomplexe säumten den Straßenrand.

Anna stieg als Erstes aus. »Bis hoffentlich bald«, sagte sie. »Ja«, sagte Florian und nickte.

Als Florian das Hochhaus betrat, in dem Golpe wohnte, saß Señor Jorge hinter seinem Marmortresen und las den dritten Harry-Potter-Roman, *Harry Potter und der Gefangene von Askaban*. Als Florian ihn darauf ansprach, zuckte er mit den Schultern und sagte, er habe das Buch von seiner Nichte geschenkt bekommen, es sei leider ziemlich langweilig, es handele von Zauberern und Hexen und Drachen. »Ich weiß«, sagte Florian, »ich habe das auch mal gelesen.«

Dann sprachen sie eine Weile über deutsche Fußballspieler, Müller, Matthäus, Beckenbauer. Señor Jorge erzählte, sein jüngster Enkel habe selbst einmal eine Karriere als Profifußballer angestrebt, zunächst habe er in Chile in der Jugendabteilung von Colo-Colo gespielt, sogar als Mannschaftskapitän, später sei er nach Buenos Aires zu Boca Juniors gewechselt. Dort allerdings sei ihm der Ruhm zu Kopf gestiegen, er habe nur noch getrunken und gefeiert und sei schließlich vom Verein entlassen worden. Ganz dick sei er gewesen bei seiner Rückkehr nach Santiago, wie Maradonna. Señor Jorge deutete mit den Händen den Bauchumfang seines Enkels an.

Oben an der Wohnungstür musste Florian lange klopfen, bis Golpe ihm öffnete. »Du lebst noch«, sagte Golpe, ohne den Blick von seinem Laptop abzuwenden, den er auf dem Arm hielt. Er guckte gerade auf YouTube eine Dokumentation über Geparden.

Florian ging ins Badezimmer und zog sich die Klamotten aus. Er stieg unter die Dusche, nahm den Duschkopf aus der Verankerung und drehte den Hahn auf. Neben der Kabine sprang der Boiler an. Florian ließ sich das Wasser über den Unterschenkel und die Beine laufen, bis es sich erhitzt hatte, dann hängte er den Duschkopf zurück in die Verankerung und stellte sich darunter.

Nach ein paar Sekunden, noch bevor er richtig nass geworden war, stieg er wieder aus der Kabine. Er roch an seinen Achseln, seinem Oberarm, seinem Unterarm. Er strich sich mit den Fingern über den Bauch, den Penis und die Hoden. Dann hielt er sich die Hand vor das Gesicht und atmete tief durch die Nase ein. Es roch nach Hautcreme und Schweiß, nach Kondom und nach Annas Vagina.

Florian stellte die Dusche ab und zog sich an. Er setzte sich zu Golpe auf das schwarze Ledersofa und sah mit ihm die letzten zehn Minuten der Gepardendokumentation. Dann guckten sie auf den Vorschlag von YouTube hin eine Dokumentation über Füchse, dann eine über Eisbären. Zwischendurch steckte Florian immer wieder die Nase unter den Kragen seines Pullovers.

VIERZEHN

Zur Wulsbüttler Frühlings-LMV kamen knapp einhundertfünfzig Junggrüne aus ganz Niedersachsen, unter ihnen auch der *IGEL*-Redakteur Sven und der noch amtierende GJN-Sprecher Simon, außerdem ein paar Sympathisanten von den Lübberstedter Jungsozialisten. Ole hielt die Eröffnungsrede in der Aula der Wulsbüttler Grundschule. Florian war leicht erkältet, immer wenn er den Mund etwas weiter öffnete, ploppte es in seinen Ohren.

Genau wie die Gäste übernachteten auch die meisten Mitglieder der Ortsgruppe Wulsbüttel-Osterholz in der Turnhalle. Florian zog sich gemeinsam mit Ole, Isa und Juria in eine Ecke zwischen die Turnbarren und Sprungkästen zurück. Zu viert teilten sie sich eine Kampfsportmatte und zwei Wolldecken. Ganz links lag Juria, daneben Ole, daneben Florian, daneben, ganz rechts, Isa. Um sie herum, an den Wänden und an der Turnhallendecke, zappelten die Lichter der Taschenlampen. Schlafsäcke raschelten, Luftmatratzen wurden aufgeblasen, jemand mit sehr tiefer Stimme lachte und sagte: »Du hast manchmal komische Ideen.« Florian steckte sich Ohropax in die Ohren und schlief ein.

Irgendwann in der Nacht wachte er noch einmal auf. Es war jetzt beinahe vollkommen dunkel, nur durch die Milchglasfenster direkt unter der Decke schimmerte ein wenig Mondlicht. Florian drehte sich auf den Rücken, schob sich die Arme unter den Kopf, stieß dabei versehentlich mit dem Ellbogen gegen Isas Nase. Sie zuckte zurück und grunzte. Florian spürte einen leichten Druck auf der Blase. Einen Moment lang überlegte er, aufzustehen und auf die Toilette zu gehen, doch bevor er sich dazu durchringen konnte, war er wieder eingeschlafen.

Am Samstagvormittag besuchte Florian ein Seminar zum Bedingungslosen Grundeinkommen und ein Seminar zur Wasserversorgung in Afrika. Zum Mittagessen gab es Nudeln mit roter Nusstofusoße. Florian setzte sich an einen Tisch mit Ole und dem GJN-Sprecher Simon und lauschte deren Gesprächen. Simon empfahl Ole, bei der morgigen Bewerbungsrede um den SprecherInnenposten die umstrittene Deutschlandfahnenpissdebatte durchaus zu erwähnen, allerdings mit einem leichten Augenzwinkern, nach dem Motto: »Seht her, ich weiß, dass ich mit meinem wilden Aktionismus polarisiere, doch eigentlich bin ich ganz vernünftig.« Florian war sich nicht ganz sicher, wie Simon das meinte. Ole hingegen nickte und sagte: »Verstehe, okay, ja, das ist gut.«

Nach dem Essen machte Florian einen Verdauungsspaziergang zu den Forellenteichen. Es war ein ungewohnt heißer Tag, und schon nach wenigen Schritten spürte er den Schweiß in seinem Nacken. Blütenstaub wirbelte durch die Luft, so dass Florian mehrmals niesen musste, wobei ihm ein wenig gelber Schnodder aus der Nase in die Handinnenflächen spritzte. Am Plumpsklo machte er eine Pause, um sich mit dem dort gelagerten Toilettenpapier kurz die Nase und die Hände zu putzen. Das gebrauchte Toilettenpapier verscharrte er im Waldboden hinter dem Klohäuschen.

In der Nähe von Udos eingefallener Holzkabine traf er Isa. Sie saß auf einem umgestürzten Baumstamm und schaukelte mit den Beinen. Wie so oft in letzter Zeit trug sie auch jetzt ihren braunen Kapuzenpullover mit der Aufschrift »Kein Mensch ist illegal«, außerdem eine hellgrüne Leggins und Ledersandalen. Ihr Haar war lose zu einem Zopf zusammengebunden, auf ihrer linken Wange schimmerte das Blut von zwei frisch aufgekratzten Pickeln.

Als er sich zu ihr setzte, sagte Isa, sie habe ein wenig Angst vor der morgigen SprecherInnenwahl, und ob Florian sie vielleicht einmal kurz halten könne? »Was soll das denn bringen?«, fragte Florian. Isa lachte und sagte: »Das mag ich so gerne an dir, mein lieber, lieber Florian.« Ein Kaninchen hoppelte aus Udos Holzkabine, blickte in ihre Richtung, zuckte mit dem Kopf. Isa sagte, sie wolle sich morgen bei ihrer Bewerbungsrede zum demokratischen Sozialismus bekennen. Als Florian dem Kaninchen mit der Faust drohte, verschwand es zwischen den Sträuchern.

Isa begann zu pfeifen, eine Melodie, die Florian bekannt vorkam, mit vielen kurzen und hohen Tönen und zwischendurch einem Trällern. Zugleich begann sie, mit der linken Hand über Florians Oberschenkel zu streicheln. Ihr kleiner Finger war leicht gekrümmt und stand ein wenig ab, auf dem Handrücken traten mehrere bläuliche Adern hervor. Florian schüttelte sein Bein, Isas Hand rutschte ab.

Er versuchte aufzustehen, doch in diesem Moment griff Isa mit beiden Händen nach seinem Arm und hängte sich mit all ihrem

Gewicht an ihn, so dass er strauchelte und gemeinsam mit Isa auf den Waldboden stürzte. Sie küsste ihn auf den Mund, Florian drehte den Kopf zur Seite. Isa setzte sich auf ihn und versuchte, sich ihren Pullover über den Kopf zu ziehen, was ihr jedoch nicht gelang, weil sich ihr Haarband mit der Kapuzenbommel des Pullovers verhedderte.

Geruch von Hundeurin stieg Florian in die Nase, ein Stein drückte schmerzhaft gegen sein Steißbein. Endlich gelang es Isa, sich von ihrem Pullover zu befreien, sie warf ihn zur Seite, wo er sich in einem Brombeerstrauch verfing. Sie trug jetzt nur noch ein weißes Unterhemd. Florian schloss die Augen, und im selben Moment spürte er, wie Isa sich zu ihm hinabbeugte, wie ihre Lippen sein Kinn streiften, seinen Mund, seine Nase, seine Augen, seine Stirn. Es kitzelte.

Florian öffnete die Augen und schlug Isa mit der Faust in die Magengrube. Sie rollte von ihm hinunter, krümmte sich und presste die Hände in den Bauch, und zum ersten Mal seit langer Zeit erinnerte ihr Anblick Florian wieder an eine Forelle, diesmal jedoch nicht wegen ihrer hervortretenden Augen, sondern wegen der Art, wie sie die Lippen spitzte und nach Luft schnappte.

Eine Weile lag Florian auf dem Rücken, zupfte ein wenig Moos aus dem Boden, zerbrach ein paar vertrocknete Äste und Rindenstücke, während neben ihm Isas Atem nach und nach wieder ruhiger wurde. Die Sonne schimmerte durch die Tannenbaumwipfel, und Florian musste plötzlich an ein YouTube-Video denken, dessen Link ihm Ole vor ein paar Tagen per E-Mail geschickt hatte. Es zeigte zwei brennende Zeichentrickwachskerzen, die sich unterhielten. Die eine Kerze fragte die andere: »Ist Wasser gefährlich?« Die andere Kerze sagte: »Kannst du von ausgehen.« Das war das ganze Video. Es hatte bereits mehr als zweihunderttausend Views.

Sie lagen ein paar weitere Minuten schweigend nebeneinander, dann zog sich Isa auch noch ihre Leggins und ihre Unterhose aus und legte sich wieder auf Florian. Sie rieben sich aneinander, Isa stöhnte, Florian spürte, wie sein Penis hart wurde und seine Eichel von innen am Jeansstoff seiner Hose scheuerte. Isa sagte: »Ja, oh, ja, es ist so schön!« Als Florian zum Himmel blickte, entdeckte er eine Wolke, die ein bisschen wie ein Nilpferd aussah oder wie ein Elefant, zumindest hatte sie vier etwas dickere Beine. Isa zog Florians Jeans hinunter, bis in die Kniekehlen, dann die Boxershorts.

Sie griff nach Florians Penis und zog die Vorhaut so weit nach unten, dass es schmerzte. Sie setzte sich auf ihn, ohne seinen Penis loszulassen, beugte sich vor, ihr Schamhaar kratzte an seinen Hoden. Florian spürte ein leichtes Zerren in seiner linken Wade. Isa schob seinen Penis in ihre Vagina. Er rutschte wieder heraus. Isa schob ihn noch einmal hinein. Florian ejakulierte.

Sie blieb noch eine Weile auf ihm liegen. Als Florian erneut zum Himmel blickte, war dort noch immer die Wolke mit den vier dicken Beinen zu sehen, allerdings war das vierte Bein jetzt beinahe so dick wie die anderen drei Beine zusammen. Florian räusperte sich, schob Isa zur Seite, zog sich die Boxershorts und die Jeanshose hoch und stand auf.

Während des Rückwegs zur Wulsbüttler Grundschule spürte Florian wieder das Zerren in seiner linken Wade, es wurde so stark, dass er zwischenzeitig sogar ein wenig humpelte. Isa lief ganz normal, beschwerte sich jedoch über ein leichtes Schwindelgefühl und Rückenschmerzen.

Am Abend gab es eine Party in der Scheune von Oles Eltern. Florian stand die meiste Zeit allein in der Ecke mit den Bierkisten, ohne selbst zu trinken, mit verschränkten Armen, und blickte auf die Tanzfläche. Zu Beginn des Abends standen dort lediglich drei bartlose Punks, die lustlos hin- und herwippten, doch als draußen die Dämmerung einsetzte, wurde es schlagartig voll. Zwischen den Menschenmassen erkannte Florian unter anderem den GJN-Sprecher Simon, der mit geschlossenen Augen tanzte und dabei seine Arme wie Flügel ausstreckte, den *IGEL*-Koordinator Sven, der während jedem Tocotronic- oder Sterne-Song willkürlich um sich schlug, aber auch Ole, der häufig am Rand stand und kaum die Hüften bewegte, und Isa, die immer wieder Leute zum Paartanz aufforderte.

Am Sonntagmorgen, direkt nach dem Frühstück, kam es zu einer Spontandemo gegen Studiengebühren. Da die meisten Junggrünen noch schliefen, bestand die Gruppe nur aus etwa dreißig Personen, von denen knapp die Hälfte Mitglieder der Ortsgruppe Wulsbüttel-Osterholz waren. Sie hatten zwei Fahnen, eine dunkelgrüne mit wütendem Igel und eine hellgrüne mit dem Logo von Bündnis 90 / Die Grünen. Außerdem ein hastig mit Filzstiften gestaltetes Transparent, auf dem stand: »Gegen Studiengebühren!«

Die Demo führte an der Kirche vorbei, wo gerade der Gottesdienst abgehalten wurde. Der Gesang des Frauenchors war bis auf die Straße zu hören. Isa hakte sich bei Florian unter, lachte und sagte: »Ach, noch einmal an Gott glauben!« Ole verteilte Trillerpfeifen. Er kenne einen guten Reim, den er schon einmal im Fernsehen gehört habe, sagte Juria, der sei ganz lustig und gehe so: »Wir sind hier / wir sind laut / weil man uns die Bildung klaut!« Der gehe schon in Ordnung, sagte Isa, wenn mensch das »man« durch »mensch« ersetze, also: »Wir sind hier / wir sind laut / weil mensch uns die Bildung klaut!«

Gelegentlich machte der Demonstrationszug eine Pause, weil einzelne Junggrüne über die Gartenzäune hinweg mit den Anwohnern längere Diskussionen führten, von denen die meisten ein für Florian unerwartet herzliches Ende nahmen. Juria schaffte es sogar, einen bekennenden NPD-Sympathisanten, den alten Herrn Staskewitsch, mit einem Gespräch über Bio-Landwirtschaft davon zu überzeugen, bei der nächsten Bundestagswahl für die Grünen zu stimmen. Florian selbst mischte sich nie in die Diskussionen ein, pustete nur gelegentlich in seine Trillerpfeife, die sich schnell mit so viel Spucke füllte, dass die Triller von einem Schlürfgeräusch begleitet wurden.

Ole zog den Bollerwagen, auf dem ein Ghettoblaster stand, der immer wieder dieselbe CD abspielte, irgendetwas Deutschrockiges, Synthesizer, E-Gitarre, Klavier, ein männlicher Sänger mit hoher Stimme. Als sie über die Schotterstraße vor der Waffelfabrik liefen, verlor sich die Musik in einer Endlosschleife, immer wieder rief der Sänger: »mein Wunderkind! Und dann der Rasen und die …« Ole hielt an und schlug ein paar Mal mit der Hand auf den Ghettoblaster, die Musik verstummte und setzte kurz darauf mit dem nächsten Lied ein.

Auf der Wiese vor der Volksbank machte der Demonstrationszug eine Pause. Während Simon eine Rede hielt, saß Florian ein wenig abseits im Gras, zusammen mit Isa, die ihren Kopf in seinen Schoß gelegt hatte. Simon hatte weder ein Mikro- noch ein Megaphon zur Verfügung und wurde zudem von Jubelrufen, Klatschern und Trillerpfeifen überstimmt, so dass kaum eines seiner Worte bis zu Florian durchdrang. Gelegentlich hob Isa den Kopf und flüsterte Florian etwas ins Ohr, zum Beispiel »Ich bin froh, dass wir uns gefunden haben« oder »Ich glaube, das ist etwas ganz Großes zwischen uns, Florian Berg«.

Florian ließ einen Marienkäfer auf seinen Handrücken krabbeln, hob den Arm, pustete den Käfer in die Luft. Er flog in Richtung Volksbank davon. Florian stand auf. Isas Kopf rutschte ins Gras, sie rief: »Reiche Eltern für alle!« Als sich der Demonstrationszug wieder in Gang setzte, gesellte sich Florian zu Ole, der noch immer den Bollerwagen zog. Ole erzählte, er habe sich am gestrigen Abend die Birne weggekifft, das sei ziemlich geil gewesen, und dann, kurz vor Sonnenaufgang, habe er sich von einer *IGEL*-Redakteurin aus Oldenburg einen blasen lassen, mitten in der Turnhalle, zwischen all den schlafenden Junggrünen.

Am Ortseingangsschild drehten sie um und liefen dieselbe Route zurück. Als sie zum zweiten Mal bei der Volksbank ankamen, standen dort die beiden Wulsbüttler Dorfpolizisten, Herr Steenblock und Herr Simmel. Sie baten Simon, ihnen die schriftliche Genehmigung für die Demonstration auszuhändigen. Als Simon entgegnete, die Demonstration sei leider nicht angemeldet, nahm Herr Steenblock seine Polizeimütze ab, kratzte sich am

Kopf und sagte: »Na gut. Aber macht nicht zu viel Krach, Kinder. Und um eins ist Mittagsruhe.«

Als sie weiterliefen, drängte sich Isa zwischen Florian und Ole und sagte, sie müsse mal eben mit Florian alleine sprechen. Florian sagte, da habe er jetzt keine Lust drauf. Isa schwieg einen Moment, dann sagte sie: »Okay, dann eben später.« Der Bus aus Bremen-Vegesack erschien am anderen Ende der Hauptstraße. Der Demonstrationszug teilte sich, um ihn durchzulassen. Ole zog den Bollerwagen auf den Bürgersteig, mit einer Hand hielt er dabei den Ghettoblaster fest. Der Bus fuhr vorbei.

Vor der Kirche standen jetzt ein paar alte Frauen und unterhielten sich über die Predigt. Eine von ihnen war Oles Großmutter. Als sie Ole entdeckte, winkte sie ihn zu sich herüber. Ole übergab den Bollerwagen an Florian und ging zu seiner Großmutter, wo er nacheinander allen alten Frauen die Hand schüttelte. Florians Vater stand an der Kirchentür, in seinen schwarzen Talar gekleidet, die Arme vor dem Bauch verschränkt.

Isa näherte sich Florian von schräg hinten, legte ihre Arme um seine Hüften, stützte ihr Kinn auf seine Schulter. Sie fragte: »Kennst du dieses eine Lied, das davon handelt, was die Menschen tun würden, wenn sie nur noch einen Tag zu leben hätten?« Florian verneinte. Isa sagte: »Hm, na ja, dann ist es nicht so wichtig.« Vor ihnen senkte Juria die Fahne mit der Zeichnung des wütenden Igels, der dunkelgrüne Stoff streifte Florians Gesicht. Isa flüsterte: »Ich liebe dich, Florian Berg, ich liebe, liebe, liebe dich, so wie ich noch nie einen Menschen geliebt habe! Und ich möchte dich nie wieder verlieren!«

Ole löste sich von den alten Frauen und kam zurück zur Gruppe, der Demonstrationszug setzte sich wieder in Bewegung. Florian bat Isa, mal eben ein Stück zur Seite zu treten, sie bekomme sonst womöglich die Räder des Bollerwagens in die Hacken.

Bei der SprecherInnenwahl am Nachmittag bewarben sich außer Ole und Isa noch drei weitere Kandidaten. Florian stimmte für Ole, doch schon im ersten Wahlgang gewann ein gewisser Peter aus Cuxhaven-Döse, von dem Florian nie zuvor etwas gehört hatte, mit absoluter Mehrheit. Ole belegte den vierten, Isa den dritten Platz. Nach der Wahl trat Simon auf das Podium und bat die Vollversammlung, noch ein paar Minuten ruhig sitzen zu bleiben, Jürgen Trittin sei auf dem Weg nach Wulsbüttel und werde jeden Moment eintreffen, um die Abschlussrede zu halten. Eine halbe Stunde später trat Simon erneut auf das Podium, entschuldigte sich und sagte, Jürgen habe ihm eben eine SMS geschrieben, er komme jetzt leider doch nicht mehr.

Am Abend, nachdem alle Junggrünen abgereist waren, versammelte sich die Ortsgruppe Wulsbüttel-Osterholz zu einem Evaluationstreffen im Gemeindehaus. Juria sagte, er finde das mit der Politik ja alles ganz schön so weit, und das Wochenende habe ihm großen Spaß gemacht, doch er würde auch gerne wieder mehr im Gebiet unternehmen, Zelten und Lagerfeuer am großen Forellenteich zum Beispiel. Malte sagte, er habe keinen Bock mehr auf diese Dorfkacke, und nächstes Jahr werde er von zu Hause ausziehen und nach Bremen gehen, endlich. Ole sagte: »Ganz gleich, was kommt, liebe Freundinnen und Freunde, wir halten zusammen.« Alle nickten.

Zu Ostern schickte Onkel Reinhard einen Brief, in dem er den Blick aus dem Fenster seiner Bielefelder Dachgeschosswohnung beschrieb, die Flugzeuge am Himmel, deren zerfasernde Abgasstreifen, die Vögel, die Wolken, die Sonne. Im Postscriptum schrieb Reinhard, seit Kurzem lebe er mit einer Frau zusammen, die sein Herz täglich von Neuem erstrahlen lasse. Dem Brief lag ein Foto bei, auf dem jene Frau vor einer grauen, unverputzten Mauer stand. Neben ihr, in einem Sandkasten, lag ein umgekippter Spielzeugbagger. Florian schätzte die Frau auf Mitte vierzig. Sie hatte breite Hüften, breite Schultern, dunkle Locken, ein herzliches Lächeln.

Als der Sommer näher rückte, begann Florians Vater, regelmäßig Sonnenbäder im Garten hinter dem Pfarrhaus zu nehmen. Er zog sich bis auf die Unterhose aus, legte sich ins Gras und streckte die Arme und Beine aus. Einmal legte Florian sich dazu. Der Vater erzählte, die Sonne helfe nicht nur gegen seine natürliche Blässe, sondern vertreibe darüber hinaus auch trübe Gedanken. Doch schon nach ein paar Minuten begann Florian, stark zu schwitzen, und kurz darauf wurde ihm flau im Magen, er stand wieder auf und setzte sich in den Schatten unter den Apfelbaum. Der Vater rief, er nehme jetzt immer Nussölsonnencreme, die habe nur Lichtschutzfaktor zwei, da werde man schneller braun.

Nachdem er sich erholt hatte, spazierte Florian ein wenig durch den Garten. Eine Weile saß er auf der Mauer neben dem Komposthaufen, mit angezogenen Beinen, und ließ seinen Blick über die an den Garten angrenzenden Kuhweiden schweifen. Obwohl dort im Moment keine Kühe standen, strömte ihm ein leichter Dunggeruch entgegen. Florian kletterte wieder von der Mauer, ging zurück zum Vater und sagte: »Früher habe ich mich manchmal mit nackten Füßen auf deinen Bauch gestellt und versucht, nicht umzufallen, erinnerst du dich noch daran?« Der Vater sagte: »Jaja, aber jetzt bist du dafür zu schwer und ich bin zu alt.«

Am Abend guckten sie gemeinsam *Tatort* und aßen dabei Kartoffelchips. Hinterher sagte Florians Vater: »Ich trenne mich jetzt übrigens, glaube ich, doch nicht von deiner Mutter. Es ist ja alles halb so schlimm, eigentlich.« Florian befeuchtete mit der Zunge die Fingerkuppen seiner rechten Hand und presste sie auf die letzten Chipskrümel am Boden der Porzellanschüssel, die vor ihm auf dem Wohnzimmertisch stand. Die Chipskrümel blieben an seinen Fingerkuppen kleben. Er leckte sie ab.

Zwei Monate später bestand Florian seine Abiturprüfungen mit Auszeichnung. In Mathematik und Politik bekam er fünfzehn Punkte, in Biologie und Spanisch vierzehn. Damit erreichte er eine Abschlussnote von 1,3. An seiner Schule war er mit Abstand der Jahrgangsbeste, doch ein paar Tage später las er in der *Nordseezeitung*, dass es dieses Jahr im Landkreis Cuxhaven fünfmal die Abiturnote 1,0 gegeben hatte. Florians Eltern versicherten, sie seien trotzdem sehr stolz auf ihn, eine 1,3 sei ein wundervolles Ergebnis.

Ole bekam eine 2,4, Isa eine 1,9, Juria eine 2,1 und Malte eine 2,3.

FÜNFZEHN

Obwohl der Plaza Italia schon vollständig mit Demonstranten und Carabineros gefüllt war, brach der Menschenstrom aus den U-Bahn-Schächten und anliegenden Seitenstraßen nicht ab. Die Studenten waren unauffällig gekleidet, in Jeans und T-Shirt, nur wenige ganz in Schwarz. Die Schüler trugen dunkelblaue oder graue Anzüge, auf deren Brust und Rücken das Wappen ihrer Schule prangte, mit Angaben zu Jahrgangsstufe und Fachrichtung. Die Mädchen trugen statt Hosen karierte Röcke und Kniestrümpfe.

Florian stand vor dem Nestlé Teatro Nacional de Chile. Neben ihm, in einem staubigen Blumenbeet, lag Popi. An ihrem Halsband hing eine Hundeleine, deren Ende sich Florian an den Gürtel geknotet hatte. Direkt hinter Florian hatten sich die Mädchen aus der Klasse 9c der Gabriela-Mistral-Schule, Fachrichtung Naturwissenschaften, versammelt. Sie riefen immer wieder: »Hey, Gabriela-Mistral-Schule, hey!« Popi stand auf und bellte sie wütend an.

Auf der anderen Seite des Plazas betrat eine Gruppe Studenten eine kleine Bühne. Die Frau, die nun so stürmisch das Mikrophon vom Ständer riss, dass der Ständer dabei fast umkippte, kam Florian bekannt vor. Sie hatte ein Nasenpiercing und trug ein hellblaues T-Shirt, das ihr bis weit über die Hüfte reichte. Die Menschenmenge jubelte. Popi hustete und spuckte vor sich ins Blumenbeet. Dann legte sie sich neben ihren Spuckefleck und krümmte sich zusammen.

Neben Florian standen auf einmal zwei junge Touristen mit nach hinten gedrehten Baseballkappen. Der eine deutete zur Bühne und sagte zu dem anderen: »Finally a good-looking Chilean.« Der andere erwiderte: »She's only good-looking because her parents are from Europe.« Der Erste lachte und sagte: »That's racist, man.« Popi hob den Kopf und fing an, ihren eigenen Spuckefleck aufzulecken.

Erst als die Studentin zu sprechen begann, schnell und leise und mit einem Florian unbekannten Akzent, erinnerte er sich, woher er sie kannte. Dort auf der Bühne stand, leibhaftig, Camila Vallejo, die Geologiestudentin der Universidad de Chile, deren Interview Florian vor über einem halben Jahr in der Leipziger Studentenzeitschrift *student* gelesen und nach deren Google-Fotosuche er früher so oft masturbiert hatte.

Die ersten fünf Minuten ihrer Ansprache verbrachte Camila damit, die an der Demonstration teilnehmenden Schulen, Universitäten und Gewerkschaften jeweils einzeln und unter lautem Applaus zu begrüßen, dann wurde sie von einer Durchsage der Carabineros unterbrochen, die darauf hinwiesen, dass das Mitführen von Glasflaschen und Fahnenmästen, die länger als ein Meter achtundzwanzig sind, untersagt sei.

Florian kniete sich zu Popi und streichelte sie, erst ganz normal, dann einmal kurz gegen den Strich, sie erschauerte, knurrte, sprang zur Seite.

Als Camila ihre Rede beendet hatte, setzte sich der Demonstrationszug in Bewegung, die gesperrte Hauptstraße Alameda hinab, in Richtung Präsidentenpalast. Auf dem Bürgersteig, zu ihrer Linken und zu ihrer Rechten, marschierten die Carabineros. Sie trugen fast die gleiche Schutzmontur wie deutsche Demopolizisten, alles in Hellgrün, mit dicken Schulter- und Schienbeinschützern, so dass sie Florian ein wenig an Ninjaturtles erinnerten.

Während er mit gerecktem Hals nach Anna Ausschau hielt, fragte er sich, ob er sie mit einem Kuss auf den Mund begrüßen sollte oder doch besser mit einer Umarmung oder einem Wangenkuss. Zwei Tage waren vergangen seit der Nacht in Pablo Nerudas Windmühle. Florian hatte den Großteil dieser Zeit damit verbracht, zusammen mit Golpe auf dem Ledersofa zu liegen, auf Bildschirme zu starren und auf ein Lebenszeichen von Anna zu warten. Zunächst hatten sie noch ein paar Tierdokus geguckt, dann hatten sie nacheinander die Graphic-Adventure-Spiele *The Secret of Monkey Island*, *Monkey Island II: Le Chuck's Revenge* und *The Curse of Monkey Island* durchgespielt. Zwischendurch aßen sie Empanadas und tranken Rotwein.

Am zweiten Abend schrieb Anna ihm eine Kurznachricht: »Sehen wir uns morgen auf der Demo?« Als Florian Zeit und Ort der Demo googelte, las er, dass dem Bildungsbündnis mittlerweile nicht mehr nur die Studenten und Schüler, sondern auch unzählige Gewerkschaften angehörten, darunter die Gewerkschaft der Kupferminenarbeiter und die Gewerkschaft der Fischereibetriebsarbeiter. Für die morgige Demonstration, die im Rahmen einer landesweiten Mobilisierung stattfand, rechneten die Veranstalter mit mehr als einhunderttausend Teilnehmern.

Florian schrieb zurück, auf jeden Fall, er habe ohnehin gehen wollen, und vielleicht bleibe hinterher ja noch Zeit für einen Fruchtsaft oder ein Stück Marmorkuchen? Annas Antwort kam nach sechs Minuten: »Wir finden uns.«

Er lief im hintersten Drittel, bei den Fahrrädern. Auf dem Grünstreifen in der Mitte der Straße standen vereinzelt Palmensträucher. Gelegentlich griff Florian mit der Hand nach einem der tiefer hängenden Blätter, hielt es kurz fest, ließ es wieder los. Es roch nach geschmolzenem Teer. Die Sonne schien, Florian schwitzte. Es war der heißeste Tag seit seiner Ankunft.

Neben ihm lief eine Gruppe grauhaariger Männer, die alle die gleichen orangefarbenen Westen trugen. Einer von ihnen stieß Florian in die Seite und sagte mit peruanischem Akzent: »Du kommst aus Deutschland, was? In Deutschland tragen alle Menschen Hemden.« Florian, der ein T-Shirt trug, überlegte, wie die Worte des Mannes gemeint waren. Doch bevor er seine Gedanken ordnen konnte, zog der Mann einen Topf und einen Holzlöffel aus seinem Rucksack und schlug mehrmals kräftig auf den Topf. Ein heftiger Schmerz stach in Florians Trommelfell.

Jemand legte eine Hand auf seine Schulter. Er drehte sich um und blickte in das lächelnde Gesicht von Señor Jorge. Auch er trug eine orangefarbene Weste, um seinen Hals baumelte eine Trillerpfeife. Er sagte: »Die jungen Leute haben keine Angst mehr. Wir hatten immer Angst vor dem General. Aber die jungen Leute haben keine Angst mehr.« Dann erzählte er wieder von seinem Enkel, dem gescheiterten Fußballspieler, der jetzt ein Betriebswirtschaftsstudium begonnen habe und wegen der hohen

Studiengebühren bereits im ersten Semester einen Kredit aufnehmen müsse.

Vor ihnen gab es Gerangel, der Demonstrationszug geriet ins Stocken, Leute schrien und schlugen Töpfe und Pfannen gegeneinander, Señor Jorge steckte sich seine Pfeife in den Mund und gab ein paar Triller von sich. Dann beruhigte sich die Menge und es ging weiter. Neben ihnen rief der Peruaner: »Die Mapuche sind unsere Brüder und Schwestern!«

Sie kamen an einem Hochhaus vorbei, dessen Außenfassade vollständig von einem weiteren Enrique-Iglesias-Plakat bedeckt wurde. Auf dem Plakat griffen zwei Frauenhände von hinten um Enrique Iglesias Kopf und verdeckten ihm die Augen. Darunter stand: »ENRIQUE IGLESIAS: SEX LOVE.«

Manchmal sah Florian vor sich einen kurzgeschorenen, rötlichen Hinterkopf, von dem er glaubte, er gehöre Anna, doch jedes Mal stellte er nach ein paar Sekunden fest, dass er sich geirrt hatte.

An der Haltestelle Universidad Cathólica trafen sie Bertha und Golpe. Bertha klammerte sich mit beiden Händen an den Arm ihres Sohnes und blickte hektisch um sich. Noch beim Frühstück hatte Golpe behauptet, eher gehe er in den Gottesdienst als auf diesen Marsch der Selbstgerechten. Er hatte Florian die Hündin auf den Schoß gesetzt und gesagt, wenn er seinen Tag schon auf diese Weise verplempern wolle, dann solle er dabei wenigstens Popi Gassi führen. Jetzt raunte Golpe Florian ins Ohr, er habe es sich anders überlegt, er wolle geile Studentinnen glotzen, und im besten Fall gehe ihm in der Menschenmenge seine Mutter verloren. Er zwinkerte Florian zu, zog seinen Arm aus Berthas Umklammerung und zündete sich eine Zigarette an.

Noch einmal rief der Peruaner neben ihnen, die Mapuche seien ihre Brüder und Schwestern. Bertha erzählte, gestern sei in Valdívia ein Indigener gestorben, an den Folgen eines Hungerstreiks. »Die protestieren da auch gerade«, erklärte Golpe, »gegen einen Staudamm.« »Nicht gegen einen Staudamm«, korrigierte ihn Bertha, »gegen eine Windkraftanlage.«

Sie kamen an einer Apotheke vorbei, Farmacia Vida Integra, Apotheke Rechtschaffenes Leben, an einer Modeboutique, noch einer Apotheke, Farmacia Vida Sana, Apotheke Gesundes Leben, an einer Kirche aus rotem Ziegelstein. Vor einer Bankfiliale standen die Carabineros eng aneinandergereiht, mit erhobenen Schutzschildern.

Golpe erzählte von einer Novelle, die er heute Morgen in einem Zug durchgelesen habe. Es gehe um eine verheiratete Frau, deren Mann ihr eines Tages die abgetrennten Köpfe ihrer Eltern und Geschwister auf den Küchentisch lege. Am Ende stelle die Frau jedoch fest, dass die Köpfe lediglich sehr gut gestaltete Attrappen seien, und sie verzeihe ihrem Mann diesen bösen Scherz.

Golpe warf seine Zigarette auf den Boden und deutete zu zwei buckligen Männern in Ponchos. Er lachte und sagte, die Mapuche seien alle ganz klein und trügen häufig Wollkleidung, zu jeder Jahreszeit, selbst im Hochsommer, denn sie schwitzten nicht. »Sie schwitzen nicht?«, fragte Florian. »Ja«, sagte Golpe, »ihnen fehlt irgendein Gen oder Chromosom. Ziemlich praktisch.«

Golpe und Florian gingen schneller, stießen vor bis zur Mitte des Demonstrationszugs. Noch immer war Anna nirgends zu sehen. Stattdessen trafen sie Carla, die Sicherheitsbeamtin vom Gomez-Millas-Campus, in Jogginghose und Schlabber-T-Shirt, mit einem Transparent in der Hand, auf dem stand: »Empleados en línea«, Angestellte eingereiht. Sie habe versucht, ihn bei Facebook zu adden, sagte Carla, doch sie habe ihn nicht gefunden, womöglich habe sie seinen Namen falsch verstanden? Golpe und Florian drückten sich durch eine kurzzeitig geöffnete Lücke zwischen zwei breitschultrigen Arbeitern, so dass Carla ihnen nicht folgen konnte.

Je näher sie der Spitze des Demonstrationszuges kamen, desto dunkler wurde die Kleidung der sie umgebenden Studenten. Rote, schwarze und rot-schwarze Fahnen wehten über ihren Köpfen, Florian sah ein Allende-Portrait und kurz darauf sogar eine lebensgroße Allende-Plastikstatue, mit verrutscher Brille.

Er kenne jemanden, sagte Golpe, der jemanden kenne, der mal was mit einer Allende-Enkelin gehabt habe. Angeblich habe er sie in der Santiagoer Diskothek Blondie aufgegabelt, und angeblich sei sie krass gutaussehend. Florian sagte, das sei gar nichts, er selbst habe einmal in einer Hannoveraner Diskothek beinahe etwas mit der Tochter von Margot Käßmann gehabt. »Der Tochter von wem?«, fragte Golpe.

Das wirke für einen Südamerikaner vielleicht gar nicht so aufregend, gab Florian zu, doch Margot Käßmann sei in Deutschland ziemlich berühmt, und insofern sei das schon etwas Besonderes. »Okay«, sagte Golpe.

Zuerst sahen sie Irena. Sie saß auf Annas Schultern. Sie wippte mit dem Kopf, schob sich gelegentlich eine verklebte Haarsträhne aus dem Gesicht. Als Florian versuchte, Anna zur Begrüßung auf den Mund zu küssen, stieß er mit dem Kinn gegen Irenas nacktes Knie. Anna nickte ihnen zu, wippte mit dem Oberkörper und rief: »Hoppe, hoppe, Reiter.« Irena trug ein rotes Kleid, Sandalen, ihre Fußnägel waren rissig und nach innen gewachsen. Neben ihnen stand Bernardo. Über seinem eigenen Rucksack trug er Annas Rucksack.

Als Irena Popi bemerkte, begann sie, mit den Beinen und Armen zu strampeln, und erst als Florian ihr die Hündin hochreichte, beruhigte sie sich. Golpe sprach wieder von der Horrornovelle, die er am Morgen gelesen hatte. Ihr Autor, César Aira, sei auch privat vollkommen durchgeknallt, der habe einmal seine gesamte Wohnung von innen mit seinem eigenen Kot bestrichen, ganz systematisch, mit Pinsel und Farbrolle.

Auf einmal gab es Gedrängel in den Reihen der Demonstranten, die Carabineros rückten von beiden Seiten gleichzeitig geschlossen vor und pressten so den Demonstrationszug immer enger zusammen. Florian überlegte, ob dies ein passender Moment war, um nach Annas Hand zu greifen. Doch Anna hielt mit ihren Händen Irenas Unterschenkel umklammert. Um sie herum entstand ein Sprechchor, dessen Inhalt Florian nicht genau verstand, es ging um Pinochets Erben, um Bildung und Gerechtigkeit.

Florian umfasste Annas Ellbogen mit Daumen und Zeigefinger. Dann kam ihm seine Berührung lieblos vor und er ließ den Ellbogen wieder los.

Als ein Student Anna in den Rücken lief, strauchelte sie und musste einen Ausfallschritt machen, um nicht umzukippen. Die

Hundeleine, die noch immer an Florians Gürtel befestigt war, spannte sich, Popis Kopf wurde abrupt zur Seite gerissen, sie quiekte. »Ich lasse dich besser mal runter, mein Mäuschen«, sagte Anna und ging in die Hocke. Irena stieg von ihren Schultern. Um sie herum erscholl ein neuer Sprechchor, der die Carabineros als Handlanger der Diktatur beschimpfte. Bernardo gab Anna ihren Rucksack zurück. Popi sprang von Irenas Armen und kuschelte sich an Golpes Hosenbeine. Florian übergab ihm die Hundeleine.

Vor ihnen durchstreiften zwei Carabineros die Reihen der Demonstranten. Bernardo rempelte einen von ihnen mit der Schulter an. Der Carabinero drehte sich zu ihm um, zögerte einen Moment, dann wurde er von seinem Kollegen weitergezogen. Das sei übrigens eine große Tragik, sagte Bernardo, an Anna und Florian gewandt, die chilenischen Polizeiuniformen hätten noch immer in der Innenseite des Futters Pinochets Unterschrift eingestickt. Einfach so ein Gesetz, bei dem sich nie jemand die Mühe gemacht habe, es zu ändern.

Anna und Bernardo stimmten in den Sprechchor ein. Florian sprach selbst ein paar Worte mit, erst leise und zögerlich, dann immer lauter. Als er bemerkte, dass Golpe ihn von der Seite betrachtete, wurde er wieder stiller. Kurz darauf verstummte auch der Sprechchor.

Sofort bahnten sich in verschiedenen Ecken neue Gesänge an. Bevor einer von ihnen die Menge erfasst hatte, beugte sich Florian zu Anna und flüsterte ihr ins Ohr, die Nacht in der Mühle sei für ihn der Beginn einer neuen Zeit gewesen. »Was?«, rief Anna und klemmte sich eine Hand hinter die Ohrmuschel. »Die Nacht mit dir ist für mich der Beginn einer neuen Zeit gewesen«, sagte

Florian und blickte Anna in die Augen. Anna lachte und sagte, der Satz ergebe keinen Sinn, jeder Moment sei der Beginn einer neuen Zeit.

Der Demonstrationszug geriet erneut ins Stocken und hielt schließlich ganz an. Aus einer Seitenstraße kam eine Carabinero-Reiterstaffel angetrabt und stellte sich vor die Demonstranten, mitten auf die Alameda. Die Pferde trugen an den Beinen und am Hals Schutzmontur, im selben Hellgrün wie die Uniformen der Carabineros.

Eine knappe halbe Stunde hielt die Reiterstaffel die Alameda besetzt, dann trabte sie zurück in die Seitenstraße, aus der sie gekommen war, und der Demonstrationszug setzte sich wieder in Bewegung. Kurz darauf standen sie vor dem Präsidentenpalast. Camila Vallejo hielt eine zweite Rede, in der sie Piñera aufforderte, nach draußen auf den Balkon zu treten und sich seinen KritikerInnen zu stellen. Doch Piñera trat nicht auf den Balkon.

Auf dem Rückweg zum Plaza Italia machten Anna und Florian einen Umweg durch die Seitenstraße La Moneda. Sie lag im Schatten und war vollgeparkt mit Mannschaftswagen der Carabineros. Plötzlich fröstelte Florian. Er rieb sich mit den Händen an den Oberarmen. Anna zog ein graues Longsleeve aus ihrem Rucksack und reichte es ihm. Es spannte an seinen Schultern und ließ am Bauch einen dünnen Spalt frei. Anna zupfte ihm die Ärmel und den Kragen zurecht. »So kann ich mich mit dir blicken lassen.« Sie lächelte.

Sie kamen an zwei weiteren Apotheken vorbei, Farmarcia Cruz

Verde, Apotheke Grünes Kreuz, und Doktor Ahorro, Doktor Spar, dann an zwei weiteren Bankfilialen, Banco Estado, Bank des Staates, und Banco de Chile, Bank von Chile, dann an einem Fitnessstudio. Die Straße führte durch zwei massige Wohnblöcke, an deren Fenstern zahlreiche Satellitenschüsseln und Klimaanlagen hingen.

Anna beschwerte sich über ihre kalten Füße, dann schimpfte sie ein bisschen über Piñera, dann schwiegen sie beide eine Weile, dann stieß Anna ihm mit dem Zeigefinger gegen die Hüfte und sagte, er laufe komisch, mit den Zehenspitzen so weit auseinander, wie ein Clown. Florian sagte, vielleicht könne er später einmal bei einem Zirkus anheuern. Anna sagte: »Haha.«

Von der Alameda waren Geschrei und Pfiffe zu hören, neue Gesänge setzten ein. An der nächsten Ecke wollte Anna zum Demozug aufschließen, doch die Querstraße war von den Carabineros abgesperrt. Florian hoffte, dass auch die nächste und übernächste und überübernächste Straße abgesperrt war. Er steckte sich die Hände in die Hosentaschen.

Ob er sich vorstellen könne, einmal ganz aus Deutschland auszuwandern, fragte Anna. »Kannst du?«, fragte Florian. Anna fuhr im Vorbeigehen mit den Fingern über das Gitter eines Mannschaftswagens. »Ich kann«, sagte Anna, »Hauptsache, die Stadt ist nicht zu groß. Santiago ist mir zu groß.« Florian nickte und sagte, er könne sich das grundsätzlich auch vorstellen, und Santiago sei ihm auf Dauer ebenfalls ein bisschen zu viel.

Auch die nächste Querstraße war gesperrt. Anna wollte versuchen, an den Carabineros vorbeizurennen, ließ sich jedoch von Florian dazu überreden, noch eine weitere Straße abzuwarten.

Kurz bevor sie die nächste Kreuzung erreicht hatten, schlug Florian Anna vor, in den kommenden Tagen gemeinsam eine Fahrradtour in die Anden zu machen. »Puh«, sagte Anna, »das geht dann ja immer nur bergauf.« Florian sagte, wenn Anna wolle, könnten sie auch Richtung Pazifik radeln, zur Hafenstadt Valparaíso, das gehe die ganze Zeit bergab. Anna zuckte mit den Schultern und sagte: »Das ist ja auch irgendwie witzlos.«

Dann Richtung Norden oder Süden, sagte Florian, er habe im *Lonely Planet* von einigen schönen Seenlandschaften gelesen, dort könnten sie einen Campingurlaub machen. Anna blickte zur Seite und sagte: »Kein Ort, der im *Lonely Planet* erwähnt wird, lohnt einen Besuch.«

Die nächste Querstraße war frei, so dass sie problemlos zurück in den Demozug fanden. Dort trafen sie die anderen. Anna hakte sich auf der linken Seite bei Bernardo und auf der rechten Seite bei Irena ein.

Auf Höhe der Iglesia San Francisco, der Kirche des heiligen Franziskus, begann Popi zu winseln, erst leise, dann immer lauter, bis Golpe sie auf den Arm nahm. Sie presste ihre Schnauze in seinen Pullover. Ihr linkes Hinterbein zeigte im rechten Winkel nach außen. Das sei nicht so schlimm, wie es aussehe, versicherte Golpe. »Popi hat eine Hinterbeingelenkschwäche. Da kugelt öfter mal was aus. Aber das kugelt dann später auch wieder ein, ganz von allein.«

Der Demonstrationszug zerstreute sich, immer mehr Menschen bogen in die Seitenstraßen ab, die Carabineros standen fast nur noch vor den Bankfilialen. Irgendein länglicher Essensrest hatte sich zwischen Florians Schneidezähnen verfangen. Er versuchte, ihn mit der Zunge herauszudrücken.

Sie erreichten den Plaza Italia. Er war übersät mit zertretenen Flyern, Luftballonhülsen, Zigarettenstummeln und Glasscherben. Im Blumenbeet vor dem Nestlé Teatro Nacional de Chile lag ein Haufen knallgelber Zitronen.

Anna und Florian liefen noch ein wenig zu zweit über den Plaza und standen schließlich vor der Bronzestatue eines berittenen Generals mit Schnurrbart, der Florian an Otto von Bismarck erinnerte. Das sei General Baquedano, erklärte Anna, nach ihm seien hier in der Gegend einige Straßen und eine U-Bahn-Station benannt. Florian räusperte sich und sagte: »Anna, ich fühle mich überdurchschnittlich stark zu dir hingezogen.«

Jaja, sagte Anna, das sei ihr schon aufgefallen. Sie zog ihr Handy aus der Hosentasche, tippte darauf herum, steckte es wieder ein. Sie schwiegen eine Weile, dann deutete Anna auf eine Werbetafel, die an einem Hochhaus neben dem Nestlé Teatro Nacional de Chile hing. Sie zeigte zwei junge Mädchen, eingehüllt in dicke Wintermäntel mit Fellkragen an den Ärmeln und der Kapuze, dazu das Logo von H&M. »Wie unsinnig«, sagte Anna, »im überhitzten Santiago Werbung für Wintermäntel zu machen. Was haben die sich dabei bloß gedacht?«

Florian sagte, na ja, heute sei es zwar relativ warm, aber streng genommen sei hier ja längst der Herbst angebrochen. Anna schüttelte den Kopf und sagte: »In diesen Breitengraden wird es doch nicht einmal im Hochwinter kalt genug für solche Mäntel.«

Sie kniff die Augen zusammen, öffnete kurz den Mund, als

müsse sie niesen. Dann entspannte sich ihr Gesichtsausdruck. Sie schaute zur Seite. Einige Meter entfernt baute Camila Vallejo zusammen mit ein paar anderen Studenten die Bühne auseinander. Die Einzelteile räumten sie auf die Ladefläche eines zerbeulten Pick-ups.

Anna wandte sich wieder Florian zu, tippte ihm mit dem Zeigefinger auf die Brust und sagte: »Manchmal fühle ich mich auch zu dir hingezogen, aber ich glaube, es reicht mir, wenn wir uns alle paar Wochen auf ein Stück Marmorkuchen treffen.« Sie zog an der linken Strippe von Florians Kapuzenpullover, so lange, bis die rechte Strippe im Kragen verschwand.

Am Rand von Florians Blickfeld tauchten plötzlich schwarze Flecken auf, ihm wurde schwindlig, und er musste sich auf den Betonsockel der Statue setzen und mit der Hand an der Vorderhufe von General Baquedanos Pferd festhalten, um nicht umzukippen. Er schloss die Augen, hörte Annas Stimme, die ihn fragte, ob er etwas trinken wolle, spürte den Gummiverschluss einer Plastikflasche an seinen Lippen, dann einen lauwarmen Wasserstrahl an seinem Gaumen. Er verschluckte sich, musste husten, öffnete die Augen.

Ein Carabinero stand neben Anna und sagte, hier sei Sitzen verboten. Anna sagte: »Señor Carabinero, er kommt aus Deutschland, da ist es nie so heiß. Sehen Sie doch, wie stark er am Nacken schwitzt.« Der Carabinero zog den Sichtschutz seines Helmes hoch, betrachtete Florians Nacken und sagte, na gut, aber nur noch fünf Minuten.

Nachdem Florian ein paar Mal tief ein- und ausgeatmet hatte, verschwanden die Flecken aus seinem Sichtfeld, und er stand wieder auf. Anna bot ihm an, ihn zu stützen, Florian sagte, es gehe schon. Während sie zurück zu den anderen gingen, flog Florian ein Sandkorn ins linke Auge, er blinzelte mehrmals und hob schließlich mit der freien Hand sein Augenlid ein wenig an, bis das Sandkorn zusammen mit etwas Tränenflüssigkeit herausrutschte.

Anna musste jetzt doch noch niesen. Florian wünschte ihr Gesundheit, dann fragte er, ob sie sich ganz sicher sei. »Sicher weswegen?«, fragte Anna. »Dass du mich nur noch alle paar Wochen auf einen Marmorkuchen treffen willst«, sagte Florian. »Ja«, sagte Anna, »leider schon. Es kann natürlich auch ein anderer Kuchen sein, oder eine Apfelschorle.« Florian versuchte, die rechte Strippe in seinem Kapuzenkragen zu fassen zu bekommen, doch sie rutschte nur immer tiefer hinein. Anna sagte: »Tut mir leid.«

Sie nieste erneut, dann noch einmal, dann sagte sie: »Wenn es bei mir einmal losgeht, dann hört es so schnell nicht mehr auf.« Sie nieste noch einmal, und noch einmal, und noch einmal, ohne sich dabei die Hand vor den Mund zu halten. Beim letzten Nieser glaubte Florian, ein wenig von Annas zerstäubtem Speichel in seinem Gesicht zu spüren.

Als Bertha Popis umgeknicktes Hinterbein bemerkte, bestand sie darauf, Popi und Golpe zum Tierarzt zu fahren. Golpe zuckte mit den Schultern und willigte ein. Anna, Irena und Bernardo fuhren mit der U-Bahn zum Gomez-Millas-Campus, um an einem Plenum zur Demonachbereitung teilzunehmen. Florian schlenderte noch eine Weile über die leere Alameda. In der Luft lag ein vager Geruch von Bratfett, am Himmel drehte ein Polizeihubschrauber seine letzten Runden. Auf einer Bank neben einer Bushaltestelle entdeckte Florian eine noch glimmende, erst zur Hälfte gerauchte Zigarette. Er blickte sich um, und nachdem er sich davon überzeugt hatte, dass ihn niemand beobachtete, schnappte er sich die Zigarette und steckte sie in den Mundwinkel.

– – – – – –

Drei Tage später machten Florian, Golpe, Bertha und Popi gemeinsam einen Ausflug zum Gipfel des Cerro San Cristóbal, jenem grünen Hügel in der Innenstadt von Santiago, den Florian auf der Fahrt in die Shoppingmall gesehen hatte. Bertha und Popi fuhren mit dem Taxi, Florian und Golpe gingen zu Fuß, querfeldein, wobei sie immer wieder die sich in Haarnadelkurven hinaufschlängelnde Straße kreuzten. Die untere Hälfte des Hügels war mit Laubbäumen bewachsen, deren löchrige Rinde an zahlreichen Stellen den kahlen Stamm entblößte.

Golpe erzählte, jahrelang habe die chilenische Regierung behauptet, die löchrigen Stellen stammten vom sogenannten Rhinozeroskäfer, der im Gepäck argentinischer Touristen nach Chile gelangt sei und sich ausschließlich von Laubbaumrinde ernähre. Mittlerweile wisse man jedoch, dass die Bäume lediglich unter dem Smog litten.

Der Trampelpfad, dem sie folgten, führte vorbei an einem Steinbrunnen, über eine Mooswiese, zu einem Aussichtspunkt mit Taxiparkplatz, wo Bertha und Popi sie erwarteten. Bertha trug eine Umhängetasche mit ihrem neuen Sony-Laptop. Eine Freundin hatte ihr erzählt, auf dem Gipfel vom Cerro San Cristóbal gebe es kostenloses WLAN, das wollte sie einmal ausprobieren.

Den restlichen Aufstieg konnte man nur noch per Seilbahn zurücklegen. Sie teilten sich ihre Kabine mit einem zerlumpten Ziehharmonikaspieler und einer Reisegruppe junger Männer in dunklen Anzügen mit Namensschildern auf der Brust. Während der Fahrt spielte der Mann mit der Ziehharmonika zweimal hintereinander *Wind of Change*, dann einmal *Another Brick in the Wall*, dann noch ein drittes Mal *Wind of Change*, wobei die Melodien der Lieder vor allem durch den Gesang entstanden, während die Ziehharmonika immer nur zwischen zwei Tönen abwechselte. Die jungen Männer unterhielten sich auf Englisch über eine Fernsehserie namens *Who Shot J. F. Kennedy?* Manchmal ruckte die Kabine abrupt auf und ab, als sei sie über einen Knoten im Stahlseil gefahren.

Popi wuselte zwischen den Beinen der Reisenden umher. Wie von Golpe vorhergesagt, war ihr Humpeln harmlos gewesen, die Folge einer Gelenkschwäche, mit einem einzigen Griff hatte der Tierarzt ihr Hinterbein wieder eingerenkt.

Florian blickte aus dem Kabinenfenster. Der Hang unter ihnen war bewaldet. Felskanten ragten zwischen den Bäumen und Sträuchern hervor. Das Stahlseil, an dem sich die Kabine entlangzog, war kaum gespannt und hing sehr tief. Gelegentlich streiften sie eine Baumspitze.

Kurz vor der Ankunft reichte Bertha Florian und Golpe jeweils eine Einhundertpesomünze, umgerechnet zwanzig Cent, und forderte sie auf, das Geld beim Aussteigen dem Ziehharmonikamann zu übergeben. Sie taten es, der Ziehharmonikamann lachte sie an und sagte: »Thank you, boys.«

Einer der Männer aus der Reisegruppe gab dem Zieharmonikaspieler einen Zweitausendpesoschein und sagte: »From all of us.« Der Zieharmonikamann verbeugte sich und sagte in die Runde: »God bless you.«

Die Seilbahnstation war umgeben von touristischen Verkaufsständen. Neben den üblichen Souvenirläden, die T-Shirts, Schlüsselanhänger und Kaffeetassen verkauften, gab es einen Stand, der ausschließlich Fußballausrüstung im Angebot hatte, Bälle, Schienbeinschützer, Trikots zahlreicher Nationalmannschaften, auch eines von Deutschland, mit der Rückennummer 18 und der Aufschrift »Klinsmann«. Etwas abgelegen, am Rand einer weiteren Aussichtsplattform, stieß Florian auf ein Antiquariat, in dessen Auslage er ein spanisches, ziemlich abgewetztes Exemplar von Benjamin Leberts *Crazy* entdeckte.

Bertha kaufte Zuckerwatte für alle. Dann schob sie Golpe und Florian zu einem Souvenirladen und forderte sie auf, sich T-Shirts auszusuchen. Der Großteil des Angebots war mit den chilenischen Nationalfarben bedruckt, Rot, Weiß, Blau, begleitet von einem englischen Spruch, »I love Chile«, »Chile – Pure Life!«, »I'm Chilean, LET'S PARTY!«. Golpe wählte ein T-Shirt, auf dem eine Sonnenbrille mit rot-blau-gestreiften Gläsern abgedruckt war. Darunter stand: »I am so cool. It snows behind my back.« Florian wählte das einzige T-Shirt ohne Aufschrift, mit blau-rot-weißen Streifen.

Sie brachen auf zu einem Spaziergang, einmal um den Gipfel herum, entlang einer mit bunten Wegweisern ausgeschilderten Wanderroute, die in Florians Reiseführer vermerkt war mit dem Hinweis »Auch für Kinderwägen problemlos befahrbar«.

Bertha erzählte von einer argentinischen Telenovela namens *Graduados*, die Graduierten. In der Folge vom letzten Mittwoch habe einer der Protagonisten, der wilde Eduardo, eine Krebsdiagnose erhalten. Daraufhin habe er sich mit seinem besten Freund Nilo in einer Bar getroffen, und sie hätten über das Sterben gesprochen, und Nilo habe etwas sehr Schönes gesagt, nämlich, dass nur derjenige wahrhaftig tot sei, der nicht mehr erinnert und nicht mehr geliebt werde.

Das, sagte Bertha nach einer kurzen Pause, habe auch ihr Trost gegeben, denn auch ihr Ehemann Roberto sei nicht wahrhaftig tot, solange sie und ihre Kinder sich an ihn erinnerten. Golpe sagte: »Manchmal bist du so dumm, Mutter.« Er trat gegen einen Stein, der am Wegrand lag. Der Stein kullerte den Abhang hinab.

Zwei Jungen kamen ihnen entgegen. Sie hielten Stöcke in den Händen und versuchten, sich damit gegenseitig auf die Waden zu schlagen. Florian erinnerte sich an den Holzstock, der im Zimmer seines Mitbewohners Stefan gelegen hatte. Bis heute hatte Stefan ihm nicht erzählt, wie genau dieser Stock ihm einst das Leben gerettet hatte.

Je länger sie liefen, desto stiller wurde Bertha. Sie atmete schwer, fasste sich mit einer Hand an die Brust, hin und wieder musste sie kurz stehen bleiben und verschnaufen. Schließlich bat sie, einer der Jungen möge sie stützen. Florian hielt ihr seinen Arm hin. Golpe nahm ihr die Laptoptasche ab und sagte, er müsse demnächst mal auf Toilette.

Nach einer Dreiviertelstunde kamen sie zu einem Holzschild, auf dem stand, dass sie den Gipfel nun zur Hälfte umrundet hätten und sich auf der Nordseite befänden, unter ihnen sei das traditionsreiche Arbeiterviertel El Cajón zu sehen, auf Englisch The Box, auf Deutsch Der Karton.

Ein paar Meter weiter gab es einen Kiosk, der Pommes Frittes und Hamburger verkaufte und in dessen Hinterhof sich ein mit Vorhängeschloss gesichertes Plumpsklo befand. Auf Golpes Nachfrage sagte der Verkäufer, für Nichtkunden koste die Toilette, je nach Nationalität, fünfhundert bis fünftausend Peso. Er sei Argentinier, sagte Golpe und zeigte dem Verkäufer seinen Ausweis. Der Verkäufer nickte und sagte: »Nichtchilenischer Südamerikaner. Das macht dann eintausend Peso.« Bertha kaufte eine Tüte Pommes für zweitausend Peso, und so durfte Golpe kostenlos gehen.

Bertha und Florian setzten sich an einen Plastiktisch, am Rand des Wanderwegs. Sie waren die einzigen Gäste. Der Verkäufer kam zu ihnen, besprühte die Tischplatte mit einem Desinfektionsmittel, wischte mit einem Geschirrhandtuch darüber und stellte einen großen Teller Pommes ab. Bertha schob den Teller in Florians Richtung, er steckte sich eine Pommes mit besonders viel Mayonnaise in den Mund.

Auf einmal spürte er, wie sich Tränen in seinen Augenwinkeln sammelten, sie lösten sich, fast zeitgleich auf beiden Seiten, liefen ihm über die Wangen. Seine Nase verstopfte, in seinem Mund vermischte sich der salzige Pommesbrei mit dem noch salzigeren Schnodder.

Bertha betrachtete ihn schweigend. Florian senkte den Kopf und wischte sich mit dem Ärmel über das Gesicht. Als er versuchte, den Brei aus Pommes und Schnodder herunterzuschlucken, bekam er einen Hustenanfall. Bertha stand auf, ging um den Tisch herum und klopfte ihm mehrmals kräftig auf den Rücken. Florian griff nach Berthas Hand, drückte sie so fest, dass er unter den Fettpölsterchen ihre Fingerknochen spürte. Bertha sagte: »Mein liebes Söhnchen.« Mit der freien Hand tätschelte sie seine Schulter. Florian blickte hinab auf das Arbeiterviertel El Cajón. Nur wenige Hochhäuser ragten zwischen den flachen Bauten hervor, die Scheinwerfer eines Fußballfeldes, ein Kirchturm.

Bertha löste ihre Hand aus Florians Umklammerung und setzte sich wieder an den Tisch. Sie aß selbst ein paar Pommes, wischte sich mit der Papierserviette einen Ketchupfleck von der Unterlippe. Florians Augen füllten sich erneut mit Tränen, seine Lippen zitterten, er hielt sich eine Hand vor den Mund, schluchzte. Nachdem Bertha den Zipfel, an dem der Ketchup klebte, abgerissen hatte, reichte sie Florian die Serviette, er bedankte sich und schnäuzte hinein.

Bertha fragte: »Was liegt dir auf dem Herzen, mein Söhnchen?« Florian senkte den Kopf. Unter dem Tisch beschnupperte Popi eine Cola-Dose. Florian warf ihr ein paar Pommes vor die Schnauze. Bertha sagte: »Nur die ohne Ketchup. Sonst kriegt sie Bauchschmerzen.« Florian wischte sich noch einmal mit dem Ärmel die Tränen aus dem Gesicht. Popi ignorierte die Pommes und tapste mit wackligen Schritten in Richtung Innenhof.

Der Kioskbesitzer trat zu ihnen und fragte, warum sie erst so wenig gegessen hätten, ob es etwa nicht schmecke? Bertha sagte, es sei leider etwas zu fettig für ihren Geschmack. Der Kioskbesitzer bot an, noch mehr Servietten zu bringen, dann könne man bei Bedarf das überflüssige Fett von den Pommes wischen. Bertha sagte: »Das wäre in der Tat hilfreich. Vielen Dank, Señor.«

Nachdem der Kioskbesitzer gegangen war, fragte Bertha Florian, ob die Pommes in Europa auch so fettig seien. »Nein«, sagte Florian, »eigentlich nicht.« Er starrte vor sich auf die Tischplatte, fuhr sich mit dem Zeigefinger über die Unterlippe. Aus dem Hinterhof war Popis Bellen zu hören.

Wobei, sagte Florian, bei ihnen im Dorf habe es eine Gaststätte gegeben, *Würger*, bei denen seien die Pommes und auch alles andere immer viel zu fettig gewesen. Gelegentlich habe er dort zusammen mit seinen Freunden Steak gegessen, und auf das Steak habe der Wirt jedes Mal vor ihren Augen noch ein Stück Kräuterbutter gelegt, das dann während des Essens geschmolzen sei.

»Einmal«, sagte Florian, »haben Ole und ich mit dem Kratzer gewettet, er könne bei *Würger* keine drei Tüten Pommes hintereinander essen, ohne zu kotzen, und der Kratzer hat tatsächlich alles aufgegessen, und hinterher hat er sogar noch freiwillig eine Packung Schokoladenkekse verdrückt.« Bertha fragte: »Wer ist der Kratzer?« Florian erklärte, der Kratzer sei der kleine Bruder von seinem ehemals besten Freund Ole. Bertha sagte: »Verstehe.«

Der Kioskbesitzer kam zurück und stellte einen vollen Serviettenhalter neben den Pommesteller. Bertha zog eine Serviette heraus, breitete sie auf der Tischplatte aus und legte etwa zwanzig Pommes darauf, ordentlich nebeneinander aufgereiht. Um die Pommes herum bildeten sich dunkle Fettflecken.

Popi kam zurück aus dem Hinterhof, an ihrer Schnauze klebte Dreck. Florian spürte ein dumpfes Druckgefühl in der Kehle, zum dritten Mal füllten sich seine Augen mit Tränen, er schluchzte, lauter als zuvor, er verzog das Gesicht, hielt sich eine Hand vor den Mund. Bertha zog noch eine Serviette aus dem

Halter und bedeckte damit die Pommes. Auch auf der zweiten Serviette bildeten sich Fettflecken. Florian wischte sich mit dem Handrücken über die Nase.

»Wenn Romina, die Ehefrau von Nilo, niedergeschlagen ist«, sagte Bertha, »geht sie häufig essen in ihrem Lieblingslokal, einem chinesischen Fastfoodrestaurant. Als Nachspeise bekommt sie von dem chinesischen Kellner immer noch einen Glückskeks mit auf den Weg, darin steht dann immer eine erbauliche Botschaft, die Romina wieder lächeln lässt.«

Popi presste ihre Schnauze an Florians Hosenbein, er schob sie zur Seite. Sofort drückte sie sich wieder an ihn. Er gab ihr einen sanften Tritt in den Bauch, sie knurrte. Bertha sagte: »Letzte Woche zum Beispiel war Romina sehr traurig, weil sie eine Fehlgeburt hatte. Dann stand auf dem Zettel in ihrem Glückskeks: ›Wenn eine Tür zugeht, geht eine andere auf.‹«

Bertha nahm die Serviette von den Pommes und sagte: »Vielleicht beginnt Romina jetzt ein Studium an einer Schauspielschule. Bevor sie schwanger wurde, war das immer ihr großer Traum.« Bertha lächelte ihn aufmunternd an. Dann verlor sich ihr Blick in den Sträuchern hinter seinem Kopf. Sie steckte sich eine entfettete Pommes in den Mund.

Florian hickste mehrmals, er hielt die Luft an, zählte in Gedanken bis zwanzig, dann atmete er wieder aus. Er sagte: »Entschuldigen Sie, Señora Fondacaro, ich bin ziemlich angespannt in letzter Zeit, ich …, die Luft von Santiago tut mir nicht gut, die Abgase, der Smog, mein Hals ist ständig trocken, meine Augen jucken.«

Er unterdrückte einen Hickser, dann fuhr er fort: »Ich weiß nicht, was ich noch machen soll, ich …, manchmal denke ich, etwas ist grundsätzlich falsch mit mir …, alles ist mir ganz egal, ich fühle mich mit niemandem verbunden, ich …, das ist doch nicht normal, Señora Fondacaro, das kann doch nicht normal sein, oder?«

Popi tapste den Wanderweg hinab, verschwand hinter Berthas Rücken im Gestrüpp. Erneut putzte sich Florian mit einer Serviette die Nase. Seine Stimme war heiser, als er sagte: »Ich bin auch die ganze Zeit müde, ich könnte mich jederzeit ins Bett legen und tagelang durchschlafen.« Er faltete die Serviette zusammen und steckte sie in seine Hosentasche, räusperte sich. Er straffte die Schultern. »Aber das liegt vielleicht auch bloß am Jetlag.«

Bertha nickte und sagte: »Das kann gut sein.« Dann erzählte sie von ihrer letzten Reise nach Europa, die sie gemeinsam mit ihrem Ehemann unternommen habe, ins bulgarische Sofia, zur Schachweltmeisterschaft 2010, über die Roberto als Reporter der argentinischen Tageszeitung *La Nación* berichtet habe. Sie selbst, sagte Bertha, habe damals den ganzen Tag im Hotelzimmer gelegen und geschlafen.

Der Kioskbesitzer kam zurück und stellte zwei Cola-Dosen auf den Tisch. »Aufs Haus«, sagte er. Dann noch einmal, den Blick auf Florian gerichtet, lächelnd: »On the house, you don't have to pay!« Er öffnete eine Cola-Dose und drückte sie Florian in die Hand. Brauner Schaum trat aus der Öffnung, lief den Dosenrand hinab, über Florians Finger.

»Wenn du traurig bist, musst du mehr Sport machen, Jungchen«, sagte der Kioskbesitzer, »zum Beispiel Fahrradfahren. Ich fahre jeden Tag Fahrrad. Da kannst du mal ganz abschalten vom

Alltagsstress, du vergisst deine Sorgen, und hinterher geht's dir besser.« Er tat so, als umfasse er mit den Händen einen Fahrradlenker. Mit dem Daumen betätigte er eine imaginäre Fahrradklingel und sagte: »Klingeling.« Bertha nickte und sagte, sie selbst mache seit einigen Wochen einen Wassersportkurs.

Auf der zweiten Hälfte des Wanderwegs kamen sie an einer Holzkapelle vorbei, vor deren Eingang zwei abgemagerte Hunde in der Sonne lagen und schliefen. Erstaunlich, sagte Florian, dass es die Hunde bis nach hier oben treibe. Ach, sagte Golpe, er würde das genauso machen als Straßenköter, es sei doch paradiesisch hier, alles voller Essensreste und treuherziger Touristen, und der Sonne sei man auch ein Stück näher.

In der Nähe der Seilbahnstation entdeckten sie eine Steintreppe, die sie zum höchsten Punkt des Hügels führte. Dort stand, umgeben von Blumenbeeten, die etwa fünf Meter hohe, schneeweiße Marienstatue. Bertha setzte sich auf eine Bank an der Rückseite der Statue und packte ihren Laptop aus. Sie checkte ihre E-Mails, dann las sie Onlinenachrichten.

Florian und Golpe versuchten sich in einer Partie Blindschach. Nach dem siebten Zug wurden sie von Bertha unterbrochen, die behauptete, sie hätten sich mit den Figuren vertan, Florians Springer stehe längst nicht mehr auf f6, sondern auf e4. »Im Übrigen«, sagte Bertha und blickte über den Rand des Laptopbildschirms ihren Sohn an, »hättest du schon zweimal Florians Läufer auf b4 schlagen können. Der steht da die ganze Zeit frei herum. Wenn das dein Vater wüsste!« Sie lachte, dann wandte sie sich wieder ihrem Computer zu.

Nachdem Bertha sie mehrfach aufgefordert hatte, es sei kein Problem, die Funkverbindung funktioniere einwandfrei und der Akku halte mehrere Stunden lang, checkten auch Florian und Golpe ihre E-Mails. Florian hatte eine Nachricht von Line erhalten, in der sie ihn fragte, wie es so laufe in Südamerika, wann er zurückkomme, und schöne Grüße von Stefan. Außerdem eine E-Mail von seinen Eltern, die von ihrem Skiurlaub in den Schweizer Alpen berichteten.

Im Spamordner entdeckte Florian eine E-Mail von einer Frau Dr. Lindner, die ihm dazu gratulierte, die erste Bewerbungsrunde für die Aufnahme in die Studienstiftung des Deutschen Volkes überstanden zu haben, und ihn einlud zum persönlichen Bewerbungsgespräch, in Bonn, am kommenden Donnerstag um 9:30 Uhr.

Florian klappte den Laptop zu. Seinen Rückflug hatte er für Anfang April gebucht, heute in drei Wochen. Er würde ihn umbuchen müssen, am besten noch heute. Neben der Bank scharrte Popi mit den Hinterpfoten im Sand. Golpe nahm sie auf den Arm.

Auf der Rückfahrt teilten sie sich die Seilbahnkabine mit einem älteren Ehepaar und zwei Backpackern aus Österreich. Der Mann mit der Ziehharmonika spielte noch einmal dieselben Lieder, und Bertha sagte, diesmal bräuchten sie ihm kein Geld zu geben, das sei ja peinlich, immer dieselbe Leier.

Florians Handy vibrierte. Der chilenische Mobilfunkbetreiber Telecomunicación Norte del Sur teilte ihm mit, er habe zehn Frei-SMS nach Europa erhalten, als Willkommensgeschenk, außerdem könne er unter der Nummer 0 056 274 398 kostenlos sein Horoskop abfragen, vierundzwanzig Stunden am Tag.

Florian musste plötzlich an Tobi denken, an dessen Arbeit als SMS-Guru, und er stellte sich vor, wie es wäre, dem SMS-Guru jetzt eine Frage zu schicken. Er wusste nicht genau, warum, doch der Gedanke, dass diese Frage möglicherweise von Tobi höchstpersönlich beantwortet werden würde, gefiel ihm. Golpe wackelte heftig mit der Hüfte, so lange, bis auch die Kabine zu wackeln begann. Einer der Backpacker legte ihm die Hand auf die Schulter und sagte: »Buddy, come on.«

Florian schrieb: »Lieber SMS-Guru, wie wird das Wetter morgen in Santiago de Chile?« Golpe hörte auf, mit der Hüfte zu wackeln, der Backpacker sagte: »Thank you, man.« Mit dem Ärmel seines Kapuzenpullovers wischte Florian eine Dreckschliere von einem der Kabinenfenster.

Noch einmal vibrierte sein Handy. Eine unbekannte deutsche Nummer teilte ihm mit, der Service SMS-Guru 2.0 Vista und Co sei leider aus dem außereuropäischen Ausland nicht nutzbar. Schade, dachte Florian. Er steckte das Handy zurück in seine Hosentasche. Kurz darauf stiegen sie aus.

FSC
www.fsc.org
MIX
Papier aus verantwortungsvollen Quellen
FSC® C083411

ISBN 978-3-351-05022-1

Blumenbar ist eine Marke der Aufbau Verlag GmbH & Co. KG

1. Auflage 2015

Satz Greiner & Reichel, Köln
Umschlaggestaltung Studio Grau, Berlin
unter Verwendung eines Motivs von © Studio Grau
Gesetzt aus der Minion Pro
Druck und Binden CPI books GmbH, Leck, Germany
Printed in Germany

www.blumenbar.de
www.aufbau-verlag.de